Die Zeitenwende

Band 1: Der Dauerkrisenmodus

Jan Kern

Die Zeitenwende

Band 1: Der Dauerkrisenmodus

Bibliografische Information Der Deutschen Bibliothek:
Die Deutsche Bibliothek verzeichnet diese Publikation in der
Deutschen Nationalbibliografie; detaillierte bibliografische Da-
ten sind im Internet über www.ddb.de abrufbar.

Cover: IStock
Layout: SichelWerk

1.Auflage
© 2024 – Jan Kern
Herstellung und Verlag: BoD – Books on Demand, Norders-
tedt
ISBN 978-3-7597-5012-9

Das Vorwort

Unsere Zukunft ist ab sofort nicht mehr planbar, was zweifelsfrei für viele Menschen beängstigend ist.

Gewaltsam wurde zuvor eine Kettenreaktion von Ereignissen ausgelöst, die wir kaum noch kontrollieren können.

Die Eigendynamik, die dabei entsteht, lässt unverkennbar eine Krise auf die nächste folgen, sodass liebgewonnene Dinge fortan nicht mehr selbstverständlich sind.

Unbestreitbar hängt irgendwie alles miteinander zusammen und fällt unter dem Stichwort „Globalisierung".

Fieberhaft wird seitens der Politik nach brauchbaren Lösungen gesucht, um den endgültigen Zusammenbruch der Gesellschaft zu verhindern.

Und ich kann hoffentlich mithilfe dieser Lektüre wichtige Denkanstöße geben, Antworten zu finden, um die prekäre Lage unseres Planeten ein wenig zu verbessern.

Der Autor

1. Kapitel

Ich erkenne: *„Politik ist stets ein mehrschneidiges Schwert, dass zweifelsohne zu Verletzungen führt, die für die Gesellschaft durchaus einschneidend sein können"*. Dieser Tatbestand ist für mich das Hauptmotiv für das Verfassen dieses Textes. Wie schmerzhaft die Verletzungen tatsächlich sein können, wird die Schilderung der aktuellen Ereignisse schonungslos und konsequent offenlegen. Hierbei gehe ich davon aus, dass sich manche Leser in der Darstellung meiner Lebenssituation zweifellos wiedererkennen werden. Denn wir befinden uns zweifelsfrei alle in einen Dauerkrisenmodus, der unser Dasein zu einer Diktatur macht, weil wir uns ständig der neuen Lage notgedrungen anpassen müssen, nur um irgendwie überleben zu können. Kaum jemand wird von dieser Realität verschont.

Die Betroffenheit offenbart sich mittlerweile durch die zunehmende Verarmung der Bürger, die sich bedrohlich in erschreckender Form wie ein Orkan immer stärker auf uns zubewegt, der alles zerstören kann, was uns wichtig ist. Ein heilsames Entrinnen ist nahezu aussichtslos geworden. Selbst die Mittelschicht, die zuvor die starke Säule unserer Gesellschaft repräsentierte, wird in diesen negativen Sog der totalen Selbstvernichtung mit hineingezogen. Es herrscht unbestreitbar Alarmstufe rot.

Bei meiner Betrachtung der Sachlage muss allerdings auch bedacht werden, dass ich nicht stellvertretend die Meinung alle Leser wiederspiegeln kann. Dies sehe ich auch nicht als meine Aufgabe an. Vielmehr möchte ich wichtige Denkanstöße geben, die hoffentlich für unsere Gemeinschaft hilfreich sind, möglichst richtige Entscheidungen für die künftige Lebensplanung zu treffen. Dabei gegen den Strich gebürstet zu sein, setze ich hier bewusst als Waffe ein, um meine

Standpunkte zu verdeutlichen. Hierbei spreche ich zwei Sprachen: Deutsch und Klartext.

Generell soll nichts als gegeben hingenommen werden, sondern wir müssen unser Handeln stets kritisch hinterfragen, ob wir tatsächlich den richtigen Weg gehen. Nur so gibt es positive Impulse für die Entwicklung unserer Gesellschaft. Blind ins heillose Verderben zu laufen ist daher nicht besonders hilfreich.

Noch gibt es eine gewisse Meinungsvielfalt in unserer Gesellschaft, auch wenn sie nicht immer offen und frei geäußert wird, da sonst heutzutage mit einer „Stigmatisierung" gerechnet werden muss, mit dem Ziel, Meinungsabweichler grundsätzlich zu ächten. Dabei wird alles mit *„Political Correctness"* begründet und zwar unabhängig vom Wahrheitsgehalt der Botschaft. Schnell wird gerne die *„Nazikeule"* rausgeholt, da den Verantwortlichen oftmals die sachbezogenen Argumente ausgehen. Ein trauriges und erschreckendes Bild zeichnet sich daher vor meinen Augen ab. Es ist Ausdruck einer politischen Hilflosigkeit und vielleicht sogar einer gefährlichen Inkompetenz, die etwas Negatives hervorbringt wie beispielsweise die AfD. Ein Armutszeugnis für die heutige Zeit? Muss möglicherweise bejaht werden.

Außerdem entlarvt sich aus meiner Sicht vieles davon als scheinheiliges Getue, damit die Politik zumindest äußerlich weiterhin ihr Gesicht wahren kann. Es kann nicht angehen, dass ich als Bürger Angst haben muss, frei und öffentlich meine Meinung zu äußern. Davon müssen wir uns dringend befreien. Es ist pures Gift für unsere hochgelobte Demokratie. Genauso dürfen wir uns nicht von den Mächtigen, die im Hintergrund die Fäden ziehen, einschüchtern lassen. Sonst sind wir nur noch ein Volk aus unmündigen Bürgern, die sich alles gefallen lassen. Ist dies tatsächlich der Wille der Menschen, die in Deutschland leben? Ich denke, die Frage beantwortet sich wohl von selbst.

Zum Thema Bevormundung des Staates schrieb ich folgendes Gedicht:

Die Bevormundung

Political Correctness ist der aktuelle Zeitgeist der Stunde und ab sofort
ist das Motto in aller Munde: „Ist jemand gesellschaftlich unbequem,
gilt fortan als rechtsextrem".

Dabei wird uns eine neuartige Sprache der geistigen Verwirrung dik-
tiert, wobei die Zensur zu einer erschreckenden Normalität mutiert,
sodass das zuvor Gesagte eine negative Zuordnung erfährt und uns mit
Staatsgewalt ein Maulkorb wiederfährt.

Ein Fleischtarier wird zu einem Umweltsünder erster Klasse degradiert,
sodass sich der Veganismus zu einer Weltreligion thematisiert.

Ist erstmal das E-Auto als Wunderwaffe gegen den Klimawandel prä-
sentiert, werden weitere
Optionen einfach terminiert.

Auch die gewohnte Körperhygiene wird zu einer unsauberen Moral
erdacht und zum unbezahlbaren Luxus gemacht.

Am Ende ist unser Leben nicht mehr selbstbestimmt, sodass vor lauter
Bürgerfrust die AfD die Erfolgsleiter erklimmt.

**(Anmerkung: Die etablierte Politik soll endlich aufhö-
ren, uns Bürger zu bevormunden. Ansonsten wird der
Erfolg der AfD früher oder später eine selbsterfüllte
Prophezeiung. Dieses Szenario würde in Deutschland
ein Chaos stiften, das zweifelsohne eine Katastrophe für
die Mehrheit in der Bevölkerung wäre. Über die Konsequenzen möchte ich an dieser Stelle vorsichtshalber
nicht vertiefend nachdenken.)**

Die Situation auf unserem Planeten wird immer prekärer,
sodass ich sicher bin, dass neue Krisen hinzukommen werden, was ich als sehr beängstigend einstufe. Letztlich brauchen wir einen Herzschrittmacher, der immer in der Lage ist,

Sorge dafür zu tragen, dass kein Stillstand des gesellschaftlichen Lebens entsteht, selbst wenn die Rahmenbedingungen sich in einem rasanten Tempo ständig ändern. Jedoch wer verfügt über so eine Wunderwaffe der Technik? Bisher konnte ich sie leider noch nicht entdecken.

Beim Schreiben erhebe ich aber nicht den Anspruch ein politischer Experte zu sein, der auf alle Fragen Antworten hat. Diesem Anspruch kann selbst ein Berufspolitiker nicht wirklich gerecht werden. Vielmehr bin ich nur ein Bürger, der versucht in der historischen Ausnahmesituation, in der wir uns unbestreitbar alle befinden, bestmöglich zu überleben, was mit Verlaub gesagt, nicht gerade einfach ist. Aus diesem Grund ist es für mich dringend erforderlich, mir bestimmte Zusammenhänge der letzten Ereignisse, die meines Erachtens durch das falsche politisches Handeln entstanden sind, begreiflich zu machen, in der Hoffnung, dass es mir irgendwie weiterhilft. Denn alles scheint mich momentan zu überfordern, weil sich die gesellschaftliche Entwicklung in einer atemberaubenden Geschwindigkeit dynamisiert, sodass es mir zunehmend schwerfällt, mithalten zu können, wobei stets die Gefahr besteht, dass mir vorzeitig die Puste ausgeht. Es ist in Prinzip ein moderner Evolutionsprozess in Zeitraffer entstanden. Diesen Tatbestand empfinde ich als absolute „*Existenzbedrohung*". Daher möchte ich mich von dieser extremen Angststarre möglichst schnell wieder loslösen. Sonst habe ich keine langfristige Überlebenschance in diesem hochgeschätzten, vielleicht sogar weit überschätzten Wertesystem, weil alles durch die zunehmende Globalisierung fragil geworden ist. Dies dringt augenblicklich immer stärker in mein Bewusstsein ein. Deshalb gehe ich mithilfe des Schreibens in die Offensive, um mich aus dieser emotional schwierigen Lage wieder schnellstmöglich zu befreien.

Außerdem wird es unvermeidlich sein, dass ich mich als Bürger kritisch zur Wort melde, in der Erwartung, dass politische Korrekturen vorgenommen werden, die aus meiner Sicht für die Gesellschaft zwingend notwendig sind. Dies wird mein persönlicher Beitrag sein, gesellschaftliche Verantwortung zu übernehmen.

Hier zwei lyrische Texte wie folgt:

Der Dauerkrisenmodus

Der Russland-Konflikt verteuert in galoppierender Geschwindigkeit die Energie um ein Vielfaches, sodass sie sich bald nur noch wenige tatsächlich leisten können und viele Menschen am Rand der Verzweiflung treibt.

Der Klimawandel gefährdet durch politisches Verschulden in seiner gnadenlosen Manier die Nahrungszufuhr der Spezies Homo sapiens.

Die Europäische Zentralbank vertrat zulange die egoistischen Interessen der Wirtschaft, sodass die Entwertung des Lohnes die bürgerlichen Existenzen massiv gefährdet.

Darüber hinaus rollt bedrohlich eine riesengroße Flüchtlingswelle auf uns zu, sodass sich der Kampf um Nahrungsmittel extrem verschärft.

Kriegstreiber, die militärische Interessen geldlich hochhalten, aber dem sozialen Gefüge einen weiteren inflationären Charakter verleiht, entfesseln zusätzlich eine gewaltige Angst auf unseren Planeten.

Und im Hintergrund lauert bereits die Schuldenbremse des Staates in seiner unmenschlichen Kälte, die vielen Negativbetroffenen einer fehlerhaften Politik endgültig eine reale Überlebenschance zunichtemacht.

Die verspätete Erkenntnis

Die Warnrufe des Expertentums wurden jahrzehntelang sträflich überhört, sodass wir nun für unsere egoistische Ignoranz die gesellschaftlichen Konsequenzen tragen müssen.

Dabei vergiften Schadstoffemissionen zweifellos unnachgiebig unsere lebensnotwendige Atmosphäre, sodass unser natürliches Klima kippt und unsere Existenz zweifelsohne in Gefahr gerät.

Darüber hinaus geht der Vorrat an fossilen Brennstoffen nachweislich zur Neige, sodass uns allmählich die Energie unseres bisherigen Lebens schmerzhaft entzogen wird und der Schrei nach Hilfe wohlmöglich zu spät ertönt.

Die Politik, die bisher mehr diskutierte als handelte, versucht in einen Akt der Gewalt Versäumtes nachzuholen, ohne allerdings die Menschen mitzunehmen.

Daher können viele von ihnen dem neuen Tempo nicht mehr folgen, sodass sie unweigerlich auf der Strecke letztlich zurückbleiben müssen.

Am Ende entsteht offensichtlich eine Schieflage, die gegebenenfalls nicht mehr korrigiert werden kann, sodass die Zukunft nichts Gutes erahnen lässt.

Hamburg, d. 15.07.2022

Heute ist mein Geburtstag, aber Freude darüber kommt nicht wirklich auf. Habe ich tatsächlich Probleme älter zu werden? Eher nicht, auch wenn ich alterstechnisch die Mitte meine Lebens zumindest leicht überschritten habe. Der Grund für meine negative Stimmung ist ein anderer. Er ist von existenzieller Natur.

Nun aber der Reihe nach. Mein Name ist übrigens André Dahlmann. (Sorry, ich vergaß mich tags zuvor vorzustellen.) Mittlerweile bin ich beachtliche 54 Jahre alt und zwar auf den Tag genau. Wohnhaft in Stadtteil Barmbek in der Sentastraße 16, 22083 Hamburg. Ich übernahm die Wohnung meiner Eltern Hilde und Holger Dahlmann, die beide bereits leider frühzeitig verstorben sind. Somit lebe ich seit ca. 51 Jahren in dieser Wohnung, also fast mein ganzes Leben. Ein Dasein ohne diese Wohnung ist für mich nicht mehr vorstellbar, da ich quasi mit ihr innerlich verwurzelt bin. Wenn man mich woanders hin verpflanzen würde, würde ich zweifelsfrei eingehen und hätte auch bei guter Pflege keine reale Überlebenschance. Die seelische Verkümmerung mit Todesfolge wäre die unausweichliche Konsequenz. Fortan würde ich ein Dasein als Zombie führen, der auf seine baldige Erlösung in Gestalt meines Ablebens hofft. Darum habe ich riesengroße Angst, sie zu verlieren. Durch die starksteigenden Energiepreise muss ich aber zittern, ob ich überhaupt weiterhin in meinem Domizil bleiben darf oder nicht. Bedauerlicherweise bin ich zu meinem persönlichen Leidwesen von staatlichen Leistungen abhängig. Ich gelte als voll erwerbsgemindert, weil ich nachweislich nicht mehr fit für den sogenannten ersten Arbeitsmarkt bin. Die Diagnose meines Psychiaters Peter Ehrmann? Depressionen und soziale Phobie sind das Ergebnis seiner fachärztlichen Einschätzung. Außerdem beziehe ich nur eine sehr kleine Erwerbsminderrente, sodass ich notgedrungen und zähneknirschend Grundsicherung aufstocken muss. Somit bin ich von Wohlwollen eines *„Bürokratie-Monsters"* abhängig, das nur aus Folterknechten des Staates bestehen. Ich lebe sozusagen in einen *„offenen Vollzug"*. Manche würden vermutlich sogar sagen, dass ich ein Knacki auf Freigang bin. Denn ich muss bestimmte Auflagen erfüllen, um nicht als Bettler auf der Straße leben zu müssen. Ständig muss ich den Beweis erbringen, dass ich zu Recht diese Leistungen beziehe. Es ist aus meiner Sicht ein diktatorischer Überwachungsstaat, der mich in beängstigender Weise an George Orwells Buch „1984" erinnert. Diese Tatsache kotzt mich an und versetzt mich oftmals regelrecht in der zuvor erwähnten Angststarre, die ich zurzeit leider nicht wirklich durchbrechen kann. Damit muss ich wohl oder übel klarkommen. Für mich ist es eine alltägliche Herausforderung, der ich mich immer wieder stellen muss.

Arbeiten tue ich seit fast zehn Jahren in einer Werkstatt für Menschen mit Handicap. Meine Tätigkeit ist es, Kunstwerke für den Verkauf zu produzieren, was mir trotz starker und turbulenter Stimmungsschwankungen meist auch mit Bravur gelingt, ohne falsche Bescheidenheit zur Schau zu stellen. Gelegentlich mache ich mit Erfolg sogar Auftragsarbeiten für Kunden. Ich male meist Acryl auf Leinwand im Atelier *„Kunterbunt"* am Alsterdorfer Markt 10, 22297 Hamburg. Was anderes kann ich wegen meiner Erkrankung nicht mehr machen. Es hört sich zunächst negativer an, als es in Wahrheit ist. Denn dieser Arbeitsplatz gibt mir in schwierigen und turbulenten Zeiten Halt und einigermaßen Stabilität, um meinen Alltag besser bewältigen zu können, indem ich über eine sogenannte Tagesstruktur verfüge. Darüber hinaus ist das Atelier eine Begegnungsstätte für Gleichgesinnte. An diesem Ort kann ich mich als Künstler selbstverwirklichen, was mir zuvor privat nur bedingt gelang. Denn ich betrieb in der Vergangenheit einen großen Aufwand, meine Kunst zu vermarkten, aber erzielte nur einen geringen kommerziellen Erfolg. Daher würde es mir zweifelslos ohne die Arbeit in Atelier finanziell deutlich schlechter gehen.

Wir leben seit spätestens 2014 durch die Annexion der Krim in Dauerkrisenmodus, und ein Ende der Probleme ist zurzeit bedauernswerterweise nicht in Aussicht gestellt, was zu hoher Stressbelastung im Alltag führt. Auseinandersetzen mussten wir uns bisher mit der erschreckenden Flüchtlingskrise, der angstmachenden AfD, den lebensbedrohlichen Klimawandel, der zunehmenden Überwachung durch die Digitalisierung der Gesellschaft oder auch der Corona-Pandemie, die in Deutschland dank des „Panikrockers" Karl Lauterbach kein Ende erkennen lässt. Und aktuell haben wir es seit dem 24. Februar zusätzlich noch mit dem fürchterlichen Ukraine-Krieg zu tun, dessen Ausgang vermutlich lange Zeit ungewiss bleiben wird. Bundeskanzler Olaf Scholz (SPD)spricht in diesem Kontext von der sogenannten „Zeitenwende". Es ist ein passender Begriff, der den aktuellen Zustand unseres Planeten mit all seinen Krisen, die zweifelsfrei unser Leben entscheidend beeinflussen, passend umschreibt. Daher wählte ich diesen Begriff als Arbeitstitel für mein jetziges Buchprojekt.

Wohin wird uns die Entwicklung am Ende hinführen? Ein Schüler namens Nico, der vor kurzem ein Praktikum im Atelier machte, meinte zu diesem Thema: „Ich gebe der Menschheit noch maximal zehn Jahre". Eine erstaunliche Einschätzung für einen Teenager dessen Leben sich eigentlich noch am Anfang befindet. Ich erwiderte: „Wenn die Politiker innerhalb der nächsten zwei bis drei Jahre keine wirklich brauchbaren Lösungen vorweisen können, muss ich dir leider rechtgeben". Eine schockierende Erkenntnis, die durchaus beängstigend ist. Deshalb wollte ich die aktuelle Lage auf unseren Planeten nicht beschönigen. Mit einer Lüge wäre den jungen Mann nicht wirklich geholfen gewesen. Vielmehr hielt ich es für ratsam, ihn das Gefühl zu vermitteln, dass ich ihm ernst nehme. Denn die augenblickliche gesellschaftliche Entwicklung ist für viele sehr furchteinflößend. Konkreter ausgedrückt, spreche ich von einer massiven Existenzangst, die bereits in der Breite der Gesellschaft angekommen ist. Es entsteht das Gefühl, alles gerät außer Kontrolle. Droht uns demnächst sogar die Apokalypse?

Die Inflation frisst mein ohnehin bescheidenes Einkommen unbarmherzig und gnadenlos auf. Daher macht das Einkaufen kein Spaß mehr und verursacht totalen Frust. Vorher mussten wir beim Shoppen die fürchterliche und eklige Maske tragen, die uns wahrlich die Luft zum Atmen nahm. Nun wird der Bürger ständig mit neuen Preisschocks konfrontiert, die uns ebenfalls dem Atem stocken lässt. „Was wird als nächstes teurer", frage ich mich regelmäßig vor jedem Supermarktbesuch. Selbst die Preise beim Discounter gehen bedenklich in die Höhe, sodass mir schwindelig wird. Es überfordert mich nahezu täglich. Denn es besteht die Gefahr, dass ich sehr tief in den Abgrund stürzen werde. Die Höhenangst ist daher bedauerlicherweise nahezu unausweichlich geworden.

Die Spaltung zwischen arm und reich wird dramatisch zunehmen, soviel ist bereits jetzt gewiss. Ein brutaler Verteilungskrieg steht uns unmittelbar bevor. Beispielsweise beklagen die Bauern, dass sie ihren Spargel und ihre Erdbeeren nicht verkauft bekommen. In diesem Zusammenhang sei erwähnt, dass ein Kilo Spargel mindestens 15 Euro kostet. Teilweise sogar mehr als 20 Euro. Wer kann noch solche hohen Preise bezahlen? Ich kann es in jedem Fall nicht. Aldi hatte zum Glück ein Angebot für weniger als 6 Euro für 500 g geschälten Spargel (Nettogewicht). Dies stufte ich noch als einigermaßen akzeptabel ein, sodass ich ihn mir gerade noch so leisten konnte. Zugegebenermaßen war es keine hochwertige Topqualität, aber für mich trotzdem ein bezahlbarer Genuss. Zunehmend müssen wir stärker als zuvor die Preise miteinander vergleichen und abwägen, ob es im Etat drin liegt oder nicht. Irgendwie ist die augenblickliche Situation für viele Menschen als sehr prekär einzustufen. Spontankäufe, wie wir sie noch im vorigen Jahr kannten, sind zum unbezahlbaren Luxus geworden und gelten fortan als sträflicher Leichtsinn, zumindest für Menschen, die sich eher in meiner Einkommensklasse befinden.

Schockierender ist die Tatsache, dass bedürftige Menschen, die noch weniger Einkommen haben als ich, von den Tafeln abgewiesen werden müssen, weil nicht mehr genug für alle da ist. Die Spenden sind deutlich weniger geworden, und die Zahl der Bedürftigen stieg hingegen gewaltig. Vor allem die Flüchtlinge wie beispielsweise aus der Ukraine verschärfen zusätzlich die Problematik. Denn das Wenige muss auf immer mehr Leute verteilt werden. Diese Einschätzung hat nichts mit rechtsradikaler Gesinnung zu tun, sondern ist eine ernüchternde Faktenlage, die gerne verschwiegen wird, weil sie allgemein als unsolidarisch gilt und teilweise sogar als „völkisch" eingestuft wird.

Der TV-Sender „Arte" sprach diesen oben beschriebenen Sachverhalt in einer Doku zum Thema „Tafeln in Deutschland" an. Und dieser Sender steht nicht in Verdacht, eine rechtsradikale Einstellung zu haben. Daher ist durchaus von einer seriösen Berichterstattung auszugehen. Außerdem verabscheue ich die AfD, da ich sie politisch als sehr gefährlich einstufe. Wir brauchen endlich pragmatische Lösungen, die uns allen hilft, die prekäre Lage wieder zu entschärfen. Ein Lösungsansatz wäre beispielsweise, dass der Staat die Supermärkte und Discounter dazu gesetzlich verpflichtet, Lebensmittel, die sich kurz vor dem Zerfallsdatum befinden, den Tafeln zu spenden. Verstoßen sie nachweislich dagegen, wird ein saftiges Bußgeld fällig. In Frankreich wird es bereits mit Erfolg praktiziert. Außerdem sollte das sogenannte „Containern" nicht mehr unter Strafe gestellt werden. **(<u>Anmerkung</u>: Es ist beschämend festzustellen, dass in einen reichen Staat wie Deutschland Menschen gezwungen sind, in Müllcontainern nach Nahrungsmitteln zu suchen.)**

Es ist eine Zumutung, dass die Behörde die Bedürftigen zu den Tafeln schickt, nur weil sie sich nicht anders zu helfen wissen. Dafür kann ich Deutschlands Sozialstaat nur noch ein niederschmetterndes Armutszeugnis mit der Note *„durchgefallen"* ausstellen. Die Lage droht zu eskalieren. Denn wir haben nachweislich keinen intakten Sozialstaat mehr.

Es ist eine riesengroße Schande, dass in einem reichen Land wie Deutschland Einrichtungen wie beispielsweise die Tafeln überhaupt notwendig sind. Und nun herrscht selbst dort der Notstand. Aus meiner Sicht ein absolutes Alarmsignal. Was kommt auf uns alles zu? Bisher verteilte die Politik einige Leckerlis mit dem *„Gießkannenprinzip"* ans Volk, die rasch in ihrer Wirkung verpufften. Alles wirkt irgendwie nur improvisiert, wenig professionell. Kein wirklicher Plan erkennbar, der uns Bürger eine brauchbare und lebensfähige Perspektive eröffnet. Beängstigend, wie ich meine.

Nachrichten mag ich nicht mehr schauen, weil es mich emotional kontinuierlich in den Abgrund reißt, obwohl ich regelmäßig starke Medikamente zu mir nehme, um genau dies zu verhindern. Bezeichnend für meine aktuelle Situation. Auch die Schlafqualität ist zurzeit eher als wechselhaft einzustufen. Die morgige Geburtstagsfeier wollte ich wegen der gedrückten Stimmung kurzfristig absagen, was ich aber doch nicht tun werde. „Vielleicht lenkt es mich ein wenig von den Sorgen ab", hoffte ich zumindest.

Die Hiobs-Botschaften in den Medien nehmen kein Ende. Seit der Corona-Pandemie nimmt die „Panikrhetorik" immer krankhaftere Züge an. Der Euro steht mittlerweile 1:1 zum US-Dollar. So schwach war unsere Währung schon lange nicht mehr. Der „geschwächte" Euro ist zwar gut für den Export, weil wir unsere Produkte kostengünstiger auf dem Weltmarkt anbieten können, aber für den Import wirkt es sich eher negativ aus, da wir für die Waren, die außerhalb der Eurozone zu uns kommen, deutlich mehr bezahlen müssen, was wiederum die Inflation weiter auf hohem Niveau halten wird. Denn die hohen Importpreise werden garantiert an uns Verbraucher weitergegeben. Dies ist ein ungeschriebenes Gesetz der Marktwirtschaft, dass erfahrungsgemäß in solchen Situationen seine unbarmherzige und grausame Anwendung findet. Denn stets steht der Profit im Vordergrund und nicht so sehr der Mensch. Mein Fazit? Die Unternehmen erwirtschaften auf diesem Wege deutlich größere Gewinne, und die Armut in unserem Land wächst weiter bedrohlich an. Ein enormes Konfliktpotenzial entsteht, das unsere Demokratie auf Dauer gefährden kann. Das baldige Ende der Krise ist daher nicht unbedingt zu erwarten.

Bis heute kann ich es nicht verstehen, warum die Europäische Zentralbank (kurz **EZB** genannt) solange mit der Anhebung der sogenannten Leitzinsen gewartet hat. Aus meiner Sicht ist es sträflicher Leichtsinn, den wir Bürger jetzt alle teuer bezahlen müssen und zwar täglich in den Geschäften. Verantwortungsbewusstsein sieht meines Erachtens völlig anders aus. Denn dauerhaft eine hohe Teuerungsrate zu haben, schadet auf längerer Sicht auch der Wirtschaft, weil das Einkommen der Bürger mehr und mehr durch die Inflation systematisch aufgefressen wird, was bedeutet, dass sie die Preise auf dem Markt bald nicht mehr bezahlen können. Dies wiederum führt zwangsläufig zu einem starken Rückgang der Konsumgüternachfrage. Eine Rezession wäre vermutlich die unausweichliche Konsequenz. Unternehmen machen demnächst unweigerlich deutlich weniger Gewinne. Manche Betriebe erwirtschaften sogar riesengroße Verluste. Kleinere Betriebe müssen demnächst vermehrt zwangsläufig Insolvenz anmelden. Aufgrund dieser Tatsache steigen wahrscheinlich die Arbeitslosenzahlen immens. Das bedeutet für den Staat, dass er auf längerer Sicht spürbar weniger Steuereinnahmen bei gleichzeitig steigender Ausgabenlast hat. Wie kann der Staat unter solchen schlechten Rahmenbedingungen gesellschaftlich notwendige Investitionen tätigen? Eine Frage, die sich wohl bald von selbst beantwortet.

Für das nähere Verständnis sei hier kurz der Zinsmechanismus im Wirtschaftskreislauf erklärt. Die EZB ist zweifellos für unsere desaströse Geldpolitik verantwortlich. Ihre Hauptaufgabe ist es eigentlich, Geldwertstabilität zu gewährleisten, nicht das Wirtschaftswachstum anzukurbeln. Ihr Steuerungsinstrument sind die sogenannten Leitzinsen. Daran orientieren die Geschäftsbanken sowohl die Spar- als auch die Kreditzinsen.

Vor kurzem praktizierte die EZB über einen längeren Zeitraum eine sogenannte Nullzinspolitik. Die Geschäftsbanken konnten sich auf diese Weise kostengünstig Geld beschaffen. Bedingt durch diesen Umstand müssen sie ihren Kunden keine attraktiven Sparzinsen anbieten, um an ihr Kapital zu kommen, dass sie für gewinnbringende Investitionen benötigen. Einmal im Jahr bekomme ich es als Bankkunde schmerzlich zu spüren, wenn ich auf die Zinserträge meiner Sparbücher schaue. Für mehr als 3.000 Euro Ersparnisse bekam ich läppische, eher lächerliche 0,33 Euro Zinsen für ein ganzes Jahr. Bei so einem Anblick fange ich automatisch an zu weinen, vor allem wenn mir bewusst wird, dass meine Rücklagen für den Notfall durch die Inflation dramatisch in ihrer Wertigkeit aufgebraucht werden. Gleichzeitig können die Geschäftsbanken niedrige Kreditzinsen anbieten, und gewinnen auf diesem Wege Neukunden. Somit wird das Wirtschaftswachstum angeregt. Denn Schulden machen wird für viele Konsumenten durch die Niedrigzinsen attraktiv während beim Sparen eher das Gegenteil passiert. Dadurch gelangt mehr Geld in den Wirtschaftskreislauf, was einen wirtschaftlichen „*Boom*" auslöste. Nebenwirkung? Es entsteht durch die verstärkte Konsumgüternachfrage eine Verknappung des Angebotes, was zu starksteigenden Preisen führt.

Nun haben wir aufgrund gewisser Störfaktoren wie beispielsweise Klimawandel, Corona-Pandemie und Ukraine-

Krieg eine völlig neue gesellschaftspolitische Situation. Es entstanden weitere Lieferengpässe, die zusätzlich zu einer Verknappung von Wirtschaftsgütern geführt hat. Die Konsequenz, die daraus resultiert? Eine hohe Inflation, die sich zwischen sieben und acht Prozent bewegt, was auf Dauer auch toxisch für die Wirtschaft sein wird (siehe oben). Darum ist die Anhebung der Leitzinsen aus meiner Sicht absolut alternativlos. Denn die Rückkehr der Geldwertstabilität hätte zufolge, dass die Konsumenten wieder mehr Vertrauen in den Euro hätten. Auf Dauer würde es sich später wieder positiv auf das Wirtschaftswachstum auswirken. Daher darf der psychologische Effekt niemals unterschätzt werden. Denn der Faktor Mensch ist die entscheidende Zutat, um den Wirtschaftskreislauf in irgendeiner Weise zu beeinflussen. Allein die Theorie in der Wirtschaftswissenschaft löst erfahrungsgemäß keine existenziellen Probleme unserer Gesellschaft. Dieser Tatsache sollte sich die Politik bei künftigen Entscheidungen stets bewusst sein.

Ist mit der Anhebung der Leitzinsen das Problem der Inflation kurzfristig zu beheben? Nein, weil es lange dauern wird bis die Ursachen der Krisen beseitigt sind. Selbst die Politik geht offiziell nicht von einer kurzfristigen Lösung der Probleme aus. Weitere schrittweise Anhebungen der Leitzinsen werden in jedem Fall notwendig und unumgänglich sein. Denn ein Anstieg von 0,5 % bei den Zinsen wird noch nicht den gewünschten Erfolg bringen. Siehe USA! Das Land der unbegrenzten Möglichkeiten kämpft ebenfalls gegen eine hohe Inflation und hob bereits mehrfach die Zinsen an. Geduld und Fingerspitzengefühl sind daher gefordert. Trotzdem geht der Weg in die richtige Richtung. Ich gehe davon aus, dass die Inflationsrate durch die aktuelle Geldpolitik zumindest nicht weiter massiv ansteigt, weil die Geldmenge allmählich schrittweise gedrosselt wird. Dies wäre immerhin ein Achtungserfolg in Form einer Schadensbegrenzung, damit die Situation nicht völlig außer Kontrolle gerät.

Ist die Rückkehr der D-Mark die Lösung des Inflationsproblems, wie es weite Teile der AfD allzu gerne behaupten? Eher nicht. Es ist nur pure Augenwischerei, um die Bürger mit populistischer Propaganda arglistig zu täuschen. Auch hier würden die Ursachen der Inflation nicht von heute auf morgen verschwinden.

Deutschland ist zweifelsohne eine große Exportnation **(amtierender Europameister)**. Und für unser Land ist der europäische Binnenmarkt besonders wichtig. Durch eine gemeinsame Währung fällt das sogenannte Wechselkursrisiko weg, und die Preise sind somit auch besser miteinander vergleichbar. Durch eine Rückkehr der D-Mark würde uns dieser besonders entscheidende Wettbewerbsvorteil unbestreitbar abhanden kommen. Dies hätte erst recht fatale Konsequenzen für unsere Wirtschaft. Darüber hinaus würde Deutschland das falsche Signal senden, wenn wir aus dem Euro aussteigen würden. Denn Deutschland war bisher zusammen mit Frankreich ein wichtiger Motor innerhalb der EU. Es würde die EU daher massiv schwächen. Ein Zustand der allgemeinen Verunsicherung und des Chaos würde entstehen. Somit ist aus meiner Sicht eindeutig belegt, dass eine nationalistische Verbohrtheit nicht unbedingt zielführend ist, um die Probleme unseres Landes tatsächlich zu lösen. Eher das Gegenteil würde zwangsläufig passieren.

Russlands Präsident Putin würde es in jedem Fall freuen, weil er ein wichtiges Ziel erreicht hat, nämlich die Destabilisierung des Westens. Nicht ohne Grund wird die AfD in Moskau regelmäßig *„hofiert"*, womit für mich bewiesen ist, dass die AfD keine Alternative für Deutschland ist, auch wenn sie sich gerne lautstark so in der Öffentlichkeit darstellt. Über diese Tatsachen sollte man sich vorher im Klaren sein, ehe man überhaupt über solche politisch einschneidenden Optionen ernsthaft nachdenkt. Insbesondere bei bevorstehenden Wahlen muss daher gut überlegt sein, wo man sein Kreuz macht. Hinterher muss es von allen Bürgern getragen werden. Daher lautet mein eindringlicher Appell in diesem Zusammenhang: „Keine gefährlichen Experimente."

Viele Gedanken gehen mir in letzter Zeit durch den Kopf, weil die täglichen Horrornachrichten in Fernsehen mir die Luft zum Atmen nehmen. Innerlich komme ich einfach nicht mehr zu Ruhe. Ständig droht mir der verhängnisvolle Erstickungstod. Kann ich unter solchen Voraussetzungen die Welt retten? Dies muss ich klar und eindeutig verneinen. Es ist schon schwierig genug, mich selbst zu retten. Daher bin ich ein viel zu kleines Licht, um dieses Wunder vollbringen zu können. Ich habe bedauerlicherweise keine Superkräfte von meinen Eltern vererbt bekommen. Eine Tatsache, die ich akzeptieren muss. Solche Fähigkeiten würden mir möglicherweise vieles im Leben deutlich einfacher machen. Jedoch stehe ich eher für das Gegenteil. Denn ich bin ein Mensch mit gravierenden Schwächen, der ständig mit vielen Schwierigkeiten in Leben zu kämpfen hat. Dies ist quasi der Leitfaden, der mich bisher in meiner gesamten biografischen Betrachtung stets begleitet hat.

Wie bereits eingangs bei meinen Aufzeichnungen erwähnt, habe ich Angst, meine Wohnung zu verlieren. Vor einigen Tagen erhielt ich in diesem Kontext eine Hiobs-Botschaft von meinem Vermieter. Die Heizkostenvorauszahlungen werden ab August um 69,20 Euro **(1 Euro pro m²)** erhöht. „Nicht gerade wenig", wie ich mit Schrecken feststellen musste. Begründung? Die aktuelle Energiekrise, ausgelöst durch den Ukraine-Krieg, die unsere Medien zurzeit mehr beschäftigt als die Corona-Politik.

Zwar bin ich froh, dass Corona nicht mehr so sehr im Fokus der Öffentlichkeit steht, aber die augenblickliche politische Lage sehe ich trotzdem nicht unbedingt als willkommene Abwechslung. Für mich war es ein totaler Schock, obwohl es kurz zuvor in den Medien angekündigt wurde, dass viele Mieter solche Post demnächst erhalten werden. Gerne verdrängt man so eine beklemmende und bedrohliche Realität. „Nun geht es wohl nicht mehr", wie ich zu meinen Leidwesen feststellen musste. Das Schreiben meines Vermieters löste bei mir einen starken Depressionsschub aus, den ich kaum kontrollieren konnte.

Ich setzte mich ins Wohnzimmer auf die Couch und nahm zur Beruhigung eine Promethazin (Bedarfsmedikament), was mir allerdings nur teilweise half. Massive Panikattacken entstanden in meinem Kopf, die meine Gefühlswelt

durcheinanderwirbelten. „Verliere ich bald tatsächlich mein
Zuhause", tauchte bei mir unweigerlich als Frage auf.
„Droht mir bald sogar die Obdachlosigkeit", kam als nächste
Frage. „So schnell kann es gehen", kam mir gedanklich weiter in den Sinn. Es gibt eben keine 100prozentige Sicherheit
im Leben. Diese Erkenntnis drang mir augenblicklich immer
stärker ins Bewusstsein ein. Wie gehe ich damit künftig um?
Keine Antwort zu hören. Nur eine beängstigende Stille, die
mich nahezu bewegungsunfähig machte.

Es kotzte mich an, finanziell von einer Asozial-Behörde
abhängig zu sein. Sorry, dass ich mich in den Aussagen wie-
derhole, aber diese Tatsache belastet meine Psyche enorm.
Eventuell hat diese fatale Form der Abhängigkeit meine
Erkrankung möglicherweise sogar verschlimmert. Meine
negativen Erfahrungen mit den Ämtern prägte ein Großteil
meines irdischen Daseins. Ständig befinde ich mich in einem
Teufelskreislauf, den ich vermutlich nie wirklich entkommen
kann. Das ist wohl oder übel mein vorgesehenes Schicksal,
mein Kama, was ich abarbeiten muss.

Ende des vorigen Jahrhunderts stand ich tatsächlich kurz vor
der Obdachlosigkeit. Aus gesundheitlichen Gründen lehnte
ich ein Arbeitsangebot der Sozialbehörde ab. Ich sollte bei
einer Leihfirma als Hilfskraft in Schichtdienst arbeiten.
Zweifelsfrei hätte es mich kräftemäßig überfordert, diese
Arbeit anzunehmen und auszuführen. Die Behörde sah es
naturgemäß, wie es ihrem staatstypischen Charakter entsprach, damals völlig anders. Daher erhielt ich die übliche
Geldsperre, die gerne von Staat als Machtinstrument in solchen Fällen eingesetzt wird. Nur mit Hilfe von anderer Stelle
konnte aus meiner Sicht eine soziale Katastrophe um Haa-
resbreite verhindert werden. Daran fühlte ich mich in meiner
aktuellen Situation wieder schmerzlich erinnert. **(Anmerkung: Seit diesem Zeitpunkt betrachte ich unseren
hochgelobten Sozialstaat zunehmend kritischer. Meine
Naivität, dass der Sozialstaat in Not geratenen Menschen helfen will, legte ich fortan ab. Es war ein entscheidendes Schlüsselerlebnis in meiner biografischen**

Betrachtung. Stets genieße ich nun Sozialbehörden, egal welchen Namen sie tragen, mit äußerster Vorsicht.)

Wer hilft mir jetzt in dieser Lage weiter? Möglicherweise der Sozialverband Deutschland (kurz **SoVD** genannt)? Immerhin bin seit dem plötzlichen und unerwarteten Tod meiner Lebensgefährtin Jessika Kay Mitglied dieser Einrichtung und zahle meinen monatlichen Beitrag von 6,90 Euro, der regelmäßig vom Konto abgebucht wird. Schwierig zu sagen, ob sie mir tatsächlich helfen kann. Zumindest wäre es eine Chance, die ich möglicherweise ergreifen muss. In der Vergangenheit hat mir der Verband schon mehrfach hilfreich zur Seite gestanden. U.a. erkämpfte ich mir deren Unterstützung den Schwerbehindertenstatus. Daher werde ich diese Option im Hinterkopf behalten. Ich greife quasi nach jeden Strohhalm, der sich mir anbietet. Ohne Hilfe bin ich wohlmöglich hoffnungslos verloren.

Seit 2013 erhalte ich Grundsicherung. Vorher bestand eine fast siebenjährige Abhängigkeit von Hartz IV, was ich auch nicht grundlos *„Scheiße IV“* nenne. Denn für mich ist es ein Häufchen bürokratischer Stuhlgang, der den Bürgern von Staat angeboten wird, nur um die Illusion zu erwecken, dass es doch ein Instrument gegen die Armut in Deutschland gibt. Somit befinde ich mich schon seit sehr vielen Jahren in Dauerkrisenmodus. Deshalb reicht meines Erachtens die bisherige Diagnose meines langjährigen Psychiaters nicht mehr aus. Sie muss zusätzlich die Begrifflichkeit „Belastungsstörungen“ ergänzt werden. Ohne diese Ergänzung wäre mein Krankheitsbild nicht wirklich vollständig dargestellt. Zumindest spiegelt dies mein persönliches Empfinden wieder. Nicht ohne Grund erhielt ich den Schwerbehindertenstatus, den ich mühsam zusammen mit dem SoVD erkämpft habe. Leider ist er vorerst zeitlich befristet. Das Versorgungsamt startete Mitte April diesen Jahres eine Überprüfung, ob ich meinen Status behalten darf oder nicht. Gültig ist er laut meines Behindertenausweis bis einschließlich April 2023. Der Ausgang des Verfahrens ist völlig ergebnisoffen.

Ich kann nicht einschätzen, wie die Behörde entscheiden wird. Eine Zitterpartie ist bereits in vollem Gange. (Es ist eine weitere Baustelle, die ich im Auge behalten muss.)

Der Erhalt meiner 50% würde mir helfen, meine Wohnung behalten zu können. Es würde mir zumindest ein gewisses Stück Sicherheit geben. Viel wird zweifelsfrei davon abhängen, was mein Psychiater Peter Ehrmann in seinem Befund schreibt. Ich versuchte optimistisch zu sein, um mich nicht vorzeitig selbst zu zerfleischen.

Damit die Behörde ein komplettes Bild von meinen Gesundheitszustand hat, beschrieb ich meinen Gesundzustand auch aus meiner Sicht. Inwieweit es mir nützt, kann ich nicht wirklich einschätzen. Ich musste es aber in jedem Fall probieren. Es gab mir zumindest das Gefühl, nicht nur passiv am Geschehen beteiligt zu sein. Folgende Zeilen verfasste ich an die Behörde:

André Dahlmann
Sentastraße 16
22083 Hamburg

Einschreiben mit Rückschein
Versorgungsamt Hamburg
Adolph Schönfelder Straße 5

22083 Hamburg

Hamburg, d. 02.05.2022

Erhalt des Schwerbehindertenstatus

Sehr geehrte Damen und Herren!

Hiermit begründe ich die Beibehaltung des Schwerbehindertenstatus wie folgt:

Mein Gesundheitszustand hat sich durch die Corona-
Pandemie eher noch verschlechtert. Denn für einen längeren
Zeitraum befand ich mich in einem emotional aufgelösten
Zustand der Ungewissheit. Was kommt auf mich zu? Wie
gefährlich ist das Virus? Meine Ängste und Depressionen
verstärkten sich dadurch zunehmend. Regelmäßige Schlaf-
störungen, Antriebslosigkeit und starke Ermüdungserscheinungen blieben daher weiterhin meine Begleiter.

Aufgrund der pandemischen Lage wurden alle Beschäftigten
in den Betrieben von Alsterarbeit für mehrere Monate frei-
gestellt. **(Hinweis: Ich arbeite in einer Behinderten-
Werkstatt: Atelier Kunterbunt, Alsterdorfer Markt 10,
22297 HH.)**Fortan stellte sich mir die Frage, ob ich meine
Arbeit verliere oder nicht. Massive Existenzängste entstanden in meinem Kopf. Panik kam auf. Denn meine Arbeit zu
verlieren, wäre zweifelsfrei sehr einschneidend für mich. Ich
gehe davon aus, dass ich nicht die Kraft hätte, woanders
einen Neustart zu machen. Diese Realität könnte mich dauerhaft destabilisieren. Diese Tatsache wurde mir während der
Freistellung vom Betrieb bewusst. Der Verlust der Tagesstruktur und der sozialen Kontakte machte mir in diesem
Zusammenhang arg zu schaffen. Für mich eine absolute
Tortur. Nur sehr mühsam konnte ich emotional aufgefangen
werden.

Bewegte ich mich im öffentlichen Raum, begegneten mir
sehr häufig die Aggressivität und die verbale Gewalt meiner
Mitmenschen, die durch die Pandemie erzeugt wurde, sodass
sich die soziale Phobie bei mir verstärkte. Deshalb traute ich
mich zeitweilig nicht das Haus zu verlassen und hatte erheb-
liche Schwierigkeiten an gesellschaftlichen Leben teilzuneh-
men.

Außerdem wollte ich mich verständlicherweise nicht mit dem tückischen Virus anstecken, da dessen Gefährlichkeit für mich lange Zeit schwer einschätzbar blieb. Aus diesem Grund musste ich mich im vorigen Jahr nach der schrittweisen Rückkehr in den Betrieb erneut freistellen lassen. Diese Entscheidung war damals alternativlos für mich, auch wenn es bedeutete, meine gewohnte Tagesstruktur nochmals zu verlieren. Die akute Ansteckungsgefahr mit dem Virus wertete ich in dieser Situation als die schlimmere Bedrohung. Erst nach der Impfung wagte ich wieder zur Arbeit zu gehen. In diesem Kontext bin ich Alsterarbeit dankbar, dass ich ein Impfangebot erhielt. Allein hätte ich nicht die Energieleistung aufgebracht, mich selbständig um einen Impftermin zu kümmern. Vermutlich wäre ich ohne das Impfangebot von Alsterarbeit nachwievor ungeimpft.

Wegen der Pandemie gibt es emotionale Spannungsfelder am Arbeitsplatz. Dies führte bei mir zu weiteren seelischen Überlastungen. Mehrere Krankschreibungen durch meinen behandelnden Facharzt Herrn Peter Ehrmann, Hamburger Straße 146, 22083 Hamburg wurden dringend notwendig. Darüber hinaus reduzierte ich in Absprache mit meinen Vorgesetzten Herrn Arnold Brahms und den Fachdienst von Alsterarbeit die Arbeitsstundenzahl erheblich, damit ich wieder eine höhere Belastbarkeit erreiche.

Am Ende des Schreibens sei noch erwähnt, dass meine Erwerbsminderrente nun dauerhaft bis zur Altersrente bewilligt wurde, weil man mittlerweile davon ausgeht, dass ich nicht mehr auf den ersten Arbeitsmarkt zurückkehren kann. Meines Erachtens unterstreicht dieser Sachverhalt, dass die Beibehaltung des Schwerbehindertenstatus durchaus gerechtfertigt ist.

Über eine baldige Bestätigung meines Schwerbehindertenstatus würde ich mich freuen.

Mit freundlichem Gruß

André Dahlmann

Beim Lesen des Schreibens kam ich zu der Erkenntnis, dass ich sehr viel Herzblut und Energie hineingesteckt habe. Mehr ging meines Erachtens nicht. Nun muss ich mir quasi selbst die Daumen drücken und hoffen, dass ich erfolgreich bin. Verfüge ich über genügend Power, um nach einer Niederlage noch kämpfen zu können? Kann ich ehrlich gesagt nicht einschätzen. Und genau diese Tatsache macht mir weiterhin enorme Angst, die ich aber an dieser Stelle meiner Aufzeichnungen nicht weiter literarisch vertiefen möchte.

Mein Lebenslauf repräsentiert keine sprichwörtliche Bilderbuchkarriere. Fast eher das Gegenteil entspricht den Tatsachen. Mittlere Reife und Abitur habe ich mühsam auf dem zweiten Bildungsweg nachgeholt. Eine Ausbildung als Industriekaufmann musste ich in der Firma meines Onkels machen, weil meine vorigen Bewerbungen leider erfolglos blieben, weil ich zugegebermaßen nur ein mittelmäßiger Schüler war. Ein Notendurchschnitt von 3,2 war wohl nicht überzeugend genug, um eine reale Chance in einem normalen Ausbildungsbetrieb zu erhalten. Und mein Zertifikat als Industriekaufmann beinhaltete nur die Note ausreichend, da ich während meiner Azubi-Zeit weitgehend auf mich alleingestellt blieb. Außerdem kämpfte ich in diesem Zusammenhang mit meiner Prüfungsangst, die mich auch bei anderen Prüfungen häufig leistungstechnisch blockiert hat. Denn die Firma meines Onkels galt nicht als regulärer Ausbildungsbetrieb. Es gab eine Sondergenehmigung der Handelskammer aufgrund des Verwandtschaftsgrades. Darüber hinaus scheiterte ich zweimal an der Hamburger Universität wegen psychischer Überlastung und chronischen Geldmangel. Vorzeitig das Studium abbrechen zu müssen, brachte mich in eine tiefe Lebenskrise, die mich emotional lange Zeit beschäftigte. Eine psychische Erkrankung folgte. Vermutlich war sie schon vorher vorhanden, aber nun drang sie augenblicklich in mein Bewusstsein und zwar mit voller Wucht. Ich musste die Hilfe eines Psychiaters annehmen, da ich die Kontrolle über mein Leben verlor. Von meinen behandelnden Facharzt wurde ich medikamentös eingestellt und machte einige Therapien mit unterschiedlichem Erfolg.

Lange Zeit blieb ich arbeitslos und bezog notgedrungen das verhasste Hartz IV. Der massive Druck des Jobcenters verschlimmerte meine Erkrankung erheblich. Irgendwie geriet ich in einen verhängnisvollen Teufelskreislauf, der mir schleichend die Lebensenergie entzog. Der totale Zusammenbruch drohte. Die Alarmglocken konnte ich nicht mehr überhören. Mein Trommelfell war kurz vorm Platzen. Die berufliche Tätigkeit im Atelier **„Kunterbunt"** bei Alsterarbeit wurde mein Rettungsring, der mir im letzten Augenblick zugeworfen wurde. Ohne diesen wäre ich längst ertrunken und wäre vermutlich bereits verstorben. Selbst professionell durchgeführte Wiederbelebungsversuche wären wohlmöglich erfolglos geblieben.

Auf dem ersten Arbeitsmarkt hätte ich keine reale Überlebenschance. Die Belastbarkeit wäre sehr schnell im Minusbereich geraten. Außerdem arbeite ich schon fast zwanzig Jahre nicht mehr in meinen erlernten Beruf als Industriekaufmann. Damit bin ich eindeutig zu lange raus, um wieder als kaufmännischer Angestellter arbeiten zu können. Dies ist eine Tatsache, die ich irgendwann stillschweigend akzeptierte.

Heutzutage sehe ich mich ohnehin eher als Künstler. Die Malerei und das Schreiben bestimmen fortan mein Leben. Leider ist es schwierig, mit Kunst Geld zu verdienen. Viele sprechen in diesem Zusammenhang auch häufig von der sogenannten „brotlosen Kunst". Dennoch probierte ich es mehrere Jahre aus. In der Vergangenheit machte ich zahlreiche Ausstellungen, Lesungen und Märkte. Ein immens hoher Aufwand, der mir aber nur einen geringen kommerziellen Erfolg bescherte. Und im Hintergrund lauerte das monströse Jobcenter, das mir mein Leben erheblich erschwerte. Notgedrungen musste ich zwei Ein-Euro-Jobs(**„Haftstrafe für Arbeitslose"**) machen, die letztlich dazu dienten, mich als Bürger in brutaler Weise zu gängeln.

Die Arbeitslosen sollen auf diese Weise dazu gebracht werden, jeden erdenklichen Dreck, der ihnen auf dem Arbeitsmarkt angeboten wird, tatsächlich anzunehmen, auch wenn es Armut per Gesetz bedeutet. Geeignete Fortbildungsmaßnahmen blieben dabei für mich Fehlanzeige, sodass ich für mich keine Fortschritte erzielte. In vollem Umfang saß ich meine zwei Haftstrafen als Arbeitsloser ab, um keine Leistungskürzung zu riskieren. Ein hoher psychischer Druck des Staates wurde durch diese menschenunwürdige Maßnahme bei mir aufgebaut. Es entzog mir förmlich ein Großteil meiner Lebensenergie und beraubte mich meiner menschlichen Würde. Dabei wurde gezielt das Gefühl erzeugt, ein Krimineller im Sinne der Gesellschaft zu sein. Mein Wert als Mensch bekam einen besorgniserregenden inflationären Charakter, auch wenn Nichtbetroffene es sich nicht vorstellen können, weil allgemein von einem intakten Sozialstaat ausgegangen wird. Meine Depressionen und Ängste verstärkten sich gewaltig, sodass ich mich erschlagen, nahezu tot fühlte. Daher war in meinem Fall dieser fürchterliche „Knastaufenthalt", den ich zweimal über mich ergehen lassen musste, absolut kontraproduktiv. Zusätzlich beendete ich entnervt weitgehend die Versuche, meine Kunst privat vermarkten zu wollen.

Nun arbeite ich seit Sommer 2012 in einer Werkstatt für Menschen mit Handicap. Ich male Bilder und erhalte dafür einen sogenannten Werkstattlohn. Auf diese Weise kann ich meine schmale Haushaltskasse entscheidend aufbessern. Außerdem bekomme ich von meinen Arbeitgeber eine Fahrkarte bezahlt, die ich auch privat gut nutzen kann. Das Mittagessen in der Betriebskantine ist sehr kostengünstig, sodass es für mich eine weitere Entlastung meines Geldbeutels bedeutet. Und es wird sehr gut für meine Altersrente eingezahlt. Ohne diese Leistungen wäre ich zweifelsfrei sehr viel schlechter dran. Sehr wahrscheinlich müsste ich in Hinblick der hohen Inflation sonst Leergutsammeln und regelmäßig zur Tafel gehen, nur um einigermaßen über die Runden zu kommen. Für mich ist es ein Schreckensszenario, was ich allzu gerne aus meinem Bewusstsein verdränge. Daher bin ich dankbar, dass ich arbeitstechnisch diesen Platz habe, obwohl es auch kritische Aspekte meiner Tätigkeit bei Alsterarbeit gibt. (Dazu an anderer Stelle mehr.)

Seit 2013 beziehe ich, wie bereits erwähnt, Grundsicherung. Diese Behörde ist das kleinere Übel zum Jobcenter, weil der massive Bewerbungsdruck wegfällt. Zum Schluss schrieb ich ca. 75 bis 80 Bewerbungen pro Jahr. Ein Großteil der Bewerbungen diente eher nur dazu, meinen Mitwirkungswillen zu signalisieren. In Prinzip gab es kaum passende Arbeitsangebote für mich auf dem Stellenmarkt. Entweder war ich unter- oder überqualifiziert. Für mich blieb es lange Zeit eine extrem schwierige Situation. Die Behörde wollte den Druck weiter auf mich erhöhen, obwohl ich mich nachweislich um Arbeit bemühte. Meine damalige Jobvermittlerin brachte es mir sehr deutlich zum Ausdruck. *(„Ich muss jetzt den Druck auf Sie erhöhen, weil ich selbst Druck von oben habe".)*Immerhin war die Aussage dieser Frau ehrlich, änderte aber vorerst nichts an meiner Lage. Zum Glück fand ich gerade noch rechtzeitig einen Ausweg.

Die Abhängigkeit von der Grundsicherung ist aber auch kein Zuckerschlecken. Ständig muss ich mich vor den Beamten in der Behörde nackig machen, um weiterhin meine Leistungen beziehen zu können. Für mich stellt es häufig ebenfalls eine Verletzung meiner Menschenwürde dar. Zweimal musste ich zum Gutachter, damit ich meine Wohnung behalten darf. Für mich ist es eine enorme seelische und nervliche Belastung. Und der Dauerkrisenmodus, den ich seit mehreren Jahren schon durchlebe, hat nicht unbedingt dazu beigetragen, mich ausreichend zu stabilisieren. Eher im Gegenteil. Es geht mir jetzt sogar noch schlechter als vorher. Der Verlust meiner Wohnung wäre extrem einschneidend. Davon würde ich mich sehr wahrscheinlich nicht mehr erholen. Die Wunden würden vermutlich nicht mehr wirklich verheilen. Eine Scheißegal-Haltung bezüglich des Lebens wäre wohlmöglich die Konsequenz. Diese Tatsache ängstigt mich, auch wenn ich an dieser Stelle zumindest vorerst nur in

Konjunktiv spreche. Nur mit Mühe behalte ich zurzeit die Selbstkontrolle.

Ich bin heilfroh, endlich schuldenfrei zu sein. Jahrelang musste ich mühsam in kleinen Raten meine Schulden zurückzahlen. Ein quälender Prozess, der mir arg zu schaffen machte. Der damalige Verlust des Arbeitsplatzes erschwerte die Rückzahlung. Ich musste überall starke Einsparungen vornehmen, um mal geradeso über die Runden zu kommen. Ohne die moralische und finanzielle Unterstützung meiner damaligen Lebensgefährtin Jessika Kay wäre es zweifelsfrei noch deutlich schwieriger geworden. Durch die hohe Inflation bin ich wieder in einer vergleichsweise ähnlichen wirtschaftlich prekären Lage. Wenn ich darüber hinaus auch noch Schulden in meiner ohnehin schwierigen Lage hätte, würde mir möglicherweise jetzt schon die Obdachlosigkeit drohen. Zumindest müsste ich in die private Insolvenz gehen. Diese Tortur bleibt mir wenigstens erspart, weil ich seit Juli 2018 schuldenfrei bin.

Den Jobverlust selbst empfand ich damals nicht als besonders schlimm. Nur der Zeitpunkt war wegen der Schulden nicht unbedingt optimal. Seit Sommer 2003 übe ich meinen erlernten Beruf nicht mehr aus. Ungefähr sechs Jahre dauerte meine kleine und überschaubare Karriere im Betrieb. Ca. 2,5 Jahre als Aushilfe und ca. 3,5 Jahre als fest angestellter Verkäufer für Gartenhäuser. Ein Traumjob war es für mich zugegebenermaßen nie gewesen. Ursprünglich erlernte ich den Beruf nur, um Handelslehrer werden zu können. **(<u>Anmerkung:</u> Die Berufsausbildung galt als zusätzliche Voraussetzung für das Studium als Handelslehrer.)**

Die Berufsausbildung sollte eigentlich nur eine Durchlaufstation für meine berufliche Karriere sein. Jedoch gewisse Lebensumstände zwangen mich dazu, das Studium vorzeitig abzubrechen und notgedrungen meinen erlernten Beruf wieder auszuüben. Trotz meiner sozialen Phobie arbeitete ich wieder im Verkauf. Der Umgang mit Menschen wurde für mich unausweichlich, aber ich meisterte es besser als gedacht. Anerkennung erhielt ich allerdings nur wenig für meine Arbeit. Ich wurde nur als besser ausgebildeter Hilfsarbeiter gesehen, der im Betrieb sein Gnadenbrot verdienen durfte. Vermutlich wollten mich meine Vorgesetzten erniedrigen, um sich auf diese Weise selbst zu erhöhen, damit sie ihre eigene Unfähigkeit kaschieren können. Rückblickend betrachtet gesehen ein Armutszeugnis des Unternehmens. Und für mich war es nicht gerade aufbauend. Darum machte ich irgendwann nur noch Dienst nach Vorschrift. Mehr nicht, aber auch nicht weniger. Schließlich wollte ich verständlicherweise nicht riskieren, nochmals arbeitslos zu werden.

Bei der Geschäftsleitung merkte man an, dass sie nicht in der Lage war, ein Unternehmen kaufmännisch richtig zu führen. Dies zeigte sich dadurch, dass die Kundschaft irgendwann schlagartig wegblieb. Der Betrieb erwirtschaftete ein sattes Minus in der Gewinn- und Verlustrechnung **(fast 50.000 Euro Defizit)**. Für mich bedeutete es konsequenterweise den Verlust des Arbeitsplatzes. Schwierige Zeiten standen mir bevor. „Schulden an der Backe und keine echte berufliche Perspektive“, zog ich als magere Zwischenbilanz. Ich war in Anbetracht der Lage quasi stehend KO und drohte zusammenzubrechen. Trotzdem probierte ich einen Neustart. Zunächst strukturierte ich meine Finanzen und erstellte einen Haushaltsplan. So verschaffte ich mir eine finanzielle Übersicht. Der nächste Schritt war, kleine Raten mit den Gläubigern zu vereinbaren, um sie zumindest vorerst ruhig zu stellen. Zusätzlich brachte ich meine restlichen Geldreserven in Sicherheit, die ich für den beruflichen Neubeginn benötigte. Ich begann ein Studium der Kunstgeschichte an der Hamburger Universität. Für mich eröffnete sich eine neue berufliche Chance.

Einige Leser fragen sich vermutlich an dieser Stelle: „Warum studierte André plötzlich Kunstgeschichte?“ Denn zuvor wollte ich noch Handelslehrer werden. Meine Interessen veränderten sich im Laufe der Zeit. Somit ist klargestellt, dass unser Leben ein dynamischer Prozess ist, der ständig seine Richtung ändern kann. Durch einen Schicksalsschlag in der Familie bekam ich eine völlig andere Sicht der Dinge.

Meine Mutter brach tot am 26.12.1996 um ca. 00.05 Uhr auf dem Weg zur Toilette vor meinen Augen im Flur zusammen. Für mich stellte es ein sehr einschneidendes Erlebnis dar, dass mich schrittweise radikal veränderte. Daher betrachtete ich mein Leben aus einem völlig anderen Blickwinkel als vorher. Im Prinzip war es schon eine „Zeitenwende" in meinem Dasein, wie ich sie schon vorher mehrfach und auch hinterher weiterhin erlebte. Somit ist die zuvor erwähnte „Zeitenwende" jetzt nichts wirklich Neues für mich. Nur aktuell ist sie wieder besonders spürbar. So etwas ist durchaus beängstigend, weil ich als normaler Bürger letztlich keinen entscheidenden Einfluss auf die Handlung ausüben kann. Alles ist abhängig von der Politik, die zurzeit kein vertrauenserweckendes Bild in der Öffentlichkeit abgibt.

Durch den Tod meiner Mutter Hilde wurde mir bewusst, dass unser Leben endlich ist und wollte mein Dasein einem neuen Sinn geben. Ich entdeckte für mich die Malerei und die Schriftstellerei. Eine neue Lebensperspektive eröffnete sich mir zunehmend vor meinen Augen. Um einen besseren Zugang zur Malerei zu erlangen, beschäftigte ich mich mit der Kunstgeschichte. Ich las entsprechende Bücher und besuchte zahlreiche Ausstellungen in Museen. Und tatsächlich half es mir später bei der Bildgestaltung. Die Ergebnisse konnten sich durchaus sehen lassen, vor allem wenn man bedenkt, dass ich ein Autodidakt bin. Aus diesem Grund entschied ich mich für diesen Studiengang. Während des Studiums spielte ich mit den Gedanken, Kunst- und Museumspädagogik zu machen.

Das Studium war natürlich auch eine Flucht vor **„Scheiße IV"**. Der negative Ruf dieser dubiosen Arbeitsmarktpolitik eilte mir bereits voraus. Auf dieses gesellschaftliche Niveau wollte ich verständlicherweise nicht sinken. Davor hatte ich eine nachvollziehbare Angst. Denn es ist aus meiner Sicht das größte Sozialverbrechen in der Nachkriegsgeschichte Deutschlands, ausgerechnet begannen von Sozialdemokraten, die bei ihrer ursprünglichen Parteigründung eine Arbeiterbewegung war, die sich eigentlich für bessere Arbeitsbedingungen für Arbeitnehmer und soziale Gerechtigkeit einsetzte. „Was für eine bittere Ironie“, kam mir in diesem Zusammenhang als zusätzlicher Gedanke, der bei mir Sodbrennen verursachte. Es ist für viele Menschen tatsächlich Dauerarmut per Gesetz. (Dazu an anderer Stelle mehr.)

Mit dem zweiten Versuch eines Studiums erhoffte ich mir eine neue Perspektive zu schaffen. Allerdings mit den Ende, dass ich nach kann knapp zwei Jahren das Studium leider wieder abbrechen musste. Grund des vorzeitigen Karriereendes? Durch den damaligen CDU-geführten Senat kamen für mich unerwartet die Studiengebühren als zusätzliche finanzielle Belastung hinzu, die ich aufgrund meiner prekären Lebenssituation nicht mehr stemmen konnte, sodass sich fortan lange Zeit nur noch Reiche einen Besuch an der Uni in Hamburg leisten konnten. Dies ist wieder einmal ein gutes Beispiel für die soziale Schieflage in unserer Gesellschaft. Den Luxus eines Studiums konnte ich mir nicht mehr erlauben. Mein Einkommen befand sich leider unterhalb von Hartz IV-Niveau. Ein **„*Eintrittsgeld*“** von 1.000 Euro pro Jahr (pro Semester 500 Euro) war aus diesem Grund unerschwinglich für mich. Und für einen Studentenkredit war ich leider schon zu alt, um ihn zu erhalten **(37 Jahre alt)**.

Zur Finanzierung des Studiums trug ich das Hamburger Abendblatt aus. Dies bedeutete für mich sechs Tage pro Woche Nachtarbeit. Ein klassischer Ausbeuterjob für vergleichsweise wenig Geld. Notgedrungen musste ich ihn machen, weil es zu dieser Zeit kaum nennenswerte Alternativen gab. Es half mir aber finanziell, besser über die Runden zu kommen. Außerdem machte ich Nachbarschaftshilfe. Konkret half ich einer Nachbarin im Haushalt. Kennengelernt habe ich sie durch den Zeitungsjob. Ihr Name war übrigens Heike May. Genau wie ich trug sie Zeitungen aus. Sie war ca. sechszehn Jahre älter als ich. Die Frau litt unter Psychose, was ich allerdings damals noch nicht wusste. Aufgrund ihrer Erkrankung wurde diese Nebentätigkeit zunehmend zu einer emotionalen Tortur. Ihre extremen Stimmungsschwankungen überforderten mich immer mehr. Meine Kraftreserven wurden systematisch aufgebraucht. Daher beendete ich zweimal diesem menschenschindenden Nebenjob.

Spätsommer 2003. Irgendwann sprach sie mich nach getaner Arbeit an.

„Ich hörte, du studierst".

„Ja, Kunstgeschichte".

„Warum Kunstgeschichte"?

„Kunst ist mein Leben. Ich male Bilder und schreibe Bücher".

„Verdienst du damit Geld"?

„Ich stehe noch am Anfang. Mein erstes Buch steht kurz vor der Veröffentlichung".

„Hast du einen Verlag"?

„Nein, aber ich kann meine Bücher bei Books on Demand herausbringen. Das ist quasi eine digitale Druckerei. Gegen entsprechende Bezahlung kann ich auf diesem Wege Bücher publizieren".

„Hast du das Geld dafür"?

„Ich habe vorher dafür gespart".

„Und was ist mit der Malerei"?

„Ich werde versuchen, mir Ausstellungen zu organisieren, um zusätzlich Geld damit zu verdienen."

„Ich hätte eventuell ein Tipp für dich."

„Hört sich gut an".

„Das Kulturhaus Dehnhaide könnte eine gute Adresse für dich sein".

„Wo befindet es sich"?

„In der Nähe des Bahnhofes. In der Vogelweide".

„Schaue ich mir demnächst an."

„Dort gibt es einmal pro Monat freie Autorenlesungen. Findet jeden dritten Mittwoch im Monat statt. Jeder darf dort lesen. Außerdem könntest du in diesem Kulturhaus möglicherweise eine Ausstellung machen."

„Um wie viel Uhr startet die Lesung"?

„Um ca. 19.30 Uhr geht es los".

„Für mich durchaus eine Chance, Künstlerkontakte aufzubauen".

„Hättest du Lust und Zeit mir im Haushalt zu helfen? Du bekommst auch Geld dafür".

„Warum nicht".
„Komm morgen 14.00 Uhr bei mir vorbei! Dann besprechen
wir alles".
„Wo wohnst du"?
„In der Lohkoppelstraße 59".
„Einverstanden".

Die Haushaltshilfe hielt mehrere Jahre. Sommer 2012 musste
ich sie zum ersten Mal beenden. Denn die Frau wurde emotional unberechenbar, sodass es mich nervlich immer stärker
überforderte. Zum Glück war ich zu diesem Zeitpunkt nicht
mehr auf diesen Zuverdienst angewiesen. Denn ich lebte zu
diesem Zeitpunkt schon mit Jessika zusammen. Zu zweit
konnten wir finanziell den Einkommensverlust verkraften.
An dieser Stelle der Aufzeichnungen möchte ich gegenüber
Heike nicht undankbar sein, aber sie wurde mir gegenüber
respektlos, was ich als demütigend und als herabwürdigend
empfand. Niemand muss sich dauerhaft schlecht behandeln
lassen. Ich musste in meinem bisherigen Dasein genügend
verbale Gewalt ertragen. Sie ist wohl der Hauptgrund für
meine psychische Erkrankung. Ich befürchtete, instabil zu
werden. Daher zog ich später meine Konsequenzen.

Vorher befand ich mich auf einen guten Weg. Mit den zwei
Nebentätigkeiten konnte ich während des Studiums zumindest meine Miete abdecken. Zwischendurch machte ich Ge-
legenheitsjobs durch meinen damaligen Kumpel namens
Roland Karstens, den ich in der Firma meines Onkels ken-
nenlernte. Er machte dort ein Praktikum als Verkäufer. Alterstechnisch könnte er durchaus mein Vater (ca. 30 Jahre
Unterschied)sein. Er half mir damals in Kampf gegen die
Behörde, weil mir die Obdachlosigkeit drohte. Im Gegenzug
half ich ihn mehrfach finanziell aus, weil er sich selbst in
einer prekären Lage befand. Diese Freundschaft ging allerdings nach ca. acht Jahren auseinander, weil er mir gegenüber mehrfach respektlos auf AB sprach und mich maßlos
bevormundete. Wieder wurde ich mit einen Lebensmuster
konfrontiert, dass mich ein Großteil meines Daseins beglei-

tet hat. Offensichtlich ziehe ich Menschen an, die felsenfest davon überzeugt sind, mich schlecht behandeln zu dürfen. Darauf verspürte ich irgendwann verständlicherweise keine Lust mehr. Daher erschien mir die Trennung der langjährigen Freundschaft folgerichtig.

Zu diesem Zeitpunkt begann ich die Beziehung zu Jessika. Er war vermutlich neidisch, weil ich eine Beziehung hatte. Denn seine Beziehung zu einer Ärztin ging zu diesem Zeitpunkt dem Ende entgegen. Außerdem störte es ihn, dass ich weniger verfügbar war als vorher. Er zeigte wenig Verständnis dafür, dass ich in der Kennlernphase mehr Zeit mit Jessika verbrachte als mit ihm. Daher beendete er in Zorn unsere Freundschaft, indem er abrupt den Kontakt zu mir abbrach. Zugegebenermaßen war es eine enorme Erleichterung für mich, dass er mir diesen Schritt abnahm, weil ich mich schwertat, die notwendigen Konsequenzen aus eigener Kraft zu vollziehen.

Ca. sechs Monate nach Kontaktabbruch schickte er mir per Post eine Karte mit dem restlichen Geld, was er mir noch schuldete (40 Euro). Damit fand dieser Lebensabschnitt seinen endgültigen Abschluss.

Durch Rolands Kontakte half ich bei einigen Umzügen beim Transport. Pauschal bekam ich für einen Tag Arbeit 50 Euro. Dafür konnte ich für knapp zwei Wochen Lebensmittel einkaufen. Heutzutage reicht dieser Betrag wegen der hohen Inflation nicht einmal für eine Woche. Erschreckend wie die Preise zwischenzeitlich gestiegen sind. Das Geld verliert zunehmend dramatisch an Wert. So ändern sich die Zeiten. Leider nicht unbedingt zum Besseren, wie ich an dieser Stelle meiner Aufzeichnungen wieder einmal feststellen muss.

Von einem Arbeitskollegen namens Ralf Schlesinger beim Hamburger Abendblatt erhielt ich lange Zeit regelmäßig Kleiderspenden und teilweise auch Lebensmittel. Er verfügte über gewisse Kontakte und entsprechender Quellen. Ich ging immer davon aus, dass er unter ein Helfersyndrom litt, um als Gutmensch dazustehen. Er hatte ein massives Alkoholproblem und bekam sein Leben nicht mehr wirklich in den Griff. Nur mit viel Mühe schaffte er den Zeitungsjob. Seine Ehe scheiterte nach relativ kurzer Zeit. Fast wäre er sogar obdachlos geworden. Die Hilfe, die er mir gab, steigerte sein Selbstwertgefühl. Meines Erachtens war seine Unterstützung keine reine Selbstlosigkeit, sondern auch ein gewisser Eigennutz. Für mich spielte es aber keine Rolle und blendete diese Realität weitgehend aus. Ich sparte sehr viel Geld und wollte einfach nur überleben. Im Gegenzug half ich ihm in Umgang mit den Behörden. Beispielsweise setzte ich behördliche Schreiben für ihn auf. Somit brauchte ich diesbezüglich kein schlechtes Gewissen zu haben. Auf diese Weise bezahlte ich meine Schuld.

Winter 2004. Genau wie Heike sprach mich Ralf nach getaner Arbeit an:
„Du hast zurzeit nicht viel Geld".
„Ja, dies ist leider richtig".
„Brauchst du Klamotten"?
„Ja, warum fragst du"?
„Ich habe Zugang zu einigen Kleiderkammern".
„Hört sich gut an".
„Ich bringe dir morgenfrüh etwas mit".
„Kostet es Geld"?
„Nein, aber du könntest mir bei einer behördlichen Angelegenheit helfen. Ich habe Probleme mit der Arge".
„Inwiefern"?
„Du könntest für mich ein Schreiben aufsetzen. Ich kann so etwas nicht".
„Mache ich. Details besprechen wir morgen".
„Danke".
„Ich habe zu danken".

Auf diese Weise haben wir uns gegenseitig geholfen. Nur so kann eine Gesellschaft tatsächlich auf Dauer funktionieren. Einzelkämpfer haben zumindest langfristig keine echte und reale Überlebenschance in unserer sogenannten Wertegemeinschaft. Ohne Hilfe von anderen hätte ich in bestimmten Situationen gesellschaftlich nicht überlebt. Das ist eine Erfahrung, die ich im Laufe meines Lebens immer wieder gemacht habe. Solidarität muss daher in Anbetracht des aktuellen Dauerkrisenmodus immer größer geschrieben werden. Sie wird nach meiner persönlichen Einschätzung zunehmend an Bedeutung gewinnen. Es kommen immer härtere Zeiten auf uns zu, was mir enorme Angst macht. Vielen anderen wird es vermutlich ähnlich ergehen. Einige versuchen die Realität aus ihrem Bewusstsein zu verdrängen, weil sie eine emotionale Überforderung darstellt. Gelegentlich tue ich es auch, indem ich weniger Nachrichten schaue. Für mich sind sie eine Reizüberflutung, die mich am Rande des Wahnsinns treibt. Meine Wahrnehmung wird quasi über Gebühr beansprucht. Es fällt mir schwer, damit umzugehen. Zum Selbstschutz dosiere ich mir die Menge der Nachrichten. Alles andere wäre emotionaler Selbstmord. Die Dosis macht bekanntlich das Gift.

Mein Vertrauen in die Medien ist offen gesagt nicht mehr allzu groß, um es mal diplomatisch auszudrücken. Daraus mache ich an dieser Stelle kein Geheimnis. Die Corona-Pandemie hat meine Skepsis gegenüber den Medien sogar erheblich vergrößert. Die Bürger wurden innerhalb von ca. 2 ½ Jahren regelrecht auf dieses Virus konditioniert, teilweise mit harten Maßnahmen, die mehr Schaden anrichteten als Nutzen gebracht haben. In diesem Zusammenhang würde ich sogar von militärischen Drill in einer Diktatur sprechen, was mir mehr Angst macht als das Virus selbst. Es entstand eine unerträgliche und unzumutbare „Panikrhetorik" von ARD und ZDF, die uns gnadenlos in Dauerschleife präsentiert wurde. Ich bin heilfroh, dass ich als Grundsicherungsbezieher keine GEZ-Gebühren bezahlen muss. Sonst würde ich mich über die *staatstreuen* Medien noch sehr viel mehr ärgern, weil ich diese unverantwortliche und einseitige Berichterstattung durch meine Beitragszahlungen auch noch mitfinanzieren würde. Denn die *Gehirnwäsche* der Medien ist aus meiner Sicht als hochtoxisch für unsere ohnehin fragile Gesellschaft einzustufen. Zweifelsohne erzeugt es ein extrem unangenehmes „*Reizklima*" in unserer hochgeschätzten Wertegemeinschaft, das vermutlich nie mehr richtig verschwinden wird. Bei mir entsteht zugegebenermaßen ein wenig Schadenfreude in Krisenzeiten, weil ich keinen finanziellen Beitrag für diesen negativen Einfluss beisteuere. Für mich repräsentiert es ein kleines Trostpflaster für meine Seele.

Teilweise radikalisierten sich viele Bürger, wobei zwei extreme Lager entstanden: Maßnahmenbefürworter und Maßnahmengegner. So etwas ist auf Dauer gefährlich, weil es unsere Gesellschaft spürbar spaltet. Der Riss, der dabei unübersehbar zum Vorschein kommt, ist schwer zu reparieren. Vielleicht bleibt er uns wohlmöglich sogar ewig erhalten. Familie, Freunde und Arbeitskollegen sind beim Thema Corona sehr zerstritten, insbesondere wenn es um das Tragen einer sogenannten Schutzmaske oder die Notwendigkeit des Impfens geht. Ein emotionaler Bürgerkrieg ist in der Gesellschaft entstanden. Dabei fügen sich die Betroffenen gegenseitig sehr starke emotionale Verletzungen zu. Mein langjährige Kumpel und Schreibkollege Michael Wesermann berichtete mir am Telefon: „Heinz lebt von seiner Frau mittlerweile getrennt. Er sagte bezüglich seines sechsjährigen Sohnes, dass er für ihn gestorben ist, wenn ihn die m-RNA-Pisse gespritzt wird. Und seine Ex Ilona ist eine linientreue Maßnahmenbefürworterin. Es bleibt abzuwarten, wie es sich weiterentwickelt. Das Kind kann ja nichts dafür, weil letztlich die Mutter die Entscheidung trifft und nicht er selbst. Daher empfinde ich es als falsch, dass er wahrscheinlich den Kontakt zu seinen Sohn abbrechen wird". „Das ist wirklich sehr extrem. Das ist zu radikal für mein Geschmack", entgegnete ich darauf leicht geschockt. „Sehe ich auch so. Es muss jeder selbst entscheiden, ob er sich impfen lässt oder nicht. Daher ist es mir egal, ob jemand für oder gegen das Impfen ist. Jedoch ein Kind zu verstoßen, nur weil es geimpft ist, kann ich nicht nachvollziehen", fügte Michael hinzu.

Vermutlich gibt es eine Vielzahl solcher Beispiele. Deshalb denke ich, ging den Medien schrittweise das erforderliche Fingerspitzengefühl endgültig verloren. Gleiches gilt auch für Politiker und Wissenschaftler. Das ist aus meiner Sicht absolut unverantwortlich. Sehr häufig diskutiere ich mit Michael über das sogenannte *„C-Thema"*. Kennen tun wir uns schon fast zwanzig Jahre.

Genau wie ich ist er Buchautor. Zuvor war er jahrelang als Beamter bei der Finanzbehörde tätig. Verheiratet ist er mit Rita Wesermann. Gemeinsam haben sie eine Tochter namens Lara, die mittlerweile volljährig ist. Zusammen machten wir viele Lesungen, um unsere Bücher besser vermarkten zu können. Er schreibt Horror, Mystery und Science Fiction. Damit ist er zumindest im Vergleich zu mir durchaus erfolgreich. Zumindest verfügt er über ein gewisses Zubrot, dass seine Haushaltskasse aufbessert. Ich wäre zufrieden, wenn ich auf Dauer ebenfalls dieses Ziel erreichen würde.

Warum bin ich nicht erfolgreich? Liegt es an der Qualität meiner Texte? Ich denke nicht. Vielmehr gehe ich davon aus, dass meine Texte nicht *„massentauglich"* sind. Meist sind meine Bücher sehr persönlich und vor allem sehr gesellschaftskritisch. Manchen vielleicht sogar zu politisch. Ich setze mich mit sehr unangenehmen Themen auseinander, die beim genauen Hinsehen auch wehtun können. Wer kann und will wohlmöglich Schmerzliches ertragen? Die Mehrheit der Leser bevorzugt eher leichtverdauliche „Entspannungsliteratur", sodass nur eine kleine Zielgruppe meine Bücher wirklich mag. Es ist eine Realität, der ich mich immer wieder aufs Neue stellen muss. Jedoch kann ich mich selbst nicht verleugnen. Dies würde im Klartext bedeuten, dass ich mir selbst untreu werden würde. Also setze ich das Schreiben in meiner gewohnten Weise fort.

Hinzu kommt die Tatsache, dass ich in den letzten 2 ½ Jahren kaum etwas für die Vermarktung meiner literarischen Werke tun konnte. Wegen der sogenannten Corona-Maßnahmen konnte ich weder Märkte noch Lesungen machen. Ohne solche Veranstaltungen verkaufe ich nur sehr wenige Buchexemplare. Selbst Michael macht zurzeit vergleichsweise wenig Umsatz mit seinen Büchern, obwohl er ein Genre bedient, das über deutlich mehr Anziehungskraft bei Lesern verfügt als meine Texte. Zum Glück bin ich trotz hoher Inflation finanziell nicht abhängig vom Bücherverkauf. Denn mein monatliches Einkommen deckt aktuell zumindest noch meine Existenzbedürfnisse ab, wenn auch nur knapp. Daher würde ich mich freuen, wenn ich durch den Bücherverkauf wenigstens meine Kosten, die mir durch die Veröffentlichungen entstanden sind, wieder abdecken könnte. Dies wäre in jedem Fall ein Teilerfolg für mich. Auf längerer Sicht erhoffe ich mir ein kontinuierliches Nebeneinkommen mit der Literatur zu erzielen, um meine schmale Rente ein entscheidendes Stück aufzubessern. Denn meine Biografie-Lücken bezüglich der Renteneinzahlungen sind immens. Und ich möchte nicht lebenslänglich von der Grundsicherung abhängig sein. Für mich wäre es der totale Horror. Beinahe sogar ein Grund, Suizid zu begehen.

Mein Leben ist zu sehr durch zahlreiche Schicksalsschläge geprägt. Einiges musste ich in meinem Leben einstecken. Temporäre Epilepsie, gezieltes Mobbing in der Schule und am Arbeitsplatz, Tod von mehreren Angehörigen wie beispielsweise meine Mutter oder meine Lebensgefährtin, mehrfach arbeitslos, zwei gescheiterte Studiengänge und oftmals sadistische Schikane durch gezielten Behördenterror begleiteten mich bisher auf meinen bisherigen Lebensweg. Natürlich ist mir bewusst, dass es Menschen gibt, die ein deutlich schlechteres Los gezogen haben als ich, aber es ändert nichts an der Tatsache, dass mich all diese Dinge krankgemacht haben und ich nicht mehr voll belastbar bin. Nicht ohne Grund gelte ich seit 2012 als voll erwerbsgemindert.

Meine Altersrente wird voraussichtlich sehr niedrig ausfallen, selbst wenn ich bis 67 im Atelier arbeiten werde, was noch nicht sicher ist, weil ich nicht wirklich weiß, ob ich solange kräftemäßig durchhalte. Mit dieser asozialen und menschenfeindlichen Realität muss ich bedauerlicherweise zurechtkommen. Ein harter Überlebenskampf steht mir unmittelbar bevor. Sehr häufig war in der Vergangenheit meine wirtschaftliche und soziale Existenz bedroht. Dies entwickelte sich im Laufe meines Daseins zu einem Dauerzustand, der durchaus als chronisch einzustufen ist. Keine schöne Zukunftsperspektive, die sich mir mehr und mehr offenbart. Die aktuelle politische Situation verstärkt meine negative Zukunftsbetrachtung. Meine Phobie vor Behörden wird mir ebenfalls sehr lange erhalten bleiben. Diese Angst ist aus meiner Sicht nicht unbegründet. Fast wäre ich wegen bürokratischen Starsinns und behördlicher Schikane obdachlos geworden. Meine Miete war damals laut Behörde nur läppische 66 DM zu hoch. Umgerechnet in Euro könnte ich mir heutzutage von dieser Summe für nur knapp drei Tage etwas zu Essen kaufen. Trotzdem machte sie mir das Leben extrem schwer, wenn nicht sogar zu einer unerträglichen Hölle. Mit sehr viel Mühe und Unterstützung konnte ich eine bevorstehende Katastrophe verhindern. Alles verarbeitete ich in meinen Debütroman **„Wendepunkte des Lebens Teil 1"** unter den Pseudonym Jan Kern.

Zwar verfüge ich über einen gewissen Erfahrungsschatz in Bezug auf die Krisenbewältigung, aber es kostete mich bisher viel Kraft und noch mehr Zeit. Es hinterließ unübersehbare Spuren der emotionalen Abnutzung, was zweifelsfrei auch zu körperlichen Erschöpfungszuständen führt. Daher kann ich nicht wirklich einschätzen, ob ich mein Leben noch auf Dauer bewältigen kann. Ich weiß, dass mich mancher Leser an dieser Stelle des Textes für eine *„Dramaqueen"* halten wird, aber damit muss ich leben. Denn ich bin kein normalbelastbarer Mensch, sondern ich habe nachweislich eine psychische Erkrankung. Dies sollte in der Beurteilung meiner Person eine gewisse Berücksichtigung erfahren.

Es kommt zweifelsohne einiges auf mich zu. Ich werde wohl um den Erhalt meiner Wohnung kämpfen müssen. Warum ist es so? Die Abhängigkeit vom Grundsicherungsamt macht mir in diesem Kontext arg zu schaffen. Dieser Tatbestand drängt sich gerade während des Schreibens in mein Bewusstsein auf, sodass ein Entkommen für mich nahezu als ausgeschlossen gilt. Aus Sicht des Staates ist meine Bleibe eigentlich viel zu teuer und zu groß. Dabei spielt es keine Rolle, dass eine vergleichbare Wohnung, wie ich sie habe, auf dem freien Markt mindestens 200 Euro teurer ist. Und kleinere Wohnungen sind heutzutage nicht immer unbedingt günstiger als mein jetziges Zuhause. Der aktuelle Wohnungsmarkt hat sich in eine Richtung entwickelt, die für viele Menschen sehr bedrohlich ist. Es werden zu wenige Sozialwohnungen in Deutschland gebaut beziehungsweise es fallen zu viele aus der Sozialbindung heraus. Bei mir entsteht der Eindruck, dass Hamburg zu sehr mit Eigentumswohnungen *„zubetoniert"* wird. Dadurch verschwinden Grünflächen in unserer Stadt, ohne dass die Wohnungsnot der Bürger ansatzweise beseitigt wird. Wir brauchen eindeutig eine Kehrtwende in der Wohnungsbaupolitik. Dazu gehört ein Mietendeckel für mehrere Jahre, damit ein Zeitpuffer für den Bau kostengünstiger Wohnungen geschaffen werden kann, auch wenn sich die Wohnungseigentümer garantiert in das *„Tal des Jammers"* begeben werden. Und die FDP würde sich erfahrungsgemäß lautstark wieder künstlich empören. Gedanklich höre ich bereits die Stimme dieser kapitalistisch orientierten Partei: „Die Wohnungseigentümer hätten bei dieser Wohnungsbaupolitik keine Investitionsanreize und es könnten nicht genügend Wohnungen für die Bürger gebaut werden". Die Wahrheit sieht meines Erachtens anders aus. Hierbei werden knallhart nur die Interessen des Kapitals vertreten. Die wohnungssuchenden Bürger sind ihnen in diesem Zusammenhang völlig scheißegal. Hauptsache der Profit der Lobbyisten ist weiterhin in vollem Umfang gewährleistet. Dabei sollten sich aber die Verantwortlichen bewusst machen, dass Eigentum verpflichtet. So steht es fest verankert im Grundgesetz *(Anspruchsgrundlage Artikel 14 Abs. 2 Satz 1 u. 2)*. Und staatliche Anreize für den Wohnungsbau in Form von beispielsweise Sonderabschreibungen könnten meines Erachtens geschaffen werden, damit entsprechende Investitionen getätigt werden können, sodass das Jammern auf hohem Niveau seitens Wohnungseigentümer endlich abgestellt werden könnte.

Nun wurde ich, wie bereits erwähnt, von meinen Vermieter um fast 70 Euro bei den Heizkostenvorauszahlungen ab August hochgestuft. Und genau dieser Betrag gilt eigentlich schon als Obergrenze bei den monatlichen Heizkosten. Wie gehe ich damit künftig um? Diese Frage beschäftigte mich schon seit mehreren Tagen. Unruhiger Schlaf mit mehreren Wachphasen ist die Folge. Und Depressionsschübe machten sich verstärkt bei mir bemerkbar. Zunehmend kam ich zu der Erkenntnis, es vorerst nicht an die Behörde weiterzugeben, um vorzeitigen Ärger möglichst zu vermeiden. „Ich musste in jedem Fall kostbare Zeit gewinnen", soviel ist gewiss. Bisher fiel mir fast immer etwas Brauchbares ein. Darauf versuchte ich in Anbetracht meiner prekären Lage zu vertrauen.

Eventuell hat der bedrohliche Klimawandel auch etwas Positives. Denn ich kann auf einen milden Winter hoffen. Ansonsten heißt hier vermutlich das Motto: ***„Frieren für die Ukraine"***. Klingt für manchen Leser wohlmöglich als ziemlich bösartig. Jedoch sehe ich den Sachverhalt naturgemäß anders. In Bezug auf die Ukraine und Russland sind zu viele Fehler in der Politik gemacht worden, die wir Bürger jetzt extrem teuer bezahlen müssen. Die Zahl der sogenannten *„Wutbürger"* wird vermutlich steigen. Die Unzufriedenheit in unserem Land nimmt stetig zu. Gehen bald die Bürger verstärkt auf die Straßen? Führt es zu einer weiteren Radikalisierung in der Bevölkerung? Gewinnt die AfD wohlmöglich weiter an Zulauf? Zumindest ist der soziale Frieden in Deutschland akut gefährdet.

Zweifelsfrei muss die Zivilbevölkerung in der Ukraine unter den Folgen des Krieges leiden, der nur Gewalt und Zerstörung bringt. Brutal und mutwillig wird eine Lebensperspektive zu Grabe getragen. Für viele Menschen starb die Hoffnung auf eine lebenswerte Zukunft im eigenen Land. Deshalb blieb als einziger Ausweg meist nur die rettende Flucht. Mehr als 5.000 zivile Tote, zahlreich verschleppte Kinder und erschreckend viele Vergewaltigungsopfer sprechen in diesem Zusammenhang eine unmissverständliche Sprache, die man nicht beliebig als sogenannte *„alternative Fakten"* neu interpretieren sollte. Denn diese grausame Tatsache können und dürfen wir nicht wegdiskutieren, nur weil es eventuell bequem für uns ist. Allein der Versuch ist ein weiteres menschlich verwerfliches Verbrechen. Es wäre quasi eine weitere Verletzung der Menschenwürde für alle Leidgeprüften. Bedeutet im Klartext, dass wir die Leidtragenden verhöhnen würden, wenn wir die Augen für das Offensichtliche verschließen. Wir sollten Verantwortung übernehmen, indem wir nicht tatenlos zusehen. Stattdessen sollten wir tatkräftig und entschlossen handeln.

Präsident Putin hat das Land angegriffen und nicht umgekehrt, was aus meiner Sicht eine unbestreitbare Faktenlage ist. Somit ist Russland klar und eindeutig der Aggressor. Hier darf man nichts beschönigen. Für Frau Sahra Wagenknecht kann ich ehrlich gesagt keinerlei Verständnis aufbringen. Es gibt keine politische Rechtfertigung für einen systematischen Völkermord, der die Welt fast täglich mit Schreckensbildern des Krieges konfrontiert. Und der vorzeitige Stopp der Waffenlieferung hätte zwangsläufig die Kapitulation der Ukraine zufolge. Vermutlich würde es ein *„Genozid"* in diesem Land geben, der keineswegs Frieden für die Betroffenen bedeuten würde. Die Eigenständigkeit der Ukraine würde durch eine ***„Marionettenregierung"*** in Kiew, die von Moskau kontrolliert wird, verlorengehen. Darüber sollte sich Frau Wagenknecht im Klaren sein. Warum trennt sich die LINKE nicht endlich von dieser Frau? Denn das Ansehen der Partei ist durch die fehlgeleitete Politikerin massiv beschädigt.

Zugegebenermaßen ist die Osterweiterung der Nato ein Wortbruch des Westens. Jedoch ist dies keine moralisch oder ethisch ausreichende Begründung für den Überfall auf die Ukraine. Aus meiner Sicht ist diese schreckliche Tat ein Verstoß gegen das geltende Völkerrecht. Jedes Volk hat das Recht auf Selbstbestimmung. Die Menschenrechte werden massiv und gravierend verletzt. Ein Land wird zum Kriegsschauplatz gemacht, um Machtinteressen gewaltsam und brutal durchzusetzen. Das Gebot der Angemessenheit und der Verhältnismäßigkeit ist hier keineswegs gegeben, auch wenn einige es leider anders sehen (siehe oben).

Die Ukraine ist ein souveränes Land, was Putin unbelehrbar und energisch bestreitet. Er behauptet sogar, dass die Ukraine kein eigenständiges Volk ist. Sein Ziel ist es, die Menschen ihrer Identität zu berauben und ihnen seine eigene aufzuzwingen. Als er die Nachfolge vom Boris Jelzin angetreten ist, äußerte er sinngemäß: „Die größte geopolitische Katastrophe des ausgehenden 20. Jahrhundert war der Zerfall der Sowjetunion". Dies hätte für viele Politiker ein Warnschuss sein müssen. Darüber hinaus beharrt er auf den Standpunkt, dass die ukrainische Regierung nur aus Faschisten bestehen. Natürlich ist die Ukraine noch keine lupenreine Demokratie, aber ein Nazi-Regime ist sie auch nicht. Die Wahrheit liegt vermutlich irgendwo dazwischen. Daher gehe ich vielmehr davon aus, dass die Osterweiterung der Nato nur ein vorgeschobener Vorwand für seine sogenannte **„Spezialoperation"** ist.

Viele Länder des ehemaligen Warschauer Paktes und der ehemaligen Sowjetrepubliken haben diese Entwicklung vorausgesehen und traten aus diesem Grund der Nato bei. Wer kann ihnen dies ernsthaft verübeln? Die aktuelle Situation zeigt mir sehr deutlich, dass diese Angst nicht unbegründet ist. Dabei drängt sich mir unweigerlich die Frage auf: „Was wäre passiert, wenn es die Osterweiterung der Nato nicht gegeben hätte"? Für mich beantwortet sich die Frage durchaus von selbst.

Expansionsbestrebungen haben in der russischen Geschichte eine langjährige Tradition. Sie ist wahrscheinlich sogar ein wesentlicher Bestandteil der russischen Herrscher-DNA. Dieser Realität müssen wir uns spätestens jetzt wieder stellen, ob es uns gefällt oder nicht. Darüber hinaus gehe ich davon aus, dass Putin auch deshalb die Ukraine angriff, weil er keinen Nachbarn ertragen kann, wo Demokratie eventuell doch gut funktionieren könnte. Denn die Ukraine befindet sich trotz gewisser Hindernisse (Korruption) auf den richtigen Weg, eine Demokratie zu werden. Die eigene Bevölkerung in Russland könnte möglicherweise sonst auf die Idee kommen, auch sowas haben zu wollen.

In der Russland-Politik wurden in der Vergangenheit sehr viele und sehr schwerwiegende Fehler gemacht wie beispielsweise die zu starke Abhängigkeit vom russischen Gas, auch wenn es bisher zugegebenermaßen für sehr lange Zeit sehr kostengünstig war.

Eventuell wäre der Ukraine-Krieg sogar zu verhindern gewesen. 2014 gab es, wie bereits erwähnt, die Annexion der Krim durch die Russen. Für mich der **„inoffizielle"** Beginn der **„Zeitenwende"**. Und die Weltöffentlichkeit schaute weitgehend teilnahmslos, fast desinteressiert zu. Natürlich wurde es zumindest verbal offiziell moralisch verurteilt. Ansonsten passierte in Prinzip gar nichts. Damals konnte ich die Tatenlosigkeit der Verantwortlichen nicht wirklich nachvollziehen. Warum setzte sich nach diesem einschneidenden Ereignis niemand ausreichend dafür ein, dass die Ukraine ein Kandidat für die Mitgliedschaft in der EU wird? Warum erst 2022? Politische Blindheit? Hier wurde jahrelang ein notwendiger politischer Schritt verschlafen. Erst jetzt sind die sogenannten Volksvertreter der westlichen Welt aus ihrem langjährigen *„Dornröschenschlaf"* erwacht.

Als EU-Mitglied wäre die Ukraine weniger angreifbar gewesen. Putin wäre wahrscheinlich rechtzeitig in seinen Expansionsbestrebungen ausgebremst worden. Gleichzeitig hätte man Russland einen wirtschaftlichen Kooperationsvertrag mit der EU anbieten müssen. Die EU wäre auf diesem Wege ein Schutzschild für unseren europäischen Nachbarn geworden, ohne unnötigerweise Russland zu provozieren. Welches Land überfällt ein Nachbarstaat mit denen man gute Geschäfte machen kann? Nun ist es aber zurzeit nicht mehr möglich, diesen Weg zu gehen. Dafür ist die Situation mittlerweile zu festgefahren. Die Fronten auf allen Seiten sind zu verhärtet. Keiner möchte gerne sein Gesicht verlieren. Putin geht dafür bekanntermaßen nicht nur sprichwörtlich über Leichen. Er ist ein eiskalter Mörder, der aus purer

Berechnung tötet. Gewissen ist bei ihm Fehlanzeige. Daher gehe ich von einem längeren Krieg aus.

Der Ukraine-Krieg ist zu einem großen Teil für die hohe Inflation in Deutschland und im übrigen Europa verantwortlich. Daran habe ich keinerlei Zweifel. Wir werden mit großer Wahrscheinlichkeit für mehrere Jahre in Dauerkrisenmodus leben müssen. Denn eine Lösung im Ukraine-Konflikt ist kurzfristig leider nicht in Aussicht gestellt. Viele von uns müssen sich demnächst entscheiden, ob sie lieber frieren oder hungern wollen. Die Einmalzahlung des Staates für Grundsicherungsbezieher und Hartz IV-Empfänger in Höhe von 200 Euro ist nur ein Tropfen auf dem heißen Stein. Es ist umgerechnet pro Monat eine Entlastung von nur 16,66 Euro für die Betroffenen. Allein die Mehrkosten meines wöchentlichen Einkaufs entsprechen inzwischen ungefähr dieser Summe. Und ich kaufe zwischenzeitlich bewusst sehr sparsam ein, um meine Bedürfnisse wenigstens einigermaßen befriedigen zu können, ohne mich finanziell zu überfordern. Ich vergleiche die Preise miteinander, schaue nach Angeboten und übe mich bereits im Verzicht. Andere Menschen sind in ähnlicher Weise davon berührt. Wir brauchen daher eine sofortige Anhebung der Regelsätze und zwar nicht nur läppische 3 Euro wie jüngst zum Jahreswechsel. Die Politik ist in der moralischen Verantwortung endlich zu angemessen handeln. **(Anmerkung: Hierbei geht es keineswegs darum, dass Sozialhilfeempfänger in Luxus schwelgen, wie es angeblich konservative Politiker mit absoluter Hartnäckigkeit und Penetranz behaupten, sondern um die Herstellung eines realen Existenzminimums. Die Neiddebatte, die von den Verantwortlichen geführt wird, ist aus meiner Sicht als menschenverachtend, wenn nicht sogar als rassistisch einzustufen, wo in Wahrheit eine Black Rock Ideologie im Hintergrund lauert, die letztlich nur dazu dient, dass Menschen für sehr wenig Geld ausgebeutet werden sollen. Angeblich sei es laut Friedrich Merz sozial. Für mich zeigt es hingegen nur eine bösartige Ironie mit sehr bitterem Beigeschmack auf.)**

Die Volksvertreter machten in der Vergangenheit einfach zu viele Fehler, die wir als Bürger jetzt ausbügeln müssen. Meines Erachtens ist es ein Kraftakt, der eine nahezu übermenschliche Leistung erfordert. Die Bürger mit kleinen und mittleren Einkommen sind von den Fehlern der gewählten Parlamentarier besonders hart betroffen. Ihre Existenz ist massiv bedroht. Hier sind dringend politische Korrekturen notwendig. Es eilt, um den sozialen Frieden in Deutschland weiterhin wenigstens einigermaßen zu gewährleisten.

Droht uns bald möglicherweise Anarchie? Bertold Brecht pflegte stets zu sagen: „Erst kommt das Fressen, dann die Moral". Diese Aussage könnte kurzfristig wieder brandaktuell sein. Wenn die soziale Spaltung durch die hohe Inflation weiter massiv zunimmt, dann können wir irgendwann Plünderung bald nicht mehr ausschließen. Diese Option sehe ich mit großer Sorge. Aus meiner Sicht ist sie leider nicht unbegründet. Denn in den Staatskassen ist nicht mehr allzu viel drinnen, um es mal vorsichtig auszudrücken. Und die „Wirtschaftspartei" FDP drängt auf die baldige Einhaltung der Schuldenbremse. Dies lässt nichts Positives für die Zukunft der Bedürftigen erahnen.

Die politischen Sanktionen gegen Russland sind in der augenblicklichen Lage meines Erachtens alternativlos. Nur so kann den Aggressor allmählich der Geldhahn für das Militär zugedreht werden. Gleichzeitig erhofft sich die westliche Politik, dass diese Maßnahmen die Bevölkerung in Russland so hart treffen werden, sodass eine große Unzufriedenheit entsteht. Dies könnte zu einer Destabilisierung Russlands führen und den Aggressor entscheidend schwächen. Jedoch erfordert dies viel Geduld. Denn es wird dauern bis die Sanktionen spürbar wirken. Auch aus diesem Grund wird der Ukraine-Krieg länger dauern als gewünscht.

Hier dürfen wir nicht vergessen, dass uns der Konflikt mit Russland wirtschaftlich enorm schadet, weil wir uns in der „Merkel-Ära" zu abhängig von dessen Gas gemacht haben (siehe oben). Die alleinige Schuld für diesen fatalen Fehler der SPD zu geben, ist seitens der CDU/CSU absolut schäbig und niveaulos. Hier wird quasi der billige Versuch unternommen, sich aus der Verantwortung zu stehlen. Denn Frau Merkel hatte als amtierende Bundeskanzlerin die sogenannte Richtlinienkompetenz und hätte intervenieren können, was sie aber nachweislich nicht tat. Dafür werden wir nun sehr hart bestraft.

Russland kann uns jederzeit den Gashahn zudrehen. Fieberhaft wird bereits nach Ersatz gesucht. Dies kommt uns im wahrsten Sinne des Wortes teuer zu stehen. Der Gaspreis steigt zurzeit gewaltig an. Wer bezahlt am Ende die Rechnung? Natürlich der kleine Bürger, wer sonst. Die Medien berichten ununterbrochen über die prekäre Situation vieler Menschen. Zweifelsohne eine hohe psychische Belastung für mich. Schwierig damit umzugehen. Irgendwie gerät alles außer Kontrolle. Ängste entstehen trotz meiner Medikamente, die ich regelmäßig einnehme. Innerlich werde ich immer unruhiger. Die Schlafqualität ist zurzeit eher von extrem wechselhafter Natur. Offen gesagt, weiß ich nicht, wie ich damit umgehen soll. Niemand kann mir wirklich helfen. Ich bin weitgehend auf mich allein gestellt. Daher bin ich mit der aktuellen Situation überfordert. Was nun?

Selbstverständlich kann ich nachvollziehen, dass man in der Vergangenheit Geschäfte mit Putin gemacht hat, um ihn stärker an den Westen zu binden. Jedoch machten wir den Fehler zu viel Gas aus Russland zu beziehen. Die Abhängigkeit, die daraus resultiert, rächt sich in all ihren negativen Konsequenzen. Gas wird zu einen heißbegehrten Luxusgut, weil die aktuelle politische Lage dazu führt, dass es zu einer drastischen Verknappung des Wirtschaftsgutes kommt. Warmwasser und eine geheizte Wohnung werden für viele Bürger bald unerschwinglich sein. Soweit darf es *„eigentlich"* nicht kommen. Es ist ein hochexplosiver sozialer Sprengstoff, der jederzeit hochgehen kann und zwar völlig unkontrolliert. In so einen Fall führt er zu hohen gesellschaftlichen Verletzungen.

Mittlerweile gehen Experten von einer Verdreifachung des Gaspreises aus. Dies wird viele Menschen in wahrstem Sinne des Wortes in *„arge"* Schwierigkeiten bringen. Wohin wird es uns führen? Ungewissheit macht sich in Deutschland breit. Ich weiß, wovon ich spreche. Denn ich bin, wie bereits erwähnt, in einer schwierigen Lage. Zunehmend muss ich mich mit Existenzängsten beschäftigen. Es wird schwierig sein, sie wieder abzuschütteln. Überteuertes Fracking-Gas aus USA, das zu allen Überfluss auch noch sehr umweltschädlich ist, wäre allerdings keine Alternative zu Putins Gas gewesen. Stattdessen hätte man rechtzeitig mehr auf *„**Diversifizierung**"* setzen müssen. Gas von mehreren Anbietern zu beziehen, hätte ein deutlich geringeres Risiko für Deutschland dargestellt. Energieengpässe und starksteigende Preise wären durch ein klugangelegtes Portfolio sehr wahrscheinlich nicht auf der aktuellen Tagesordnung.

Wann geht die Bombe hoch? Nur noch eine Frage der Zeit? Eine Riesensumme von 100 Milliarden Euro steht als Sondervermögen für die Rüstung zur Verfügung. Geht es zulasten der Bedürftigen? Arbeitsminister Heil (SPD) versprach eine deutliche Erhöhung der Hartz IV-Sätze und der Grundsicherung zum Jahreswechsel. Jedoch der stets eitle und der total versnobte Finanzminister Christian Lindner (FDP) sperrt sich dagegen. Angeblich wegen der Einhaltung der Schuldenbremse. In Wahrheit will er aus meiner Sicht gezielt eine Umverteilung des Volkseinkommens zugunsten der Einkommensschwachen verhindern, um den Besitz der Vermögenden besser zu schützen (*„klassische Klientel-Politik"*). Damit ist wieder einmal klargestellt, dass die FDP die Partei der Besserverdiener ist. Wer wird sich am Ende durchsetzen? Kommt es wohlmöglich zu einem Streit in der Koalition? Es könnte in jedem Fall zu einer Belastungsprobe für die Bundesregierung werden. Die Spannung steigt ins Unerträgliche. Außerdem stellt sich mir die Frage: „Ist Rüstung tatsächlich wichtiger als der soziale Frieden in unserem Land"? Für mich ist es zweifelsfrei auch eine Frage der Moral und des Gewissens.

Ein erneutes Wettrüsten wie zu Zeiten des Kalten Krieges wird nicht die Probleme mit all ihren globalen Herausforderungen lösen. Eher im Gegenteil, weil das Geld, das jetzt wieder verstärkt in die Rüstung reingesteckt wird, an anderer Stelle garantiert fehlen wird. Dies könnte sich zu einer *„gesellschaftlichen Schieflage"* entwickeln. Repräsentiert dies wirklich den Willen des Volkes? Darüber sollten unsere sogenannten Volksvertreter ernsthaft nachdenken. Jedoch erkenne ich nicht die innere Bereitschaft dazu.

Zugegeben, eine Welt ohne Militär ist in absehbarer Zeit bedauerlicherweise nicht möglich. Dafür gibt es einfach zu viele Krisenherde auf unserem Planeten. Genauso richtig ist es, dass unsere Bundeswehr nicht in einen allzu guten Zustand ist, um es mal vorsichtig auszudrücken. Trotzdem halte ich es für unverantwortlich soviel Geld für Mord und Todschlag auszugeben. Die LINKE hat sich sogar ins Parteiprogramm geschrieben, dass jedes Jahr 10 % weniger für die Rüstung ausgegeben werden sollte. Es kommt in diesem Kontext nicht unbedingt immer darauf an, wie viel Geld investiert wird, sondern vielmehr wie effizient Steuermittel in diesem Kontext eingesetzt werden, um gewisse Ziele zu erreichen. Eine verstärkte Investition in Drohnen und in ein besseres Raketenabwehrsystem sollte dabei vorerst in Blickpunkt stehen, um die europäischen Außengrenzen bestmöglich zu schützen *(Verteidigungseffizienz)*. Und andere Waffen wie beispielsweise Panzer sollten schrittweise erst danach angeschafft werden. Außerdem sollte die Nato darüber nachdenken, dass wir auf einheitliche und kompatible Waffensysteme umsteigen sollten. Auf diese Weise können sich die Nato-Mitglieder untereinander besser aushelfen. Ersatzteile für anstehende Reparaturen könnten leichter beschafft werden. Längerfristig spart es enorm viel Kosten ein. Genauso müssten die Soldaten nicht auf unterschiedliche Waffensysteme geschult werden, was im Ernstfall eine wertvolle Zeitersparnis bedeuten würde.

Die Nato müssen wir an dieser Stelle mal kritischer in Blick haben. Ist sie überhaupt auf Dauer noch zukunftsfähig? Ich verneine es sehr ausdrücklich. Wie fragil dieses Bündnis tatsächlich ist, zeigte uns schmerzlich die Ära des US-Präsidenten Donald Trump sehr deutlich, der diesbezüglich alles bereits infrage stellte. Er wollte uns diktieren, wie viel wir für das Militär ausgeben sollen. Das Verhalten des ohnehin umstrittenen Politikers führte mir vor Augen, dass dies keineswegs eine Partnerschaft auf Augenhöhe ist. Die transatlantischen Beziehungen galten zu diesem Zeitpunkt als stark beschädigt. Joe Biden, Trumps Nachfolger, hat es geschafft, die eingefrorenen Beziehungen notdürftig wieder aufzutauen. Davon darf man sich aber nicht täuschen lassen. Auch dieser US-Präsident fordert von Deutschland deutlich mehr Investitionen in die Rüstung. Nur ungern lasse ich mir von den USA vorschreiben, wie viel Geld wir für die Rüstung ausgeben sollen, auch wenn es hier in einer netteren Tonlage erfolgt wie bei Trump. Außerdem müssen wir damit rechnen, dass Trump ein weiteres Mal für das Amt des Präsidenten kandidiert und sogar wiedergewählt wird. Denn eine aktuelle Umfrage in den USA sagt aus, dass nur knapp 39% der Bürger mit Biden als Präsident zufrieden sind. (Es ist ein deutlich schwächerer Wert als bei Trump in einen vergleichbaren Zeitraum.) Daher ist es angebracht, einen Plan B im Hinterkopf zu haben. Was meine ich damit? Wir müssen früher oder später raus aus der Nato. Natürlich nicht von heute auf morgen. Dennoch sollten wir alternativ zur Nato darüber nachdenken, ein selbständiges Militärbündnis innerhalb der EU ins Leben zu rufen, um die europäischen Außengrenzen besser zu schützen. Dies würde uns auf Dauer mehr Unabhängigkeit von den USA verschaffen. Gleichzeitig stärkt es die ohnehin geschwächte EU. Die EU braucht mehr Selbstbewusstsein, um dauerhaft bestehen zu können. Daher ist hier mehr Geschlossenheit gefordert. Zurzeit wird die EU international nicht besonders ernst genommen. Dies muss sich künftig unbedingt ändern.

Kritisch sehe ich auch die Rolle der Türkei innerhalb der Nato. Nachweislich ist die Türkei dank Erdogan keine *„echte"* Demokratie mehr. Schrittweise errichtet dieser Machtpolitiker eine Autokratie. Das türkische Parlament ist mithilfe der *„Deutschtürken"* weitgehend entmachtet, sodass Erdogan quasi machen kann, was er will. Die Medien verbreiten überwiegend nur *„regierungsfreundliche"* Nachrichten. Politisch Andersdenkende werden ohne demokratische Rechtsgrundlage ins Gefängnis gesteckt und automatisch als Staatsfeinde oder Terroristen *„stigmatisiert"*. Der Islam wird zunehmend zur Staatsreligion gemacht, sodass die Religionsfreiheit systematisch eingeschränkt wird. Und die Kurden werden wie Menschen zweiter Klasse behandelt, sodass ich in diesem Kontext sogar von einem gezielten Rassismus sprechen muss, der mich erschreckenderweise an die Judenverfolgung in Nazi-Deutschland erinnert. Nicht ohne Grund nenne ich den türkischen Giftzwerg „ERDOLF".

Die Errungenschaften von Atatürk, die dieses Land weltoffener gemacht haben, werden von Erdogan mutwillig rückgängig gemacht und zerstört. Was haben diese Dinge mit unseren demokratischen Werten zu tun, die von der Nato angeblich so vehement verteidigt werden? Diese Frage beantwortet sich wohl von selbst.

Außerdem vertritt Erdogan außenpolitisch eigene Machtinteressen, die nicht immer unbedingt konform mit der Nato sind, um es mal sehr vorsichtig auszudrücken. In Prinzip wird die Türkei nur wegen ihrer günstigen „geostrategischen Lage" gebraucht (Ostgrenze der Nato). Daher drückt die Nato bei Menschenrechtsverletzungen das eine oder andere Auge zu. Somit entlarvt sich dieses Bündnis in ihrer Scheinheiligkeit. Für mich wäre es ein weiterer Grund, sich künftig von der Nato zu emanzipieren.

Genauso müssen wir im Blick haben, dass die USA in der Vergangenheit mehrfach ebenfalls gegen das Völkerrecht verstoßen hat. Ich nenne als Beispiele den Krieg in Vietnam **(Ein gewaltsamer und menscherachtender Krieg, um die amerikanische Ideologie ohne Rücksicht auf Verluste durchzusetzen.)** oder den Golfkrieg **(„Blut für Öl")**. Diese Realität unterstreicht die Tatsache, dass sich unsere Welt nicht ausschließlich schwarz/weiß betrachten lässt. Dies wollte ich hier nochmals an dieser Stelle in Erinnerung rufen.

Allerdings möchte ich an dieser Stelle betonen, dass ein sofortiger Ausstieg aus der Nato fatal wäre. Davon würde in der augenblicklichen Lage nur Russland profitieren, weil es ein Chaos in Westen verursachen würde. Letztlich geht es zunächst nur darum, für den Fall vorbereitet zu sein, wenn Idioten wie Trump in den USA wieder ans Ruder kommen. So gesehen ist die Auflösung der Nato noch Zukunftsmusik.

Zum Thema Rüsten schrieb ich einen lyrischen Text wie folgt:

Das neue Wettrüsten

„Politik ist das Streben nach Macht", hört man Max Webers warnende aus dem Jenseits.

Denn die Geschichte erweist sich wie sooft als penetranter Wiederholungstäter, der unsere Welt in Angst und Schrecken versetzt.

Daher ertönt in voller Lautstärke: „Nichts aus der Vergangenheit gelernt"?

Ein neuer Wettbewerb der Grausamkeiten ist voll entflammt, sodass schwarz und weiß nicht mehr eindeutig zuzuordnen sind und im grauen Nebel verschwinden.

Dabei wird der Schrei nach immer mehr Waffen unüberhörbar, sodass baldiger Kontrollverlust droht.

Zweifellos entsteht ein Gefühl der Erdrückung und Beklemmung, sodass die Frage unausweichlich wird: „Droht uns demnächst der totale Krieg"?

Wie stehe ich zur Waffenlieferung an die Ukraine? Denn eigentlich bin ich Pazifist mit Herzblut und normalerweise kein Befürworter von Waffenlieferung, da auf Dauer Waffenexporte keine Konflikte löst, sondern es entstehen erfahrungsgemäß eher neue Probleme. Es ist ein Teufelskreislauf mit negativen Folgen für alle Beteiligten. Nur schwer kann man ihn später durchbrechen. Zumindest in den meisten Fällen ist es so. Jedoch muss man in diesem Zusammenhang allerdings feststellen, dass hier eine spezielle Ausnahmesituation vorliegt. Denn die Ukraine sollte die Chance erhalten, sich gegen den Aggressor Putin verteidigen zu können. Kriegstreibern darf niemand kampflos das Feld überlassen werden. Es wäre sonst nur eine Einladung für weitere Gräueltaten. Stattdessen müssen vorher klare Grenzen gezogen werden mit der Botschaft: „Ab hier geht es nicht mehr weiter". Mit der Waffenlieferung an die Ukraine wird ein deutliches Signal in diese Richtung gesetzt. Dabei geht es auch um die Verteidigung der gewisser Werte. Darüber hinaus wird hier unbestreitbar gegen das Völkerrecht verstoßen. Dies sollte Frau Wagenknecht bei ihren künftigen Überlegungen an dieser Stelle berücksichtigen bevor sie in irgendeiner Weise ihre Stimme erhebt. Ich halte die Option einer Waffenlieferung zumindest aktuell bedauerlicherweise für alternativlos, auch wenn ich mich damit zugegebenermaßen sehr schwertue. Verhandlungen würden zurzeit leider nicht mit Erfolg gekrönt sein. Putin ist zweifelsohne zu unberechenbar und würde sich vermutlich nicht dauerhaft an die getroffenen Vereinbarungen halten. Er ist in dieser Hinsicht durchaus vergleichbar mit Adolf Hitler. Ihm traue ich mittlerweile alles zu. Hier kann auch nicht völlig ausgeschlossen werden, dass er auf den berühmt/berüchtigten Knopf drückt.

Irgendwann müssen sich allerdings die Konfliktparteien an den Verhandlungstisch setzen, was eine absolute Herausforderung sein wird, weil es schwierig ist, Kompromisse zu finden. Außerdem benötigt die Ukraine Sicherheitsgarantien, die dieses Land vor weiteren Überfällen Russlands schützt. Sonst wäre es ein trügerischer Frieden, der schnell wieder gebrochen wird. Gibt es dabei eine Alternative zu Nato-Mitgliedschaft? Schwer zu sagen. Zumindest müsste die Ukraine militärisch besser ausgerüstet werden und zwar als Mittel der Abschreckung. Ein **„Kalter Krieg 2.0"** ist wohl unvermeidbar, was mich als überzeugter Pazifist sehr schmerzt. Es ist Dank Putin leider ein Zwang der Notwendigkeit.

Inwieweit ist Putin bereit nachzugeben? Die Wahrung seines Gesichtes wird für ihn immer an erster Stelle stehen. Das Leid der Bevölkerung interessiert ihn in diesem Zusammenhang gar nicht. Dafür geht er, wie bereits erwähnt, nicht nur sprichwörtlich über Leichen. Und kann der ukrainische Präsident Selenskyj ihm überhaupt entgegenkommen? Dieser verkündete klar und deutlich, dass sein Land keine Gebiete an Russland abtreten werde. Außerdem forderte er die Rückgabe der Krim. Versucht der ukrainische Präsident nicht auch sein Gesicht zu wahren? Sind die Fronten daher zu verhärtet, um eine friedliche Lösung zu finden? Ich hoffe nicht. Denn die Menschen haben jetzt schon zu lange an den grausamen Folgen des Krieges gelitten.

Im Winterkrieg von 1939 bis 1940 zwischen der damaligen Sowjetunion und Finnland gab es eine ähnliche Situation. Die Kriegsparteien einigten sich am Ende darauf, dass Finnland ein Teil seines Territoriums an seinen Kriegsgegner abtrat, aber seine Souveränität behielt. Hier wird es aber fast unmöglich eine vergleichbare Einigung zu erzielen. Es gilt auf beiden Seiten das Motto: „Alles oder nichts". Ist dies aber der richtige Weg? Ist eine emotionale und geistige Lähmung aufgrund politischen Starrsinns eingetreten? Ein Ohnmachtsgefühl entsteht. Droht am Ende der Super-Gau?

Es ist klar, dass man Putin nicht allzu viele Zugeständnisse machen darf, da er sie sonst als Bestätigung seiner Expansionsbestrebungen interpretieren würde. Und es ist schwer einzuschätzen, ob er seine bisherige Machtpolitik in dieser Richtung zum späteren Zeitpunkt fortsetzen wird oder nicht. Trotzdem muss Putin ein Angebot gemacht werden, was ihm attraktiv erscheint und zwar ohne dass es der Ukraine oder dem Westen Schaden zufügt. Zugebenermaßen ist es ein schwieriger Balanceakt. Jedoch muss dieser Versuch irgendwann gemacht werden, um weiteres Leid gegenüber der Zivilbevölkerung zu unterbinden.

Zweifelsfrei steht uns eine harte Belastungsprobe bevor, weil wir nicht wirklich wissen, wie lange der furchtbare Krieg tatsächlich dauern wird. Sind die Nato und die EU stark genug, um die Situation zu meistern? Bisher funktionierte es einigermaßen gut, auch wenn vieles improvisiert wurde. Die Bündnisse zeigten große Geschlossenheit in diesem Konflikt. Putins Ziel, dass sich der Westen zerstreiten wird, wurde bisher zum Glück nicht erreicht. Es wäre sonst eine Katastrophe mit weitgehend negativen Folgen für die Betroffenen. So existiert aber noch etwas Hoffnung auf bessere Zeiten, vielleicht sogar auf ein Happyend?

Solidarität wird immer mehr an Bedeutung gewinnen. Nur als Gemeinschaft haben wir eine längere Überlebenschance. Wie kann man sich sonst all den globalen Herausforderungen stellen? Aus meiner Sicht ist es eine „Mission impossible", es auf Dauer als Einzelkämpfer zu probieren. Egoismen müssen zurückgestellt werden. Und vor allem muss in diesem Kontext die Vernunft siegen. Kranke Ideologien sind dabei nicht unbedingt hilfreich, um es mal sehr diplomatisch auszudrücken. Erfahrungsgemäß führen sie die Menschheit in den verhängnisvollen Abgrund. Die Historie des 20. Jahrhundert offenbart uns diese Realität mit absoluter Schonungslosigkeit. Die Nazis im „Hitler-Deutschland" sind ein gutes Beispiel dafür. Wie viel unsagbares Leid hat dieses Terrorregime der Welt damals zugefügt? Zu viel für meinen Geschmack. Daher müssen wir ständig aufpassen, dass sich nichts Vergleichbares wiederholt. Das ist meines Erachtens eine allgemeingesellschaftliche Verantwortung und zwar nicht nur in Deutschland. Denn die Populisten und Extremisten werden weltweit zu einer ekelhaften Plage von Schmeißfliegen und stiften riesengroßes Unheil auf unseren Planeten. Mittlerweile entsteht für mich der Eindruck, dass wir bald mehr Autokratien als Demokratien haben werden. Die Erde wird zunehmend unbewohnbar, wenn wir nicht aufpassen. Daher müssen wir die „Unruhestifter" schnellstmöglich stoppen! Wir müssen ihnen mit überzeugenden und tatkräftigen Argumenten das vorlaute Maul stopfen.

Die AfD steht bei mir unter ständiger Beobachtung, da diese Partei ist als gesellschaftsfeindlich einzustufen ist. Sie ist aus meiner Sicht eine rechtsradikale Gruppierung und sitzt in sämtlichen demokratischen Parlamenten, leider auch in deutschen Bundestag und in EU-Parlament. Diese Tatsache sehe ich mit riesengroßer Sorge. Mit dieser dubiosen Partei wird garantiert der Selbstzerstörungsmechanismus der Gesellschaft aktiviert. Es ist quasi die „Anti-Partei", die alles mutwillig zerstören will, was ihr in die Quere kommt und zwar ohne Rücksicht auf Verluste. Mit großer und vor allem verbissener Hartnäckigkeit stellt sie sich gegen den gesellschaftlichen Fortschritt. Sie ist eine rückwärts gewandte politische Orientierung, die nicht zukunftsweisend für Deutschland oder Europa sein darf. Bereits bei ihrer Gründung offenbarte die AfD sofort ihre „europafeindliche Seite". Ihr Motto lautet: „Raus aus dem Euro und der EU". Aus meiner Sicht repräsentiert es einen wirtschaftlichen Suizid, wenn wir tatsächlich diesen Weg gehen würden. Bewusst spreche ich hier in Konjunktiv. Denn gerade Deutschland profitiert sehr stark vom Euro und der EU, obwohl wir nachweislich der größte Nettozahler der Gemeinschaft sind. Es muss stets das Gesamtbild betrachtet werden und nicht nur Auszüge daraus. Sonst erhalten wir ein verfälschtes Bild der Realität. Genau muss abgewogen werden, ob der Nutzen überwiegt oder nicht. Dazu ist die AfD grundsätzlich nicht in der Lage, da sie in einen Zustand geistiger Verwirrung an ihrer kranken Ideologie festhält. Für mich ist dies ein Beleg dafür, dass die AfD unfähig ist, politische Verantwortung zu übernehmen. Sie würde zweifelsfrei Deutschland und Europa in den verhängnisvollen Abgrund reißen, soviel ist sicher.

Auch in anderen politischen Feldern offenbart diese dubiose Partei ihre Inkompetenz. Sie leugnen den Klimawandel und wollen krampfhaft an der Atomenergie festhalten. Total rückständig aus meiner Sicht und überhaupt nicht nachvollziehbar. Die Verantwortlichen dieser Partei müssten sich dringend auf ihren Geisteszustand untersuchen lassen, damit sie endlich aus dem politischen Verkehr gezogen werden. Lebenslängliche Sicherungsverwahrung wäre in diesem Zusammenhang ausdrücklich zu empfehlen.

Zwar sollte man tatsächlich darüber nachdenken, ob man die Laufzeit der Kernkraftwerke aufgrund der Energiekrise für einige wenige Jahre verlängert, aber der Ausstieg aus der Atomkraft ist meines Erachtens völlig alternativlos. Dafür gibt es aus meiner Sicht hinreichende Argumente.

Durchaus kann man die AKWs zwar sicherer machen, aber das Problem der Endlagerung bleibt uns trotzdem erhalten. Ca. eine Million Jahre braucht die Radioaktivität, um sich in ihrer Gefährlichkeit ausreichend abzubauen. Und die Erde ist eine bewegliche Masse, die nie wirklich zur Ruhe kommt (Verschiebung der Kontinentalplatten). Ständig müsste der radioaktive Müll umgebettet werden. Dies erfordert einen hohen logistischen Aufwand, der sehr kostenintensiv ist und gewisse gesundheitliche Risiken für die Menschen beinhaltet. Darüber hinaus ist diese Energiequelle auf Dauer auch wirtschaftlich nicht tragbar, da Uran und Plutonium ähnlich wie die fossilen Brennstoffe nur noch sehr begrenzt vorhanden sind. Darüber hinaus müssen die Brennstäbe regelmäßig gekühlt werden, was zunehmend immer schwieriger wird. Denn durch Extremwettersituationen trocknen nachweislich unsere Flüsse aus. Siehe Frankreich, die ebenfalls mit absoluter Hartnäckigkeit an der Atomkraft festhalten wollen! Auch dies wird sehr kostenintensiv. Bedeutet im Klartext: „Atomstrom wird sich früher oder später ebenfalls stark verteuern". Wahrscheinlich wird er sogar teurer als die erneuerbaren Energien.

Die AfD behauptet eher das Gegenteil. Dieser Partei fehlt jeder Bezug zur Realität. Sie täuscht den Wähler mit wohlklingenden Versprechungen, die am Ende nicht eingehalten werden können. Es wird gelogen, dass sich die Balken biegen. Hauptsache sie werden in die Parlamente gewählt und stopfen sich die Taschen mit Geld voll.

Die AfD vertritt eher die Interessen der Wirtschaft und ist keine Partei der kleinen Leute. Denn diese Partei will einen Sozialstaat nach amerikanischem Vorbild. Sozialhilfe würde in so einen Fall nur für wenige Jahre an die Betroffenen gezahlt werden, was am Ende noch mehr Elend in der Bevölkerung bedeuten würde. Dieser Tatsache sind sich ihre Wähler meist nicht bewusst, weil sie oftmals blind vor Hass sind. Denn alles wird damit überdeckt, dass diese Partei einfache

Lösungen anbietet, die oberflächlich betrachtet plausibel klingen, aber in Wahrheit keine sind. Die AfD ist in Prinzip nichts anderes eine „braungefärbte FDP". Sie schreien: „Ausländer raus"! Angeblich löst dieses Motto ein Großteil unserer Probleme. Es gibt immer noch sehr viele Menschen, die solche gefährlichen Botschaften verinnerlichen und nichts aus unserer düsteren Vergangenheit des III. Reiches gelernt haben. Der latente Rassismus traut sich immer mehr an die Öffentlichkeit und zwar sehr ungeniert. Er wird in unserer Gesellschaft wieder „salonfähig". Das böse Erwachen kommt erst, wenn diese politischen Kräfte spürbar an Einfluss gewinnen. Nur dann ist vermutlich alles zu spät.

Zum Thema AfD schrieb ich zwei lyrische Aphorismen wie folgt:

Die neue NSDAP

„Ist die NSDAP tatsächlich tot", wie manche heutzutage trotz einiger auffälliger Krankheitssymptome, die unsere Gesellschaft weiterhin hartnäckig begleiten, glauben.

Totgesagte leben bekanntlich länger als gedacht, sodass ewig Gestrige mithilfe der Globalisierung, die vielen Menschen unbestreitbar Angst macht, das hässliche Etwas aus der Vergangenheit wieder zum Leben erweckt.

Nun erscheint die NSDAP in modernisiertem Gewand unserer Zeit in Gestalt der AfD, die mit ihrer Strahlkraft versucht, die ahnungslosen Menschen zu blenden.

Äußerlich gibt sich die Partei daher rechtschaffend und volksnah, sodass sie bedrohlich in die gesellschaftliche Mitte eindringt.

Ihrer neugewonnen Anhängerschaft werden mit eiskalten Kalkül Leckerlis in Form von Fertigprodukten des Hasses zugeworfen, um die Stimme des Schreckens aufrecht erhalten zu können.

*Dabei ist aber auch gewiss, dass die verführerische Fütterung sehr ein-
seitig ist, sodass eine kränkelnde Gesellschaft zu einer ungesunden
Tatsache wird, die letztlich den Tod der Demokratie zur Konsequenz
hätte.*

Die AfD und die Globalisierung

*Zweifellos besteht ein Dauerkrisenmodus, der die Welt in Atem hält,
sodass die negativen Folgen der Globalisierung immer spürbarer werden.*

*Erzeugt wird eine düstere Realität, die unsere Zukunft ungewiss er-
scheinen lässt, was sich die verbrecherischere AfD durchaus zunutze
macht, indem sie Hassparolen einer grausamen Vergangenheit wieder
aus der verstaubten Schublade hervorholt und sie als Endlösung der
Öffentlichkeit präsentiert, was letztlich aber zu einer Destabilisierung
der Solidargemeinschaft führt.*

*Ständig wird diese Partei mit Nahrung versorgt, die aufgrund einer
fehlerhaften Politik produziert wird, sodass sich ihre ideologisch verbohrten Anhänger wie lästige Schmeißfliegen vermehren und zu einer
unerträglichen Plage wird.*

*Blind vor Wut und Enttäuschung folgt eine Heerschar von gesellschaft-
lich Gestrandeten dieser dubiosen Bewegung direkt ins unheilvolle Verderben, da ihnen nicht bewusst ist, dass hier keine Vertretung der
kleinen Leute ins aktuelle Geschehen eingreift.*

*Stattdessen vertritt hier die Politik mit absoluter wirtschaftlicher Be-
rechnung die Interessen der Lobby gepaart mit einer rechten Gesinnung,
nur um an die Macht zu gelangen.*

„Droht uns bald das böse Erwachen"?

Nun aber vorerst genug über die Weltpolitik philosophiert.
Schließlich ist heute mein Geburtstag. Ich brauche unbedingt
ein wenig Entspannung.

2. Kapitel

An meinem Geburtstag erhielt ich insgesamt fünf Anrufe. Der erste Anruf erfolgte 9.40 Uhr. Ich ging nicht ran, weil ich die Nummer erkannte. „Happy birthday to you, happy birthday to you lieber André", hörte ich die gutgelaunte Stimme meiner Nachbarin Heike May auf AB. Von meiner Seite habe ich den Kontakt zu ihr radikal und konsequent abgebrochen. Denn die Nachbarschaftshilfe überforderte mich immens, wie bereits zuvor erwähnt. Zunehmend entwickelte es sich zum „Psychokrieg", der für mich immer unerträglicher wurde. Zumindest empfand ich es so. Diese Frau offenbarte mir extreme Stimmungsschwankungen in all ihren negativen Auswirkungen. Sie war stets sprunghaft launisch, manchmal sogar in Minutentakt. Darüber hinaus wurde sie mir gegenüber mehrfach respektlos. Teilweise klingelte sie mich frühmorgens, teilweise sogar nachts aus dem Bett und riss mich unsanft aus meinen wohlverdienten Schlaf. Ich bat sie mehrfach, häufig auch mit Nachdruck, es zu unterlassen. Sie meinte nur: „Stell dich nicht so an! Da erwarte ich Flexibilität von dir". Und zum Schluss musste ich zu allen Überfluss auch noch ständig meinen ohnehin mageren Lohn hinterherlaufen. Ich musste mir hierbei Ausreden anhören wie beispielsweise „ich musste meine Fußpflege bezahlen" oder „ich musste zum Friseur". Darauf verspürte ich von meiner Seite verständlicherweise keine Lust mehr und beendete konsequent die Nachbarschaftshilfe. Diese Tätigkeit brachte mir ca. 60 bis 70 Euro pro Monat ein. „Viel Aufwand für vergleichsweise wenig Geld", lautete mein Schlussfazit. Es entzog mir die Lebensenergie. Meine seelische und körperliche Kraft näherten sich bereits bedrohlich dem Nullpunkt. Darüber hinaus kamen andere Dinge einfach zu kurz. Dieser Tatbestand war eine Nebenwirkung, die ich zweifelsfrei wieder loswerden wollte.

Folgenden Brief schrieb ich damals an meine Nachbarin:

André Dahlmann
Sentastraße 16
22083 Hamburg

Heike May
Lohkoppelstraße 59

22083 Hamburg

Hamburg, d. 06.08.2020

Betreff: „Deine Stalker-Attacken"

Hallo Heike!

Es reicht! Du nervst! Schluss mit dem Telefonterror! Meine Gesprächsbereitschaft beträgt ab sofort 0,0 %! Die Nachbarschaftshilfe ist bereits seit den 06.01.2020 beendet. Akzeptiere endlich meine Entscheidung! Deine ständigen Respektlosigkeiten habe ich endgültig satt. Darüber hinaus empfinde ich es als befremdlich, Lebensmittel von dir in meinem Briefkasten vorzufinden. Bisher habe ich diesbezüglich alles entsorgt und werde es auch künftig tun. Rufe mich nicht mehr an! Ich werde deine Anrufe ohnehin ignorieren. Tschüss.

Gez. André

Obwohl ich eindeutig Klartext sprach, rief sie mich in bestimmten zeitlichen Intervallen immer wieder an. Aus diesem Grund schrieb ich diesen harten Kurzbrief. Danach wurde es zum Glück deutlich weniger mit ihren Anrufen. Und die wenigen Störaktionen schaffe ich inzwischen emotional auszublenden. Für mich ist es ein gewaltiger Fortschritt in die richtige Richtung.

Um ca. 10.30 Uhr klingelte das Telefon erneut. Diesmal ging ich ran. Denn ich erkannte die Nummer meines Arbeitgebers.
„Hier André Dahlmann".
„Hier ist Nora aus dem Atelier. Alles Gute zum Geburtstag. Ich habe deinen Geburtstag nicht vergessen. Auch liebe Grüße von Arnold".
„Danke".
„Du hörst dich nicht gut an".
„Mir geht es auch nicht gut".
„Was ist los"?
„Ich habe Post von der SAGA erhalten".
„Von der SAGA"?
„Das ist mein Vermieter".
„Eine Mieterhöhung"?
„So ähnlich".
„So ähnlich"?
„Ich werde bei den Heizkostenvorauszahlungen um fast 70 Euro hochgestuft pro Monat. Alles wegen der aktuellen Energiekrise".
„Oje".
„Ich werde dies vorerst nicht an die Behörde weitergeben. Ich trage die Mehrbelastung vorerst selbst. Ich kann es mir zurzeit noch finanziell erlauben. Durch die Corona-Pandemie habe ich ein großes Plus auf meinen Konto angesammelt, was mir diese Möglichkeit verschafft".
„Du hast Angst"?
„Ja, stimmt".
„Lass den Kopf nicht hängen"!
„Ich bin wie immer stets bemüht".
„Feierst du"?
„Morgen kommen Michael und Rita. Ursprünglich wollte ich alles kurzfristig absagen, was ich aber doch nicht machte. Vielleicht lenkt es mich ab".
„Viel Spaß".

„Danke“.
Danach legten wir auf.

Nora ist eine gute Freundin von mir. Unsere Freundschaft besteht seit ungefähr vier bis fünf Jahren. Wir sind kein Liebespaar, um Missverständnisse an dieser Stelle des Textes vorweg aus dem Weg zu räumen. Genauso wenig gibt es keine sogenannte Freundschaft plus, wie es heutzutage häufig in Mode ist. Dies hätte wohlmöglich bei mir überflüssiges Gefühlschaos ausgelöst. Davon verfüge ich auch so schon genug im Überfluss. Ich muss es nicht noch durch „Beziehungsquark“ künstlich vergrößern. Stattdessen brauche ich diesbezüglich klare Verhältnisse. Dies gibt meinen Leben die erforderliche Struktur, die ich benötige, um meinen Alltag einigermaßen störungsfrei gestalten zu können. Daher ist unsere Beziehung nur rein platonisch. Ähnlich wie bei Bruder und Schwester. Unsere langjährige Freundschaft ist quasi wie Liebe ohne Sex. Nie zuvor hätte ich gedacht, dass so etwas tatsächlich zwischen Frau und Mann funktioniert.

Nora arbeitet genau wie ich im ***„Atelier Kunterbunt“***. Sie ist eine sehr gute Künstlerin. Für einen Großteil meiner Bücher machte sie das Coverdesign, das unverwechselbar ihre Handschrift trägt. Ihre Arbeit ist absolut professionell. Sie bekam 10 Euro pro Stunde bar auf die Kralle. Normalerweise ist so eine Dienstleistung natürlich wesentlich teurer. Ich bekam eine gute Qualität sehr kostengünstig geboten. Dieser Tatsache bin ich mir durchaus bewusst. Für mich ist es bisher ein Geschenk des Himmels gewesen. Und sie erhielt ein Nebeneinkommen, um ihre schmale Haushaltskasse entscheidend aufzubessern. Fazit? Eine Win-Win-Situation für beide Seiten.

Ende vorigen Jahres brach der Kontakt zu Nora abrupt ab. Sie war monatelang nicht telefonisch erreichbar. Auch das Atelier wusste lange Zeit nicht bescheid, was los ist. In dieser brenzligen Lage fühlte ich mich hilflos, da ich quasi nichts machen konnte. In Prinzip befand ich mich in einen Zustand der starren Unbeweglichkeit. Dies zerrte an meinen leidgeprüften Nerven, und ich bekam ein schlechtes Gewissen, weil ich keinen positiven Einfluss mehr ausüben konnte. Es war mir bewusst, dass sie in einer tiefen Sinnkrise steckte. Und ich konnte ihr nicht hilfreich zur Seite stehen.

Ihre Katze musste sie im Herbst vorigen Jahres einschläfern lassen. Für sie wurde es ein traumatisches Erlebnis, weil sie zuvor eine starke emotionale Bindung zum Tier aufbaute. Ähnlich wie ich zu meiner Wohnung. Daher kann ich zumindest ansatzweise verstehen, was sie durchmacht. Sie verlor ihren seelischen Halt, und es folgte der innere Zusammenbruch. Sie ließ sich ins Eilbeker Krankenhaus einliefern, wie ich einige Wochen später erfuhr. Ihr Vermieter kündigte ihr die Wohnungen wegen ihrer Psychosen, wofür sie sich hinterher sehr schämte. Nun hat sie ihr Domizil in einen Frauenhaus, wo sie sich nicht wirklich wohlfühlt. Für sie ist es gefühlt ein offener Vollzug. Händeringend, fast verzweifelt sucht sie eine neue Bleibe, was aber bei der aktuellen Wohnungsmarktlage extrem schwierig ist. Für Menschen, die von Sozialleistungen abhängig sind, gilt es besonders. Zusätzlich verschärft sich die Situation durch den Ukraine-Krieg, da die Flüchtlinge wohntechnisch ebenfalls untergebracht werden müssen. Auch der Dringlichkeitsschein ändert nichts an dieser Tatsache. Ich drücke ihr die Daumen, dass sie bei ihrer Suche demnächst Erfolg hat.

Nach ca. sechs Monaten meldete sie sich überraschend aus der Klinik. „Endlich ein Lebenszeichen von ihr", kam mir als Gedanke. Sie wirkte einigermaßen stabil, was mich vorerst beruhigte. Dies gab ich weiter an meinen Vorgesetzten Arnold Brahms. Er meinte: „Es ist gut, dass sie ein Lebenszeichen von sich gab. So wissen wir jetzt Bescheid. Ich werde den Fachdienst über diese positive Entwicklung informieren. Das ist sehr wichtig". An Arnolds Reaktion merkte ich, dass er sich große Sorgen machte und nun durch meine Information erleichtert ist. Ihre Weiterbeschäftigung im Atelier war wohl ernsthaft in Gefahr.

Seit gut vier Wochen geht sie wieder kontinuierlich zur Arbeit, was wohl ein gutes Zeichen ist. Das Malen klappt bei ihr erstaunlich gut, auch wenn sie teilweise noch an sich und ihren Fähigkeiten zweifelt. Zu Unrecht, wie ich meine. Die Qualität ihrer Bilder kann sich nachwievor sehen lassen. Ich hoffe, sie bleibt weiterhin stabil.

Um ca. 11.15 Uhr klingelte das Telefon zum dritten Mal. Wieder ging ich ran.
„Hier André Dahlmann".
„Hier Johannes Thiel. Alles Gute zum Geburtstag André".
„Danke".
„Wie geht es dir"?
„Eher nicht so gut".
„Warum nicht"?
„Ich bekam unangenehme Post von der SAGA".
„Hört sich nicht gut an".
„Bei den Heizkostenvorauszahlungen muss ich wegen der Energiekrise ab August fast 70 Euro mehr bezahlen".
„Und alles nur wegen den beschissenen Putin".
„Hast du auch Post von der SAGA erhalten"?
„Nein, aber ich habe auch seit mehr als zehn Jahren kein Gas mehr".
„Du Glückspilz, aber es sei dir von Herzen gegönnt".
„Feierst du"?
„Morgen kommen Michael und Rita. Außerdem kommt eine ehemalige Freundin meiner verstorbenen Lebensgefährtin. Es gibt Kaffee und Kuchen. Anschließend wird gespielt".
„Was wird gespielt"?
„Phase 10".
„Kenne ich nicht. Was ist dies für ein Spiel"?
„Eine Kombination von Karten- und Brettspiel. Die Spieler müssen insgesamt zehn Aufgaben lösen. Wer als erster fertig wird, gewinnt das Spiel".
„Scheint ein interessantes Spiel zu sein".
„Es macht Spaß. Darum wählte ich es auch aus".
„Zurzeit passiert sehr viel auf der Welt".
„Spätestens seit der Flüchtlingskrise 2015 sind wir im Dauerkrisenmodus. Vielleicht auch schon mit der Annexion der Krim 2014. Die Welt kommt einfach nicht mehr zur Ruhe".

„Stimmt".

„Die Fehler, die bei der Flüchtlingskrise gemacht wurden, brachte die beschissene AfD in sämtliche deutsche Parlamente. Haben wir nichts aus unserer Geschichte gelernt"?

„Das frage ich mich auch häufig".

„Ich kann verstehen, dass viele von der etablierten Politik enttäuscht sind. Trotzdem würde ich keine Alternative wählen, die alles noch schlimmer machen würde, wenn sie mit am Ruder wären".

„Diese Partei ist gefährlich. Außer Ausländerhass haben sie nichts zu bieten".

„Und es ist keine Partei der kleinen Leute".

„Das ist richtig. Es ist eine braungefärbte FDP, wie ich immer zu sagen pflege".

„Die FDP kommt in meiner Beliebtheitsskala gleich auf Platz zwei. Direkt hinter AfD. Sozialpolitik sollte wahrlich anders aussehen".

„Alles nur neoliberale Scheiße".

„Für das Militär stehen 100 Milliarden Euro Sondervermögen zur Verfügung. Jedoch für Sozialleistungen ist nicht mehr genug Geld da, weil die FDP mit Brachialgewalt an der Schuldenbremse festhalten will. Dies passt für mich nicht wirklich zusammen".

„Und die Besserverdiener werden grundsätzlich verschont, weil die FDP ihr Wählerklientel nicht verärgern will. Dabei könnten gerade diese einen entscheidenden Beitrag für die Gesellschaft leisten, ohne dass es ihnen tatsächlich ernsthaft wehtut".

„Es ist momentan ohnehin schwierig die richtige Wahl zu treffen. Für mich ist zurzeit bestenfalls nur noch die Linke wählbar. Jedoch kämpft sie ums nackte Überleben. Sie haben es nur durch die drei Direktmandate wieder in den Bundestag geschafft. Ansonsten wären sie knapp an der Fünf-Prozent-Hürde gescheitert. Für mich schwer nachvollziehbar. Zerstört sich diese Partei demnächst selbst"?

„Bei den Linken sind einige Putin-Versteher, was ich nicht begreife. Er ist kein Kommunist oder Sozialist, sondern eher ein kapitalistisch angehauchter Faschist".

„Früher war ich ein großer Fan von Sahra Wagenknecht. Heute sehe ich sie kritischer und verstehe ihre Haltung zu Putin nicht. Zum Glück sind nicht alle in der Partei so zu Putin eingestellt".

„Putin ist mit großer Vorsicht zu genießen".

„Sehe ich genauso. Er ist eiskalt und völlig unberechenbar. Er träumt von der Wiederauferstehung der Sowjetunion, allerdings diesmal mit einem kapitalistischen Anstrich".

„Gut beschrieben".

„Ich befürchte, dass der Krieg mit der Ukraine sich länger hinziehen wird als manche denken, weil Putin um jeden Preis sein Gesicht wahren will".

„Das sehe ich genauso".

„Und es wird dauern bis die Sanktionen gegen Russland spürbar wirken. Da ist unsere Geduld gefordert. Ein vorzeitiges Einknicken wäre nicht gut für die Moral".

„Du solltest deinen Geburtstag noch genießen. Daher sollten wir jetzt das Gespräch beenden".

„In Ordnung. Bis nächste Woche".

„Bis nächste Woche".

Danach endete das Telefonat. Der Akku meines Telefons schmierte überfallartig ab. Innerlich fluchte ich, da ich solche Situationen hasse. Muss ich ernsthaft über einen Neukauf eines Telefons nachdenken? Die Akku-Batterien hielten nur knapp zwei Jahre. Das ist meines Erachtens kein allzu langer Zeitraum. Darüber hinaus hat das Telefon schon einige Jahre auf den Buckel. Trotzdem möchte ich möglichst kein neues Kommunikationsgerät kaufen müssen. Denn wir leben in sehr unruhigen Zeiten. Die hohe Inflation frisst quasi systematisch unser Geld auf. Dadurch ist das Einkommen deutlich geringer in seiner Wertigkeit. Damit ich weiter einigermaßen problemlos meine Miete bezahlen kann und genug Lebensmittel im Kühlschrank habe, möchte ich größere Investitionen vorerst vermeiden. Selbst die Anschaffung eines neuen Telefons könnte bedrohlich für meine Haushaltskasse sein. Andere Bürger sind in einer vergleichbaren Situation. Auch diese werden einen ähnlichen Weg gehen müssen. Aus diesem Grund rutschen wir wahrscheinlich bald in eine Rezession. Zumindest ist ein gravierender Rückgang des Wirtschaftswachstums in jedem Fall zu befürchten.

Dennoch kann ich mich bezüglich des Telefons nicht beschweren, weil ich es von Nora in einer Notsituation geschenkt bekam. Mein voriges Telefon hielt nicht einmal vier Jahre. Früher waren technische Geräte langlebiger als heutzutage. Aus meiner Sicht ist es aufgemotzter Schrott, der uns Konsumenten verkauft beziehungsweise skrupellos angedreht wird. Nachhaltigkeit sieht meines Erachtens anders aus. Es entstehen weltweit riesengroße Mülldeponien, die sich bedrohlich stapeln. Deutschland ist leider weltweit der größte Produzent an Elektroschrott. Und die Politik sieht tatenlos zu, da sie ein Komplize der Wirtschaft ist. Dieses kriminelle Profitstreben gewisser Unternehmen möchte ich eigentlich nicht finanziell unterstützen. Es verstößt gegen meine moralischen Prinzipien und überfordert auf Dauer meine Finanzen. Daher hoffe ich, dass ich demnächst kein Geld für eine Neuanschaffung in die Hand nehmen muss. Ich bin kein Fan der heutigen Technologie. Mein Kumpel Michael versteht mich in dieser Hinsicht nicht. Er sieht den Sachverhalt völlig anders, fast total entgegengesetzt. Macht es ihm finanziell nichts aus, ständig etwas ersetzen zu müssen? Oder hat er einfach mehr Glück, dass bei ihm die technischen Geräte länger halten? Schwer einzuschätzen. Irgendwie passe ich nicht in die heutige Zeit. Ich repräsentiere ein Relikt des ausgehenden 20. Jahrhunderts. Anders ausgedrückt: „Ich bin verzweifeltes Fossil, dass in einer sich ständig verändernden Welt um sein nacktes Überleben kämpft".

Sollte das Telefon tatsächlich kaputt sein, werde ich es möglicherweise durch einen analogen Apparat ersetzen, vorausgesetzt dass mein altes Gerät noch funktioniert. Bei meinen Anbieter O_2 ist es zumindest noch möglich, alte Technik anzuschließen. „Gottseidank", kam mir als überzeugter Atheist in den Sinn. Für mich war O_2 daher die richtige Entscheidung für Telefon und Internet. Allerdings bräuchte ich beim Einsatz eines Altgerätes zusätzlich einen AB. Soviel Fortschritt muss wohl doch sein.

Nun habe ich mich genug über die Technik geärgert und versuche zu entspannen. Dabei dachte ich an Johannes Thiel. Kennen tun wir uns mehr als acht Jahre. Er ist genau wie Nora und ich im *„Atelier Kunterbunt"* als Künstler mit Handicap beschäftigt. Direkt befreundet sind wir zwar nicht, aber wir haben einen guten und vertraulichen Draht zueinander. Er ist ein bekennender Single. „Frauengeschichten" sind mir aus seinem Leben nicht bekannt. Sexuell vom anderen Ufer ist er aber auch nicht. Dies hörte ich schon mehrfach bei ihm raus. Ansonsten hüllt er sich bei diesem Thema in Schweigen. Das ist auch seine Privatangelegenheit und geht mich auch nichts an. Gemeinsam haben wir einiges unternommen. Mit meiner damaligen Lebensgefährtin und mir war er einige Male auf einigen Straßenfesten. Später war er mit mir sowie mit meinen Freunden Michael und Rita mehrfach im Kino und einmal sogar zum Kegeln mit. Alterstechnisch ist er ca. ein Jahr jünger als ich. Er bekommt eine deutlich höhere EU-Rente wie ich, sodass er im Gegensatz zu mir keine Grundsicherung aufstocken muss, was ich als sehr beneidenswert empfinde. Seine Belastungsgrenze ist bei ihm allerdings etwas schneller erreicht als bei mir. Deshalb arbeitet er nur drei Tage pro Woche. **(<u>Anmerkung:</u> Eine Drei-Tage-Woche ist die Mindestanforderung, um in einer Behindertenwerkstatt arbeiten zu können.)**Von Natur aus ist er eher zurückhaltend und schüchtern. Wenn er sich allerdings wohlfühlt, kann er durchaus sehr gesprächig sein und ist kaum zu stoppen.

Zwischenzeitlich aß ich um ca. 13.30 Uhr Mittag. Linseneintopf von Alnatura (vegetarisch). Schmeckte gut. Jedoch wie lange kann ich mir noch Bioprodukte leisten? Ein Paket Biobutter kostet mittlerweile 3,29 Euro. Viel zu teuer. Aus meiner Sicht ein absoluter Luxus. Kann ich mir bei meinen kleinen Einkommen auf Dauer nicht leisten. Normale Butter kostet schon mindestens 2,19 Euro. (Soviel kostete die Biobutter noch im vorigen Jahr.) Bei dieser Form der Betrachtung wird mir die Auswirkung der Inflation schmerzlich bewusst. Ein weiteres gutes Beispiel für die hohe Inflation ist die Bio-Milch. Dafür stieg der Preis zwischenzeitlich auf 1,59 Euro. Ebenfalls zu teuer für meine schmale Haushaltskasse. Daher kaufe wieder die normale H-Milch für 99 Cent. (Übrigens entsprach es dem Preis für die Bio-Milch im vorigen Jahr.) Ich könnte noch mehr solche Beispiele aufzählen, was ich aber bewusst an dieser Stelle nicht tun werde, da ohnehin klar ist, worauf ich hinaus will.

Wann wird die Inflation endlich ausgebremst? Denn Nachhaltigkeit muss für jeden bezahlbar bleiben. Alles andere wird nicht mehr funktionieren, weil Bürger mit kleinen Einkommen die hohen Preise für Bioprodukte einfach nicht mehr bezahlen können. Bio-Lebensmittel werden wohl zunehmend als Luxusartikel für Besserdiener wahrgenommen, wenn sich nicht Entscheidendes in der Politik passiert. Die Spaltung zwischen arm und reich wird genau in diesem Bereich besonders spürbar werden. Die Unzufriedenheit in der Bevölkerung wird stetig zunehmen. Nachhaltigkeit bekommt auf diesem Wege ein negatives Image verpasst. Nach den Vorstellungen der GRÜNEN sollen wir alle auf Bioprodukte umsteigen, die sich bald aber nur wenige gutbetuchte Bürger noch leisten können. Was nun liebe Vertreter des selbsternannten Idealismus? Eine Politik nur für Öko-Yuppies mit prallgefüllter Brieftasche? Ich hoffe nicht. Viele Bürger werden sich in so einen Fall wie bestellt, aber nicht abgeholt fühlen. Idealismus muss möglichst für alle bezahlbar sein. Daher müssen Maßnahmen, die den Klimaschutz dienen, sozial ausreichend abgefedert werden. Sonst wird der rechte Rand im Bundestag und in anderen Parlamenten merklich größer. Aus meiner Sicht eine große Gefahr für unsere ohnehin schon leidgeprüfte Demokratie.

Um ca. 16.00 Uhr klingelte ein viertes Mal das Telefon. Ich ging ran.
„Hier André Dahlmann".
„Hier ist Michael Wesermann. Ich glaube, es hat jemand Geburtstag".
„Stimmt, ich muss mich wieder einmal den alljährlichen Alterungsprozess unterziehen".

„Gratulation zum Geburtstag“.

„Danke“.

„Hast du heute noch etwas vor“?

„Nein, nicht wirklich. Ich wollte eventuell gleich noch einen Spaziergang machen“.

„Lass uns doch im Stadtpark treffen“.

„Wann“?

„Mit meinen Roller könnte ich in fünfzehn Minuten in der Saarlandstraße sein“.

„Dann treffen wir uns um ca. 16.30 Uhr beim Stadtpark“.

„Wie wäre es mit Tischtennis“?

„Zu windig“.

„Gut. Bis gleich“.

„Bis gleich“.

Wir legten auf.

Ich warf mich in die Klamotten und machte mich sofort auf dem Weg zum Stadtpark. Ein blankgeputzter Himmel wurde mir draußen im Freien präsentiert. Es schien zweifelsfrei die Sonne. Meistens hatte ich sonst an meinem Geburtstag wegen des Wetters eher Pech. Heute war Fortuna zur Abwechslung mal auf meiner Seite. Vielleicht kann man den Klimawandel ausnahmsweise auch mal eine positive Seite abgewinnen, wer weiß.

Scherz beiseite. Um ca. 16.20 Uhr war ich beim Bahnhof Saarlandstraße. Dies ist meist unser Treffpunkt, wenn wir uns für den Stadtpark verabreden. Michael war noch nicht eingetroffen. Leicht unruhig ging ich hin und her, weil mich gedanklich die starkgestiegenen Energiepreise beschäftigten. Meine Existenzängste kamen wieder im vollen Umfang zum Vorschein. Dagegen konnte ich nichts ausrichten. Eine enorme Belastungsprobe für meine ohnehin eher angeschlagene Psyche. Irgendwie musste ich da durch, ob es mir gefiel oder nicht. Ich musste höllisch aufpassen, dass ich mich nicht zu sehr in meine Angst hineinsteigerte. Dies wäre kontraproduktiv gewesen und hätte kein Beitrag zur Lösung meines Problems geleistet.

Ca. fünfzehn Minuten später. Michael traf wie angekündigt motorisiert ein. Er stellte seinen Roller in der Nähe des Bahnhofes ab und kam auf mich zu.

„Nun noch einmal direkt und persönlich. Alles Gute zum Geburtstag. Geschenk gibt es allerdings erst morgen".

„Alles klar".

„Welche Richtung schlagen wir ein"?

„Einfach drauf los".

„Es ist dein Geburtstag".

„Gabriele habe ich auch eingeladen. Phase 10 kann man zu dritt besser spielen als zu zweit".

„Stimmt".

„Ich habe Post von meinen Vermieter erhalten".

„Was schreibt er"?

„Ich werde bei den Heizkostenvorauszahlungen ab August massiv hochgestuft. Für mich ein Schock, obwohl es in den Medien vor kurzem angekündigt wurde, dass viele Mieter solche Post demnächst erhalten".

„Um wie viel"?

„Fast 70 Euro. Damit zahle ich künftig mehr als das Doppelte für das Heizen wie vor einen Jahr".

„Nicht gerade wenig".

„Die Mehrkosten werde ich vorerst selbst tragen".

„Warum"?

„Es gibt eine Obergrenze, die aus Sicht der Behörde als angemessen gilt".

„Wo liegt die Obergrenze"?

„Genau bei maximal 70 Euro laut Internetinfo, die ich vor der Pandemie erhielt".

„Du kannst doch nichts dafür, dass die Energiekosten so steigen".

„Dies interessiert in der Regel die Behörde nicht".

„Es ist eine Ausnahmesituation. In solchen Fällen gibt es oft einen Ermessungsspielraum. Daher muss der Staat helfen".

„Der Staat wird meines Erachtens nicht helfen".

„Ich denke schon. Du brauchst dir keine Sorgen machen".

„In Behörden sitzen Beamte, aber keine Menschen. Sie entscheiden stur nach Vorschrift und zwar ohne Rücksicht auf Verluste. Mehrfach machte ich solche negativen Erfahrungen".

„Du vergisst, dass ich Beamter bin, wenn auch im Ruhestand".

„Du gehörst zu den wenigen positiven Ausnahmen".

„Nicht gerade einfach deine Situation".

„Für mich heißt es demnächst: Frieren für die Ukraine".

„Quatsch".

„Doch".

„Ich glaube nicht, dass du frieren musst. Außerdem besteht die Gefahr, dass du Schimmelpilz bekommst".

„Zwar werde ich heizen, aber weniger als vorher".

„Unsere Welt befindet sich im Umbruch".

„Unser Kanzler nennt es die Zeitenwende".

„Es kommt einiges auf uns zu".

„Ein brutaler Verteilungskampf kommt auf uns zu, soviel ist bereits jetzt schon sicher".

„Den bisherigen Lebensstandard werden wir bald nicht mehr halten können".

„Ich bin das beste Beispiel. Mittlerweile kaufe ich anders ein, um finanziell besser klarzukommen".

„Du kaufst anders ein"?

„Beispielsweise kaufe ich deutlich weniger Bioprodukte als vorher".

„Rita ist diesbezüglich absolut schmerzfrei. Sie kauft trotz Inflation weiterhin wie bisher Bioprodukte".

„Ich bin eben nicht dauerhaft bereit, mehr als 3 Euro für ein Paket Biobutter auszugeben".

„Das ist wirklich teuer".

„Das ist der Vorteil im Single-Dasein. Ich kann beim Einkauf Entscheidungen treffen, ohne sie diskutieren zu müssen. Ich mache es einfach".

„Ich empfinde es nicht als schlimm".

„Vielleicht ist es nicht schlimm, aber in meinen Fall ist es einfacher".

„Mag sein".

„Ein Ende des Ukraine-Krieges ist vorerst nicht in Aussicht gestellt. Daher werden wir länger als gedacht in Dauerkrisenmodus sein".

„Davon gehe ich ebenfalls aus".

„Wir müssen uns allmählich auf einen sehr bescheidenden Lebensstil einstellen".

„Es wird wohl sehr bescheiden sein".

„Bricht alles zusammen"?

„Denkbar".

„Putin wird nicht nachgeben, weil er sein Gesicht um jeden Preis wahren will".

„Der Typ ist unberechenbar. Wir müssen wohlmöglich froh sein, wenn er nicht den berüchtigten roten Knopf drückt".

„Gewisse Expansionsbestrebungen sind in der russischen Geschichte nichts Neues. Vermutlich ist es ein wesentlicher Bestandteil ihrer DNA".

„Stimmt".

„Es wird ständig hin und her gehen. Keine Seite wird wirkliche militärische Vorteile erreichen".

„Das ist zu befürchten".

„Die wirtschaftlichen Sanktionen gegen Russland brauchen Zeit bis sie wirken".

„Sie sind aber notwendig, um Putin zu schwächen".

„Du hast sicher recht, aber ich werde im negativen Sinne davon betroffen sein".

„Du meinst wegen der Heizkosten"?

„Genau".

„Ich glaube nachwievor, dass du dir keine Sorgen machen musst".

„Die Regierung gibt lieber zusätzlich 100 Milliarden Euro für das Militär aus als ihren Bürgern tatsächlich zu helfen".

„Das sehe ich auch kritisch".

„Allerdings halte ich die Waffenlieferung an die Ukraine für richtig, obwohl ich eigentlich Pazifist bin. Es ist eben eine sehr spezielle Lage".

„Das geht eben nicht anders, da die Ukraine das Recht hat, sich zu verteidigen. Hierbei finde ich es allerdings falsch zu sagen, dass wir keine Kriegspartei sind. Denn Waffenlieferungen sind eine Kriegsbeteiligung. Daran gibt es nichts zu rütteln".

„Es ist eben ein Stellvertreterkrieg zwischen Nato und Russland. Und die Ukraine ist das Arschloch in der Mitte, dass die Einschläge zu spüren bekommt".

„Inwieweit können wir den Medien überhaupt noch vertrauen"?

„Seit der Corona-Pandemie tue ich es gar nicht mehr".

„Spätestens im September melden sie wieder die Corona-Hardliner zu Wort".

„Unser lieber Herr Lauterbach streckt wieder in seiner ekelhaften Manier seine Fühler aus".

„Aus seiner Gummizelle haben sie bereits wieder herausgelassen".

„Dies lässt nichts Gutes erahnen".

„Wir müssen bald wieder überall diese fürchterlichen Masken tragen".

„Unsere Lieblingsmaßnahme".

„Darum fahre ich auch nicht so gerne mit Bus und Bahn".

„Der Irrsinn nimmt kein Ende".

„Jedoch ein Ende des heutigen Treffens".

„Dann sehen wir uns morgen".

„Bis morgen".

Der Spaziergang dauerte ca. eine Stunde. Michael trat mit seinem Roller die Heimreise an.

Kaum zuhause angekommen, klingelte ein weiteres Mal das Telefon. Ich ging ran.

„Hier André Dahlmann".

„Hier ist deine Lieblingsschwester Claudia. Alles Gute zum Geburtstag".

„Vielen Dank".

„Hast du heute gearbeitet"?

„Nein, an meinem Geburtstag nehme ich immer Urlaub".

„Hast du Besuch"?

„Nein, der kommt morgen. Ich mache einen Spiele-Nachmittag mit Kaffee und Kuchen".

„Hört sich gut an“.

„Gedanklich kam mir in den Sinn, dass ich mit 54 Jahren alterstechnisch unseren Vater überlebt habe“.

„Stimmt, unser Vater ist nur 52 Jahre alt geworden“.

„Erstaunlich welche Gedanken einen im Kopf beschäftigen“.

„In deinem Alter habe ich auch darüber nachgedacht, dass ich unseren Vater quasi alterstechnisch überlebt habe“.

„Es liegt wohl daran, dass er so früh verstarb“.

„Das wird es wohl sein. Wie geht es dir“?

„Eher wechselhaft, wie die aktuelle politische Lage. Seit der Flüchtlingskrise von 2015 ist unser Land in Dauerkrisenmodus. Wo soll es uns hinführen“?

„Dies frage ich mich auch“.

„Ich habe Post von der SAGA. Deshalb geht es mir nicht so gut“.

„Was will die SAGA“?

„Ab August soll ich fasst 70 Euro mehr im Monat für die Heizkosten bezahlen“.

„Die SAGA hat vermutlich Angst, dass sie sonst ihr Geld nicht bekommt“.

„Davon gehe ich auch aus. Die Mehrkosten gebe ich vorerst nicht an die Behörde weiter“.

„Du hast Angst“?

„Das ist richtig“.

„Ich gehe davon aus, dass die Behörde es übernimmt“.

„Ich nicht“.

„Warum nicht“?

„Es gibt eine Obergrenze. Sie liegt genau bei 70 Euro. Nun zahle ich demnächst das 2,5fache“.

„Hier ist aber eine Ausnahmesituation“.

„Dies wird wohlmöglich die Behörde nicht interessieren“.

„Mache dir nicht so viele Sorgen“!

„Alles wird teuer. Es macht keinen Spaß einkaufen zu gehen“.

„Wir merken es auch. Und wir gehören eigentlich zu Mittelschicht. Bald vermutlich nicht mehr, wenn es so weitergeht“.

„Ich gebe mindestens 15 Euro mehr für den Wocheneinkauf aus. Dabei vergleiche ich die Preise mehr als vor der großen Inflation und schaue nach Angeboten. Und Spontankäufe werden vermieden“.

„Bei uns ist es mehr“.

„Ihr seid auch zu zweit“.

„Stimmt, du hast recht André“.

„Bioprodukte werden für meinen Geldbeutel zunehmend unerschwinglich“.

„Das können bald nur noch die Reichen bezahlen. Wir kaufen auch weniger Bioprodukte als vorher“.

„Ein Paket Biobutter kostet mindestens 2,99 Euro. Teilweise habe ich die Biobutter schon deutlich teurer in den Regalen gesehen“.

„Das ist der pure Wahnsinn“.

„Die Politik löst zurzeit leider nicht die Probleme“.

„Und keiner geht in Deutschland auf die Straßen“.

„Ich muss zittern, ob ich überhaupt meine Wohnung behalten darf“.

„Musst du nicht“.

„Ich habe Existenzangst“.

„Wir müssen auch beim Heizen sparen“.

„Wie macht ihr das“?

„Wenn wir nicht zuhause sind, wird nicht geheizt. Und in der Nacht auch nicht“.

„Guter Plan“.

„Wir hatten die letzten Jahre immer ein größeres Guthaben“.

„Ich werde demnächst die Heizkörper entlüften lassen. So kann ich Kosten sparen“.

„Gute Idee“.

„In September lasse ich dafür den Hauswart kommen“.

„Besser schon in August“.

„Wo führt es uns hin“?

„Mache dich nicht verrückt und genieße den morgigen Tag“!

„Ich werde es versuchen“.

Danach legten wir auf. Erneut schmierte mir der Akku des Telefons ab, was mich nervlich überforderte. Bei BUDNI in der Hamburger Meile kaufte ich Akku-Batterien, die ich zuhause sofort austauschte.

Zu meiner Schwester Claudia und meinen Schwager Heiko habe ich einen guten Draht, obwohl wir politisch häufig unterschiedlich, teilweise sogar entgegengesetzt ticken. Trotz hitziger und leidenschaftlicher Diskussionen, die wir gelegentlich führen, kriegen uns zum Glück nicht in die Haare und zerfleischen uns. Notfalls lassen wir unsere unterschiedlichen Meinungen einfach stehen. Dies ist meines Erachtens Ausdruck geistiger Reife. Manche sprechen in diesem Zusammenhang von Erwachsensein.

Ein gutes Themenbeispiel ist Hartz IV und die sogenannten Ein-Euro-Jobs. Meine Schwester und ich betrachten es aus sehr unterschiedlichen Perspektiven. Claudia ist als Friseurin normale Arbeitnehmerin und gehört zur klassischen Mittelschicht. Manche nennen es gehässig auch Kleinbürger. Meine Schwester schimpft häufig auf die Hartz IV-Empfänger und nennt sie verächtlich in einen aggressiven Unterton oftmals „HARTZER". Für mich ist es manchmal sehr erschreckend, sie zu diesem Thema so zu hören. Streng genommen könnte es als latenter Rassismus gesehen werden, was ich ihr aber nicht an dieser Stelle unterstellen möchte.

Pauschale Werturteile über Menschen zu treffen, nur weil sie im Sinne der Gesellschaft gewisse Eigenschaften nicht mehr mitbringen, ist aus meiner Sicht diskriminierend und herabwürdigend. Es ist die pure Menschenverachtung. Somit richtet sich Rassismus nachweislich nicht nur gegen ethnische Gruppen und Völker. Diese Realität sollten wir uns in diesem Zusammenhang durchaus bewusst sein.

Aus Sicht meiner Schwester sind die meisten Hartz IV-Empfänger größtenteils soziale Schmarotzer, die den Steuerzahler unnötig auf der Tasche liegen. Natürlich gibt es darunter einige schwarze Schafe. Dies bestreite ich keineswegs. Jedoch diese gibt es letztlich in jeder Gesellschaftsschicht, unabhängig von sozialen Status. Dies liegt wohl oder übel in der menschlichen Natur, die durch einen gewissen Egoismus geprägt wird. Es lässt sich leider nicht zu 100 % vermeiden.

Trotzdem kann man meines Erachtens nicht alle über einen Kamm scheren, wie es bedauerlicherweise meine Schwester tut. Das ist meines Erachtens der falsche Weg und führt nicht zum Ziel.

Meiner Schwester ist sich nicht der Tatsache bewusst, dass ca. 40 % der Hartz IV-Empfänger nur eingeschränkt arbeitsfähig ist. Bedeutet im Klartext, dass viele Betroffene den sogenannten ersten Arbeitsmarkt zwar zur Verfügung stehen, aber schwer vermittelbar sind. Darüber hinaus gibt es viele Arbeitnehmer, die gezwungenermaßen Hartz IV aufstocken müssen, weil ihr Einkommen als Arbeitnehmer im Niedriglohnsektor nicht völlig zum Leben ausreicht. Der Anteil der Betroffenen macht immerhin ca. ein Drittel der Leistungsbezieher aus. Kann man diese Menschen tatsächlich alle als soziale Schmarotzer betiteln? Ich denke, diese Frage beantwortet sich wohl von selbst.

Hartz IV dient meines Erachtens nur dazu, dass der Staat Billigarbeitskräfte für die Wirtschaft rekrutiert. In Laufe von fast zwei Jahrzehnten ist in Deutschland ein wahrlich gigantischer Niedriglohnsektor entstanden. Mittlerweile arbeiten mehr als 20 % im Niedriglohnbereich. Eine erschreckende Entwicklung in unserer Gesellschaft, die sich fast widerstandslos durchgesetzt hat. Für die Wirtschaft eine Erfolgsgeschichte, aber für die Betroffenen wohl eher eine Tragödie. Ein moderner Sklavenhandel wurde zweifelsohne geschaffen, der weiterhin zur Ausbeutung der Arbeiterklasse führt. Beschämend für ein reiches Land wie Deutschland. Entsteht in unserer Heimat bald das größte Armenhaus Europas? Davon gehe ich mittlerweile aus.

Wer wenig verdient, zahlt wenig in die Rentenkasse ein. Und wer wenig einzahlt, bekommt am Ende auch erfahrungsgemäß wenig Altersruhegeld. Armut wird dadurch zu einem Dauerzustand in der Gesellschaft für sehr viele Menschen. Ich würde von einer chronischen Erkrankung der Bürger sprechen, die sich sehr stark in unserer sogenannten Wertegemeinschaft ausgebreitet hat. Es ist eine Seuche, die sich zurzeit noch schwerer beseitigen lässt als beispielsweise Corona. Die Symptome sind extrem hartnäckig, weil die

Wirtschaft weiterhin von diesen Missständen profitiert. Nur mit aggressiven Mitteln kann man etwas dagegen unternehmen. Der Mindestlohn mindert zwar die Symptome, aber die „Volkskrankheit" verschwindet leider nicht nicht von heute auf morgen von der Bildfläche. Außerdem versucht die SPD ihre sozialen Gräueltaten der Vergangenheit auf diese Weise zu überdecken, was ihr aber nicht wirklich gelingt. (Siehe Wahlergebnisse der letzten Jahre!) Dabei darf man auch nicht vergessen, dass die Einführung eines Mindestlohnes ursprünglich eine Idee der Partei „DIE LINKE" ist. Somit begann die SPD Diebstahl des geistigen Eigentums, um wieder in der Wählergunst zu steigen.

Privat vorsorgen geht häufig auch nicht, weil das Geld der Betroffenen gerade ausreicht, um mittelprächtig über die Runden zu kommen. Und aus meiner Sicht sind die Angebote der privaten Altersvorsorge nicht unbedingt als sehr seriös einzustufen, um es mal vorsichtig auszudrücken. Entweder werden die kleinen Zinserträge durch die hohe Inflation gnadenlos aufgefressen oder der Löwenanteil des Kapitaleinsatzes geht verloren, weil man sich an der Börse verspekuliert hat. Die Börse wird zunehmend der Spiegel unserer ökonomischen Situation. Somit werden sehr viele Bürger einen hohen Verlust erwirtschaften. Der Negativerfolg verstärkt sich dahingehend, dass man nachträglich auf das Mühsamersparte Krankenkassenbeiträge nachzahlen muss, sodass ein Großteil des Vermögens unwiderruflich wieder verlorengeht, was letztlich nur Ausdruck eines modernen Raubrittertums ist.

Aus meiner Sicht ist die sogenannte Riester-Rente ein riesengroßer Volksbetrug, der nur dazu dient, die Bürger arglistig zu täuschen. Es wird ihnen vorgegaukelt, dass sie für das Alter ausreichend abgesichert sind. Die Arbeitnehmer werden legal von Wirtschaft und Staat gleichermaßen abgezockt. Mein Kapital könnte ich genauso gut auf ein Sparbuch einzahlen. Der Kapitalertrag wäre ungefähr der Gleiche. Diese Form der Verarschung ist das zweite große Sozialverbrechen der SPD. Wir müssen endlich die staatliche Rente stärken, indem alle Bürger unabhängig von sozialen oder beruflichen

Status in die Rentenkasse einzahlen. Österreich macht dies seit vielen Jahren mit großem Erfolg. Das Altersruhegeld der Österreicher ist auf ein deutlich höheres Niveau als in Deutschland. Unser europäischer Nachbar könnte daher durchaus ein geeignetes Vorbild für uns sein. Stattdessen droht der Mehrheit der Menschen in Deutschland die vorhersehbare Altersarmut mit schwerwiegenden Folgen. Warum lassen wir uns dies alles gefallen? Wieso regt sich kein Widerstand in der Bevölkerung? Es stinkt verdächtig nach Kadavergehorsam, kaum zu ertragen.

Genauso wurden die Arbeitslosen verstärkt dazu gedrängt, für Leihfirmen zu arbeiten. Für mich ist es eine zeitlich modernisierte Variante der Tagelöhner. Der Arbeitsplatz wird zum alltäglichen Schleudersitz, aus dem man jederzeit problemlos und legal herauskatapultiert werden kann. Es heißt in solchen Fällen: „Wir können Ihnen leider keinen geeigneten Einsatz vermitteln". Mit diesem Druck im Nacken geht der Beschäftigte stets zur Arbeit. Dadurch wird den Betroffenen eine langfristige Zukunftsplanung quasi unmöglich gemacht. Für mich repräsentiert dies die pure Ausbeutung des Kapitalismus. Genauso muss der Arbeitnehmer bezüglich seiner Arbeitseinsätze extrem flexibel sein. Ein ständiger Arbeitsplatzwechsel ist für viele daher bittere Alltagsrealität. Er führt häufig zu nervlichen Überlastungen der Leihkräfte. Meine verstorbene Lebensgefährtin Jessika Kay musste genau aus diesem Grund aus dem langjährigen Berufsleben aussteigen. Es drohte der seelische Zusammenbruch. Sie hatte posttraumatische Belastungsstörungen, die zum großen Teil durchaus aus der prekären Arbeitsplatzsituation entstanden sind. Daher bekam sie die Erwerbsminderrente. Schmerzlicher Weise hatte sie nicht mehr viel von ihrem Vorruhestand gehabt (nur wenige Monate). Sie verstarb vorzeitig unerwartet an einer Lungenembolie im Alter von 45 Jahren, die tragischer Weise zu spät erkannt wurde.

Ebenfalls problematisch sehe ich auch die Tatsache, dass Arbeitslose verstärkt in befristete Arbeitsverhältnisse gedrängt werden. Auch hier ist keine echte Zukunftsplanung für die Betroffenen möglich. Kurz vor dem Auslaufen des Vertrages muss stets gezittert werden, ob das Arbeitsverhältnis in die Verlängerung geht oder nicht. Dies ist zweifelsfrei eine extrem hohe emotionale Belastung für die Arbeitnehmer, wobei sie gnadenlos und brutal in der Arbeitswelt verheizt werden.

Stets ist man von der Gnade des Arbeitgebers abhängig, weil in der Regel nach Abschluss des Zeitvertrages kein unbefristetes Arbeitsverhältnis folgt, sondern bestenfalls nur eine befristete Verlängerung. Der Arbeitsschutz des Beschäftigten ist daher nur von sehr kurzer Dauer. Das ist meines Erachtens keine wirkliche Zukunftsperspektive. Vielmehr wird die Ausbeutung für die Wirtschaft leicht gemacht und dies auch noch legal. Und der Staat ist und bleibt der Komplize dieses moralischen Verbrechens.

Ich halte es für grundsätzlich falsch, Arbeitslose sofort in prekäre Jobs zu drängen statt ihnen zu Beginn die Möglichkeit zu verschaffen, sich für bessere Arbeit weiter zu qualifizieren. Auch dies hat meines Erachtens dazu beigetragen, dass wir in Deutschland über ein erschreckend hohes Defizit an Fachkräften verfügen, was letztlich auch für die Wirtschaft auf Dauer schädlich sein wird. Fachkräfte von außen werden aufgrund einer völlig verkehrten Arbeitsmarktpolitik benötigt, weil es keine wirkliche Übereinstimmung mehr zwischen Angebot und Nachfrage gibt. Damit ist aus meiner Sicht klargestellt, dass nicht allein der demografische Faktor für den Fachkräftemangel verantwortlich ist, auch wenn es immer wieder mithilfe der Medien hartnäckig mit voller Entschlossenheit und Penetranz behauptet wird.

Deutschland wird dadurch zwangsläufig zum Einwanderungsland während viele Bürger in unserem Land dabei zwangsläufig auf der Strecke bleiben. Diese Realität wird leider dazu führen, dass die dubiose AfD weiter an Zulauf gewinnt, was wiederum langfristig schädlich für unsere Demokratie ist.

Mittlerweile reicht die Sozialhilfe (Hartz IV und Grundsicherung) nicht mehr wirklich zum Leben aus. Im aktuellen

Regelsatz, den die Bedürftigen vom Staat erhalten, sind laut SoVD noch nicht einmal 6 Euro pro Tag für Essen und Trinken vorgesehen. Bedeutet im Klartext: „Die Sozialhilfe ist kein reales Existenzminimum mehr, sondern es ist eines vom Staat künstlich festgelegtes Einkommen". Die Anhebung des Regelsatzes um poplige 3 Euro zum Jahreswechsel kann man daher nur als blamabel und beschämend bezeichnen. Zum erneuten Jahreswechsel muss die Erhöhung deutlich höher ausfallen. Und diesem Zusammenhang interessiert mich offen gesagt die gesellschaftsfeindliche Schuldenbremse überhaupt nicht, auch wenn sie im Grundgesetz verankert ist. Immerhin hat man 100 Milliarden Euro für Mord und Todschlag (Rüstung) übrig. **(Anmerkung: Die Schuldenbremse wurde durch die Schaffung des Sondervermögens geschickt umgangen, sodass die Politik auffällig viel Kreativität bewies. Warum schafft es nicht, diese Kreativität auch für die Bedürftigen in unserem Land aufzubringen? Die Antwort lautet: „Keine gesellschaftliche Lobby für Empfänger von Sozialleistungen".)** Um es mal mit den Worten meines Kumpels Michael auszudrücken: „100 Milliarden Euro entsprechen 100.000 Millionen. Eine riesengroße Summe für das Militär". Diese Realität in Form eines politischen Widerspruches ist mir und anderen Bürgern nicht mehr vermittelbar. Die soziale Kälte, die damit im Zusammenhang steht, bläst mir jetzt schon kräftig um die Ohren. Es wird hier quasi zweierlei Maß gemessen. Sind Bedürftige es nicht wert, dass man sich besser um sie kümmert?

Neben der Anhebung der Regelsätze müssen die Möglichkeiten des Zuverdienstes für die Sozialhilfeempfänger deutlich verbessert werden. Früher als Hartz IV-Bezieher durfte ich nur 160 Euro von 400 Euro behalten. Das ist klar zu wenig, kein echter Anreiz für die Betroffenen. Der Anteil des Selbstbehaltes sollte aufgrund des politischen Ausnahmezustandes verdoppelt werden, zumindest temporär. 160 Euro mehr zur Verfügung zu haben, würde vielen Menschen in Anbetracht ihrer schwierigen Situation spürbar helfen. Außerdem muss Arbeit sich auch finanziell lohnen. Allein nur die Schaffung von Arbeitsplätzen ist nicht automatisch sozial, wie es einige reaktionäre Kräfte gerne immer wieder behaupten.

(<u>Anmerkung:</u> Eine Lüge, die häufig wiederholt wird, kann erfahrungsgemäß nicht zur Wahrheit werden. Denn ein geringes Einkommen bedeutet untern Strich nur Ausbeutung und Profit für geldgierige Unternehmen. Jeder Arbeitnehmer muss menschenwürdig von seiner Tätigkeit leben können. Alles andere steht für mich in Widerspruch zu diesem hochgelobten Sozialstaat.)

Genug über die soziale Spaltung der Gesellschaft nachgedacht. Es folgte die Entspannung vor der HD-Glotze. Nachtrichten blendete ich allerdings bewusst heute aus.

3. Kapitel

Hamburg, den 16.07.2022

Seit der Hiobs-Botschaft von der SAGA schlafe ich extrem schlecht. Die starkgestiegenen Energiekosten rauben mir den wohlverdienten Schlaf. Bereits um 6.30 Uhr wurde ich wach. Keine reale Chance weiterzuschlafen, weil ich innerlich nicht mehr zur Ruhe kam. Deshalb stand ich auf und frühstückte. Was sollte ich sonst machen? Mich weiter unruhig im Bett hin und her wälzen? Irgendwie brachte es mich nicht weiter. Also hielt ich das Aufstehen für alternativlos. Mein seelischer Allgemeinzustand ist eher als schlecht einzustufen. Depressionsschübe und Ängste verstärkten sich deutlich. Dieser Realität konnte ich mich nicht mehr entziehen.

Zurzeit habe ich das Gefühl einer *„Kostenexplosion"* ausgesetzt zu sein, die mir bereits jetzt schon emotional zusetzt. Ich traue mich kaum noch die HD-Glotze anzumachen, weil der Stromverbrauch, der damit verbunden ist, mich bereits enorm viel Geld kostet. Unsere Medien berichten darüber in Dauerschleife, wie zuvor über die Corona-Pandemie. Daher machen mir die starksteigenden Energiekosten immer mehr arg zu schaffen. Somit sehe ich mich gezwungen, einen Sparplan zu erstellen, der hoffentlich zur allgemeinen Kostenersparnis führt. Diesbezüglich habe ich keine andere Wahlmöglichkeit mehr.

1. Stromersparnis

1.) Steckdosenleisten mit Kippschalter. Mit Ausnahme des Kühlschrankes und des DSL-Anschlusses kein Stand-By-Modus bei technischen Geräten.
2.) Nur selten bin ich im Internet. (Hauptsächlich nur für meine Bücher.)
3.) Licht an nur im Raum, wo ich mich gerade aufhalte.
4.) Einsatz von Sparbirnen.

5.) Beim Kochen rechtzeitig die Herdplatte runter regulieren.

6.) Die Waschmaschine stelle ich meist nur einmal pro Woche an.

7.) Der Geschirrspüler wird meist auch nur einmal pro Woche angestellt.

8.) Ich schaue gezielt weniger Fernsehen.

9.) Während des Aufladens des Notebooks arbeite ich bereits schreibtechnisch daran.

10.) Mittagsessen beziehe ich häufig aus der Betriebskantine (Kochersparnis).

11.) Spiele zurzeit nur sehr selten DVDs oder CDs ab.

12.) In der Vergangenheit kaufte ich technische Geräte, die sparsamer im Verbrauch sind als die Altgeräte.

13.) Kein Handy aufladen. (Denn ich besitze keines).

Vielfach werde ich wegen meiner Sparmaßnahmen beim Stromverbrauch belächelt. Jedoch meines Erachtens kann sich der Erfolg sehen lassen. Mein Stromverbrauch im letzten Jahr betrug nur läppische **754,9 KW/h** in einer fast 70-Quardratmeter-Wohnung. Normalerweise geht man bei einem Single-Haushalt in einer 50-Quardratmeter-Wohnung von einem Verbrauch von ca. **1.500 KW/h** aus. Fazit? Es lohnt sich. Allerdings verfüge ich kaum noch über ein weiteres Einsparungspotenzial. Es ist weitgehend ausgeschöpft.

2.) Gasersparnis

1.) Baden ist vorerst komplett gestrichen.

2.) Nicht mit Warmwasser die Hände waschen.

3.) Abwasch läuft meist nur über den Geschirrspüler.

4.) Nur gelegentlicher Handabwasch mit lauwarmen Wasser.

5.) Kurze Duschaktion (unter 5 Minuten) mit lauwarmem Wasser.

6.) Kein Warmwasser beim Zähneputzen oder Rasieren laufen lassen.

Auch hier lohnen sich meine Sparmaßnahmen. Der Gasverbrauch für dieses Jahr? **Ca. 89 KW/h.** Ich weiß von Nachbarn, dass sie deutlich mehr Gas verbrauchen. (Fast dreimal soviel wie ich.)

Heizkostenersparnis

1.) Keine Heizung vor Mitte/Ende Oktober an.
2.) Heizkörper entlüften lassen wegen der Heizeffizienz.
3.) Heizung nach Möglichkeit maximal auf 3 an.
4.) Heizen meist nur in den Räumen, wo ich mich aufhalte.
5.) Nachts wird die Heizung runter reguliert.
6.) Wenn ich außer Haus bin, wird die Heizung ebenfalls runter reguliert.
7.) Spätestens Mitte/Ende März wird die Heizung wieder ausgestellt.
8.) Eine Raumtemperatur von 18° C Grad reicht mir völlig aus.

Hier habe ich leider keine Verbrauchsdaten, aber ich hatte bisher bei der Betriebskostenabrechnung immer ein hohes Guthaben in Höhe von mehreren hundert Euros, worüber sich die Behörde sicher stets gefreut hat. Sie sparte enorm viel Geld. Ich gehe davon aus, dass es trotz starkgestiegener Heizkosten nur eine geringe Nachzahlung zu erwarten ist, da mein Verbrauch nahezu gleichbleibend ist.

4.) Einkaufsersparnis

1.) Meist keine große Vorratsbeschaffung (sonst zu hohe Kapitalbindungskosten).
2.) Kein Mineralwasser aus dem Supermarkt (Leitungswasser reicht völlig aus.).
3.) Stärker Preisvergleiche machen und gezielt Angebote kaufen.
4.) Weniger Bioprodukte kaufen (Leider zu teuer geworden.).
5.) Nur selten kaufe ich Alkoholgetränke (nur für bestimmte Anlässe wie z.B. Weihnachten).
6.) Zum Glück bin ich Nichtraucher (riesengroße Geldersparnis).

7.) Kaum Saft kaufen und alternativ Brausetabletten (Fe, Ca, Mg) im Wasser auflösen.

8.) Mehr Fertiggerichte kaufen (für einen Single-Haushalt meist günstiger als selbst kochen).

9.) Klopapierrollen auch als Haushaltspapier und Taschentücher benutzen.

10.) Weniger Kaffee trinken und verstärkt auf Tee ausweichen.

11.) Weniger „Naschis" wie Schokolade oder Kekse konsumieren.

12.) Tiefkühltorten kaufen statt zum Bäcker zu gehen.

13.) Kein Weichspüler mehr kaufen und benutzen.

14.) Benutze nur einen ½ Tab, wenn ich den Geschirrspüler anstelle (Kaufersparnis).

15.) Weniger frisches Obst und Gemüse.

16.) Selten kaufe ich Fisch und Fleisch.

Mit dieser Einkaufspolitik schaffe ich es trotz der hohen Inflation den Wocheneinkauf auf ca. 70 Euro zu beschränken (ca. 10 Euro pro Tag).

5.) Weitere Sparmaßnahmen

1.) Kein Eisdielenbesuch. Alternativ Sahneeis aus der Kühlung des Supermarktes oder des Discounters beziehen.

2.) Vorerst keine Museumsbesuche.

3.) Kinobesuche werden vorerst stark reduziert. (Nur sehr ausgesuchte Filme schauen.)

4.) Finanzielle Investitionen in die Wohnung möglichst vermeiden.

5.) Keine Urlaubsreise für die nächsten zwei Jahre in Angriff nehmen.

6.) Nur sehr ausgesuchte DVDs oder CDs kaufen (keine Spontankäufe mehr).

7.) Klamottenkauf zum großen Teil im Second-Hand – Geschäft.

8.) Gastronomie-Besuche werden stark reduziert.

9.) Die Trinkgelder fallen weniger großzügig aus.

10.) Ausflüge werden weitgehend aus Kostengründen gestrichen.

11.) Ich trage FFP 2-Maske in Bus und Bahn, um ein Bußgeld in Höhe 40 Euro zu sparen. (Ich trage sie nicht aus Überzeugung, sondern weil ich dazu gezwungen werde.)

12.) Fremdbücherkauf wird vorerst ausgesetzt.

13.) Rücklagenbildung wird notgedrungen halbiert.

14.) Vorerst auch keine Kleinauflagen meiner veröffentlichten Bücher bei BOD bestellen.

15.) Keine Hausrat- und Haftpflichtversicherung.

16.) Schutzmasken und Corona-Schnelltests sind im Betrieb zum Glück kostenlos.

Beim Betrachten der Sparliste entstehen gemischte Gefühle. Einerseits bin ich stolz darauf, dass ich in der Lage bin, ein Notprogamm aufzustellen und umsetzen zu können. Jedoch andererseits entsteht bei mir ein enormer Frust, es in jedem Fall tun zu müssen. Es wird mir bewusst, dass ich mir kaum noch etwas leisten kann. In Zukunft wird es darauf hinauslaufen, dass ich Freunden bei irgendwelchen Unternehmungen häufig eine Absage erteilen muss. Diese Realität verursacht bei mir heftige Depressionsschübe, obwohl ich starke Medikamente einnehme. Zurzeit macht das Leben kein Spaß mehr. Die hohe Inflation wird für mich immer spürbarer. Ich muss jeden Euro mehrfach umdrehen, bevor ich ihn tatsächlich ausgeben kann. Spontankäufe wird es für längere Zeit vorerst nicht mehr geben. Selbst die Rücklagenbildung muss halbiert werden (siehe Sparliste). Bedeutet im Klartext, dass ich sogar beim Sparen sparen muss. Es ist einfach zum Verrücktwerden. Irgendwie befinde ich mich momentan in einem Teufelskreislauf. Kann ich mich daraus befreien? Diese Frage kann ich aktuell leider nicht beantworten. Zu viele Unbekannte in einer Gleichung, die zurzeit nicht richtig zuordnen kann. Die Ungewissheit, die damit verbunden ist, macht mir riesengroße Angst.

Selbst das Vögeln mit Prostituierten muss ich mir wohlmöglich bald verkneifen oder zumindest stark einschränken. Zugegeben, ich bin bereits 54 Jahre alt. Trotzdem möchte ich nicht jetzt schon gezwungenermaßen für den Rest meines Lebens im Zölibat leben müssen. So eine knallharte Faktenlage würde ich als grausame und menschenverachtende Folter empfinden. Es lässt sich nicht leugnen, dass meine kleinen Abenteuer mit den ehrenwerten Damen tierisch ins Geld gehen. Auch hier muss ich einen Weg finden, der mir im wahrsten Sinne des Wortes eine gewisse Befriedigung verschafft.

Mein letztes „Abenteuer" mit einer Hure hatte ich gerade vor kurzem. Ihr Name war Jessica, zumindest nannte sie sich so. **(<u>Anmerkung:</u> Denn Frauen ihres speziellen Berufsstandes benutzen oftmals Pseudonyme beziehungsweise sogenannte „Künstlernamen".)** Für mich ein merkwürdiger Zufall, dass sie mir ausgerechnet diesen Namen nannte. Sie trug den gleichen Vornamen wie meine verstorbene Lebensgefährtin. Nur diese Frau schreibt sich allerdings mit einem C statt mit einem K, wie sich schnell herausstellte. Kennen tue ich sie schon seit langer Zeit. Ca. fünf Jahre oder länger. So genau weiß ich es ehrlich gesagt nicht mehr. Letztlich ist es auch egal. Ungefähr zwei Jahre nach dem Tod Jessikas ging ich wieder wie in früheren Zeiten zu Huren, um zumindest gelegentlich Sex zu haben. Der Leser dieser Zeilen fragt sich vermutlich: „Warum"? Ich bin nicht der Typ, der Frauen anbaggern kann. Dies gehört nicht unbedingt zu meinen besonderen Stärken, um es mal nett und halbwegs freundlich auszudrücken.

Meine verstorbene Lebensgefährtin ergriff damals die Initiative, nicht ich. Ohne ihr Handeln hätte es faktisch keine Beziehung gegeben. Diese Tatsache ist mir immer gegenwärtig. Daher ist Sex mit Frauen des horizontalen Gewerbes der einfachste Weg, um nicht völlig auf dieses Vergnügen verzichten zu müssen. Darüber hinaus bin ich mir auch nicht sicher, ob ich wirklich über den Tod von Jessika hinweg bin. Aus diesem Grund gehe ich in absehbarer Zeit nicht davon aus, demnächst wieder eine Beziehung zu haben. Also nehme ich wahrscheinlich weiter die Dienstleistung gewisser Damen in Anspruch, wenn auch seltener als vorher, weil meine finanziellen Mittel aufgrund der hohen Inflation zurzeit sehr beschränkt sind.

Drei Tage zuvor. Wegen der Hiobs-Botschaft von meinem Vermieter fiel mir zuhause die Decke auf dem Kopf. Nachmittags fuhr ich mit der U-Bahn in die Innenstadt. Draußen schien wie gewohnt die Sonne. Keine einzige dunkle Wolke am Horizont erkennbar. Daher betrug die Regenwahrscheinlichkeit nahezu null Prozent. Ich machte einen Spaziergang auf dem Kiez von St. Georg. Meine Stimmung erreichte einen absoluten Tiefpunkt. Angst und Depressionen begleiteten mich bei meinem Rundgang. Deshalb hoffte ich trotz schlechter Haushaltslage auf einen speziellen Höhepunkt.

„Wie gehe ich mit meiner aktuellen Lebenssituation um", fragte ich mich während meiner Tour in diesen zwielichtigen Viertel immer wieder. Außerdem kam zwangläufig die Frage auf: „Muss ich wohlmöglich raus aus meiner Wohnung"? Für mich wäre es eine absolute Katastrophe. Vermutlich sogar der seelische Tod. Im Prinzip könnte ich in so einen Fall auch von der Lebensbühne abtreten, da mir mein Leben völlig sinnlos erscheinen würde. Um mich in einer anderen Umgebung neu orientieren zu müssen, fehlt mir einfach die Kraft und die innere Stärke. Ich brauche für meine innere Stabilität meine vertraute Umgebung und das soziale Umfeld. Es ist eine Realität, die mir augenblicklich wieder tief ins Bewusstsein eindrang. Eine Flucht der Gedanken schien daher unmöglich zu sein. Somit musste ich mich ihnen notgedrungen stellen. Für mich ist es ein sehr unangenehmer Prozess, vielleicht sogar eine quälende Tortur, die zwangsläufig zur Folter wird.

Am Hansaplatz beobachtete ich das bunte Treiben des zwielichtigen Viertels. Prostituierte unterschiedlicher Nationalität warteten auf „potenzielle" Freier. Die laute Musik eines Ghettoblusters ertönte im Hintergrund. Am Hansabrunnen wurde sehr viel Alkohol konsumiert. Meist billiger Fusel, wie ich aus der Distanz feststellen konnte. Joints fanden ebenfalls die Zustimmung einiger Konsumenten. Vereinzelt nahmen einige auch härtere Drogen. Erschreckend ist in diesem Zusammenhang, dass der Konsum von härteren Drogen zu einer gewissen Normalität geworden ist. Niemand schien diesen Menschen eine Beachtung zu schenken. Selbst die Polizei kann nur sehr wenig tun. Ihr sind weitgehend die Hände gebunden. Somit sind die Drogensüchtigen sich selbst überlassen. Äußerlich wirkten sie wie seelenlose Zombies aus einem drittklassigen Horrorfilm.

Haben diese Menschen keine Zukunft mehr? Ein erschreckendes Bild zeichnete sich vor meinen Augen ab. Und nebenbei sammelten einige verkorkste Typen Pfandflaschen, um besser über die Runden zu kommen. Sind es alles gescheiterte Existenzen? Handelt es sich um Spiegelbilder unserer heutigen Gesellschaft? Viele Gedanken gingen mir beim Beobachten der Menschen durch den Kopf. Klarheit erreichte ich dabei allerdings nicht wirklich.

Später ging ich beim Rundgang auch an der Kneipe „Zar und Zimmermann" in der Ellmenreichstraße vorbei. „Hallo", hörte ich eine vertraute weibliche Stimme im Hintergrund.
Ich blieb wie auf Kommando stehen. Eine ältere, aber trotzdem attraktive Frau mit dunkler Hautfarbe kam aus der Kneipe und winkte mir freudig zu. Es war Jessica. Gemischte Gefühle kamen bei mir in Anbetracht meiner prekären Lage hoch. Bereute ich meine Entscheidung, an der Kneipe vorbeigegangen zu sein? Denn ich wusste, dass Jessica regelmäßig in diesem zwielichtigen Etablissement „verkehrt". Und die Vögelei mit ihr wird mich einiges an Geld kosten, was ich eigentlich nicht wirklich übrig hatte. Der Sparzwang machte mir arg zu schaffen und ging spürbar an meine emotionale Substanz. Die Hiobs-Botschaft von meinem Vermieter hat mir schonungslos diese Tatsache ins Bewusstsein gerufen. Somit ist klargestellt, dass das Leben sehr häufig keine Rücksicht auf seine Protagonisten nimmt.

„Sie verfügt über sehr wirkungsvolle Arbeitsbeschaffungsmaßnahmen", musste ich in diesem Kontext berücksichtigen. „Anderseits könnte ich mir die Seele aus dem Leib ficken, was meiner Befindlichkeit sicher guttun könnte", kam mir als nächster naheliegender Gedanke. Irgendwie konnte ich nicht mit der Situation umgehen. Ich versuchte das Beste daraus zu machen.

„Wie geht es dir", fragte sie mich nichtsahnend. „Geht so", entgegnete ich ihr darauf, als ich auf sie zukam. Es folgte eine kurze Umarmung mit einem Kuss. Danach betraten wir gemeinsam die Lokalität. „Etwas zu trinken", wollte Jessica wissen. „Für mich bitte eine Fanta", antwortete ich und drückte ihr ein Zehn-Euro-Schein in die Hand. Sie ging damit an den Tresen, um uns Getränke zu organisieren während ich mich an einen freien Tisch in der Nähe der Tür setzte. Ein Tisch hinter mir wurde Karten gespielt. Vermutlich Skat. Möglicherweise Zuhälter? Keine Ahnung. Interessierte mich nicht weiter. Am Tresen saß eine weitere farbige Prostituierte mit einem älteren Freier. Der Mann trank ein Bier und die Frau einen Filterkaffee. Dahinter saß ein weiterer männlicher Gast mittleren Alters. Er rauchte eine Zigarette (Raucherkneipe). Vor ihm stand ein halbleeres Bierglas. Aus der Musikbox ertönten lautstark die Rolling Stones.

Jessica kam mit den Getränken zu mir an den Tisch. Für mich, wie gewünscht, eine Fanta und für sich ein Mineralwasser. Sie stellte die Gläser ab und gab mir das Restgeld, was ich sofort wegsteckte. Danach setzte sie sich neben mich. Wir tranken zusammen einen Schluck aus unseren Gläsern. „Wie geht es dir", fragte sie mich erneut. „Eher nicht so gut", wiederholte ich inhaltlich meine Antwort. „Nicht so gut", hakte meine Gesprächspartnerin interessiert nach. „Alles wird teurer", entgegnete ich ihr, ohne konkret zu werden. Denn sie sollte nicht unbedingt erfahren, dass ich von der Grundsicherung, also Sozialhilfe abhängig bin. Genauso wenig musste sie meines Erachtens wissen, dass mir möglicherweise der Verlust meiner Wohnung wegen starksteigender Heizkosten droht. Diese Information hielt ich für zu persönlich. Darum hielt ich mich zum Selbstschutz inhaltlich bedeckt. „Verdienst du nicht genug", setzte sich das Frage-Antwort-Spiel fort. Währenddessen legte sie ihre Hand auf meinen linken Oberschenkel, und ich ahnte, was demnächst passierte. „Ich bin eben nur ein Kleinverdiener", antwortete ich und trank einen weiteren Schluck aus meinem Glas.

Diese Aussage entsprach durchaus der Wahrheit. Denn mein Werkstattlohn in Betrieb ist tatsächlich nicht besonders hoch. Nur ca. 200 Euro lässt der Staat mir davon übrig. Der Rest wird mit meinen staatlichen Leistungen verrechnet. Dieses Detail behielt ich lieber für mich. „Wie viel verdienst du“, wurde meine weibliche Gesellschaft präziser im Verhör, was ich als etwas unangenehm empfand. „Mein Einkommen beträgt ca. 1.400 Euro netto“, gab ich zur Auskunft, was ungefähr stimmte. Sie streichelte mir mit ihrer Hand mehrfach über den Oberschenkel, was ich wiederum als sehr angenehm empfand. „Mache dir nicht soviele Gedanken! Habe lieber etwas Spaß“, meinte sie darauf und lächelte mich vielversprechend an. „Es ist zurzeit nicht einfach“, gab ich ihr zu verstehen.

Meine Gesprächspartnerin trank einen Schluck aus ihrem Glas. Zwischenzeitlich überlegte ich wie ich mit der Situation umgehe. Denn ein sogenanntes Schäferstündchen mit ihr stellte eigentlich eine Überforderung meiner Haushaltskasse dar. Darüber hinaus konnte ich nicht einschätzen, was kostentechnisch wegen der hohen Inflation auf mich noch zukommen wird. Ich hing quasi gefühlsmäßig in der Luft und verspürte höllische Höhenangst. Denn ein Sturz auf dem Boden der Tatsachen könnte schwerwiegende Folgen in Form von emotionalen Verletzungen für mich haben, die schwer heilbar sind. Irgendwie befand ich mich in einem totalen Gefühlschaos, das ich nicht mehr kontrollieren konnte.

Teilweise ärgerte ich mich darüber, in der Ellmenreichstraße längsgegangen zu sein, obwohl ich zuvor ein Schäferstündchen mit ihr durchaus ernsthaft in Betracht zog. Gefühlstechnisch ging es bei mir bei diesem Thema in Eiltempo hin und her. Es fiel mir schwer, eine Entscheidung zu treffen. Denn ich wusste, dass ich meist bei Jessica schwach werde und hinterher finanzielle Geldnot herrschte. Dieser Realität musste ich mich nun stellen. Damit ist wieder einmal klar und eindeutig bewiesen, dass die Männer das schwächere Geschlecht sind. Jessica wusste genau, was sie tat. Sie drückte bei mir genau die richtigen Knöpfe, um erfolgreich zu sein. Gezielt näherte sie sich mit ihrer Hand meinen Genitalbereich und massierte mir gekonnt die Eier. „Hast du Lust? Gehen wir ins Hotel", fragte sie mich mit einen verlockenden Lächeln im Gesicht. Ich nickte. Zügig leerten wir unsere Gläser und verließen die Kneipe.

Nach knapp fünf Minuten betraten wir das Hotel Universum in der Nähe des Hansaplatzes. An der Rezeption fragte mich der Hotelangestellte: „Für wie lange"? „Eine Stunde", antwortete Jessica stellvertretend für mich. „24 Euro", meinte der Mann an der Rezeption darauf. Ich bezahlte. „Zimmer 13 ist frei", hörte ich anschließend. Meine Begleitung und ich suchten das entsprechende Zimmer auf. „Hoffentlich ist die Zimmernummer kein schlechtes Omen", dachte im Stillen, wenn auch eher scherzhaft.

Jessica verschloss die Tür, damit wir ungestört blieben. „Money, Money, Money,…, sang sie darauf freudig und gutgelaunt. „Ich kann dir heute nur 160 Euro zahlen", gab ich ihr zu verstehen. „Beim nächsten Mal mehr", entgegnete sie mir, ohne dass sich äußerlich ihre Stimmung spürbar im Gesicht veränderte. Sie ahnte wohl, dass ich tatsächlich knapp bei Kasse war. Deshalb räumte sie mir einen kleinen Stammkundenrabatt von 10 Euro ein. Ich gab ihr das vereinbarte Geld, was sie gleich in ihrer Handtasche verstaute. Wir zogen uns aus und vergnügten uns im Doppelbett. Jessica gehörte zu den wenigen Frauen des horizontalen Gewerbes, die Zungenküsse zulassen, was für mich immer stimulierend ist. Darum wurde sie im Laufe der Jahre meine Favoritin. Ich bekam sozusagen mein volles Verwöhnungsprogramm geboten. Nachdem wir unsere Zungenfertigkeiten ausgiebig austauschten, hat sie mir einen geblasen. Anschließend gab es „Reitunterricht" für mein Gemächt. Neben den üblichen Sex bekam ich auch zusätzlich eine Körpermassage geboten. Im Prinzip alles wie immer. Nur diesmal konnte ich es nicht ganz so genießen wie sonst. Zu groß sind die Sorgen, die mich gedanklich und emotional gleichermaßen plagten. Die Geldausgabe tat mir hier zweifelsohne weh. Es machte mir klar, dass ich künftig die Anzahl meiner erotischen Abenteuer zumindest stark reduzieren muss, ob es mir gefällt oder nicht.

Artig verabschiedete ich mich von meiner sexuellen Gespielin und fuhr ohne Umweg direkt nach Hause. Wieder eine neue und lehrreiche Lektion fürs Leben gelernt. Hoffentlich kann ich das Gelernte auch demnächst umsetzen. Immer spürsamer wird die Tatsache, dass ich mein Leben völlig umstellen muss. Ein bescheidendes Dasein steht mir unmittelbar bevor. Damit muss ich künftig klarkommen.

Rückblende zumindest vorerst beendet. Ich konzentrierte mich wieder auf die Gegenwart. Heute erwartete ich Gäste, um meinen Geburtstag nachzufeiern. Nach der Schreibphase deckte ich den Tisch im Wohnzimmer für meine Gäste. Nervlich war ich ein wenig angespannt. Leichte Depressionsschübe machten sich bei mir bemerkbar. Und wieder stellte sich mir die Frage: „Hätte ich es lieber doch absagen sollen"? Nun war es aber zu spät, um es anders entscheiden zu können. Also musste ich, wie sooft, das Beste daraus machen.

Ich hasse es, wenn ich die Kontrolle über die Situation nicht mehr habe. Jedoch genau in so einer Lage befand ich mich gerade. Gezwungenermaßen musste ich abwarten, was passiert. Wann kommt die Abrechnung von der SAGA? Muss ich bereits jetzt mit einer hohen Nachzahlung beim Heizungsverbrauch rechnen? Wenn ja, wie reagiert die Behörde darauf? Es ist eine unberechenbare Konstellation entstanden, die für mich zweifelsohne zur Zitterpartie wurde. Und die Angst, meine Wohnung zu verlieren, ist zugegebenermaßen riesengroß. Ich nahm eine Promethazin zur Beruhigung, was mir allerdings nur bedingt half.

15.10 Uhr. Es klingelte an der Haustür. Ich erhob mich von der Couch im Wohnzimmer und betätigte den Summer. Kurz darauf hörte ich die ersten Schritte im Treppenhaus, als ich meine Wohnungspforte öffnete. Michael und Rita kamen die Treppe herauf. Mein Kumpel trug in der linken Hand eine Geschenktüte. Seine Frau trug hingegen einen Rucksack. Darin befand sich wohlmöglich ein Buch. Vermutete ich zumindest. Denn sich am Spiel Phase 10 zu beteiligen, war nicht unbedingt ihr Ding. So etwas nehme ich nicht persönlich, weil ich weiß, dass es nichts mit mir zu tun hat. Im Gegensatz zu Michael mag sie grundsätzlich keine Würfel- und Brettspiele. Es ist nichts Schlimmes, aber es ist trotzdem schade, dass sie sich dafür nicht ebenfalls begeistern kann.

Ich nehme die Menschen stets so wie sie sind. Umgekehrt werde ich auch von ihr akzeptiert wie ich bin. Es ist eine gegenseitige Toleranz, die zwischen uns besteht. „Hallo André. Alles Gute zum Geburtstag", hörte ich ihre Stimme, als wir uns auf Augenhöhe begegneten. „Ich habe ja schon mehrfach gratuliert", kommentierte Michael trocken und übergab mir die Geschenktüte mit Inhalt. „Vielen Dank", entgegnete ich darauf und bat sie rein. Ich schloss die Tür, als meine Freunde das Wohnzimmer betraten. „Etwas zu trinken", wollte ich wissen. „Für mich einen Caro-Kaffee", antwortete Rita. „Für mich einen normalen Kaffee bitte", äußerte Michael im Anschluss. Rita setzte sich auf die Couch während Michael sich bequem auf dem Stuhl setzte, der in der Nähe der Balkontür stand.

Nachdem ich die Geschenktüte im Wohnzimmer neben dem Schreibtisch abgestellt hatte, machte ich in der Küche die Getränke fertig. Im Hinterkopf beschäftigte ich mich immer noch mit der Heizkostenvorauszahlung. Für mich eine schwerverdauliche Kost, die ich nicht unbedingt als bekömmlich einstufte. Ich schaffte es einfach nicht, die Sorgen aus meinem Gehirn zu verbannen. Es war alles extrem belastend für meine Nerven. Dennoch wollte ich dieses Thema nicht in einer Gesprächsrunde ansprechen. „Es ändert nichts an meiner Situation", dachte ich im Stillen. Stattdessen brauchte ich Ablenkung, soviel stand fest. Für mich der einzige gangbare Weg, der sich mir nun zunehmend offenbarte.

Es wurde mir bewusst, dass ich vorerst nicht die Situation beeinflussen konnte. Ich musste abwarten, was passiert. Ein unerträglicher Zustand, den ich gezwungenermaßen akzeptierte. Die zuvor aufgetretenen Fragen wiederholten sich erbarmungslos in meiner Matschbirne. Wann kommt die Betriebskostenabrechnung der SAGA? Wie werde ich darauf reagieren? Und vor allem wie reagiert die Behörde? Ich rechnete damit, dass die Abrechnung wohlmöglich in *„Septober"* (Ende September/Anfang Oktober) kommt. Dies verschafft mir hoffentlich genügend Luft zum Atmen. Es wird wohl darauf hinauslaufen, dass ich für die Behörde ein Schreiben aufsetzen werde. Dafür muss ich die richtigen und passenden Worte finden. Es ist eine absolute Herausforderung, der ich mich bald stellen muss. Einfach kommentarlos nur die aktuelle Betriebskostenabrechnung an die Behörde zu schicken, hielt ich nicht unbedingt für sehr klug. Und ein persönliches Gespräch innerhalb der Behörde stufte ich ebenfalls nicht als besonders ratsam ein. Denn die Gegenseite verfügte über einen gewissen *„Heimvorteil"*, den ich keineswegs unterschätzen durfte. Ich käme mir vor wie ein Opferlamm, dass zur Schlachtbank geführt wird. Außerdem war ich schon in der Schule schriftlich besser als mündlich. Diese Stärke musste ich für meine Zwecke nutzen, indem ich sie gezielt einsetze. Darüber hinaus musste ich auch damit rechnen, dass ich wegen der Pandemielage keinen Einlass bei der Behörde erhalten werde. Zunehmend entwickelte sich zurzeit der Trend, dass alles nur noch telefonisch oder digital geregelt wird. Gibt es bald keine persönlichen Gespräche mehr vor Ort? Die Unmenschlichkeit nimmt im erschreckenden Maße zu. Ich gehe davon aus, dass die Corona-Pandemie der perfekte Vorwand ist, diese Entwicklung weiter zügig voranzutreiben. Gewollt ist sie ohnehin. Allerdings wurde das Tempo dieser gesellschaftlichen Veränderung drastisch erhöht.

Genug Strategien im Kopf gewälzt. Die Getränke waren fertig, und die Gäste warteten bereits im Wohnzimmer. Ich servierte meinen Freunden die gewünschten Heißgetränke.

„Gabriele wird wohl auch gleich kommen", meinte Rita, als sie ihr Getränk erhielt.

Plötzlich klingelte es erneut an der Haustür. „Das Klingeln ertönt quasi auf Stichwort", kommentierte ich den Vorgang leicht belustigt und betätigte den Summer. Nachdem ich die Tür öffnete, vernahm ich schwere Schritte, die sich meiner Haustür näherten. Schnaubend kam mir Gabriele entgegen. In der linken Hand hielt sie einen Briefumschlag. Sie wirkte nicht besonders fit, um es mal vorsichtig auszudrücken. Ich gewann den Eindruck, dass sie in den letzten ca. zwei Jahren stark abgebaut hat. Aus meiner Sicht ist es sehr besorgniserregend. Jeder Schritt, den sie machte, fiel ihr offensichtlich schwer. Sie rang spürbar nach Luft. Die Szene ließ nichts Positives bezüglich ihrer Gesundheit erahnen. Fast befürchtete ich, dass sie jederzeit umkippen würde, was aber zum Glück nicht passierte. Heil erreichte sie die rettende Etage.

Vor kurzem ging sie in den Vorruhestand. Kann sie ihr Rentendasein lange genug genießen? Zweifel entstanden in meinen Gedanken. „Herzlichen Glückwunsch zum Geburtstag André", sagte sie und übergab mir den Umschlag. „Danke. Komm rein", sagte ich darauf und schloss wieder die Tür. Gabriele saß sich zu Rita auf die Couch im Wohnzimmer. „Hallo Rita und Michael", warf sie verbal in die Runde. „Hallo Gabriele", erwiderten die Wesermanns fast im Gleichklang den Gruß. „Etwas zu trinken", fragte ich Gabriele. „Ja, erstmal etwas Kaltes", antwortete sie leicht aus der Puste. „Cola light", hakte ich nach. Sie nickte zustimmend. Michael und Rita bestellten bei mir ebenfalls Cola light. Es folgte eine Gesprächsrunde mit Kuchen (Bienenstich und Apfelkuchen). An den Inhalt der Unterhaltung kann ich mich nicht mehr so genau erinnern. Um Politik ging es zur Abwechslung mal nicht. Dessen bin ich mir absolut sicher. Vermutlich handelte es sich um Smalltalk, was mir sehr entgegenkam. Zugegebenermaßen beteiligte ich mich nur wenig an der Diskussion, was zwangsläufig wohl auch zu riesigen Erinnerungslücken bezüglich Inhaltes bei mir führte. Für den Weiterverlauf der Handlung spielte es ohnehin keine tragende Rolle. Daher versuchte ich auch keinen weiteren Gedanken bei meinen Aufzeichnungen daran zu verschwenden. Es wäre sowieso nicht zielführend für mein Buchprojekt gewesen.

Ca. 45 Minuten später. „Pack mal deine Geschenke aus", forderte mich Rita auf. „Anschließend können wir spielen", fügte Michael hinzu. Ich packte die Geschenke aus. Von den Wesermanns erhielt ich meine Kladde-Hefte, die ich für meine handschriftlichen literarischen Notizen benötige. Von Gabriele erhielt ich einen Zehn-Euro-Schein. Dafür bedankte ich mich herzlich.

„Willst du nicht doch spielen", wandte sich Gabriele an Rita. „Nein, möchte ich nicht. Ich mag das Spiel nicht", erwiderte Rita leicht genervt. In diesem Moment dachte ich nur, dass Gabriele manchmal das Fingerspitzengefühl fehlt. Sie kennt Rita auch schon jahrelang und müsste eigentlich wissen, dass sie nicht gerne spielt. Es ist eben nicht ihre Welt. Ich stellte mir gedanklich die Frage: „Muss ich als Gastgeber einschreiten"? „Meine Frau möchte es nicht", sprach Michael plötzlich ein Machtwort, ohne laut zu werden. Dadurch wurde der Sachverhalt schnell geklärt, ohne dass ich etwas machen musste, was mir sehr entgegenkam.

Zu dritt spielten wir Phase 10 während Rita auf dem Balkon ein Buch las. Das Spiel dauerte ca. zwei Stunden. Gabriele gewann am Ende, was sie sehr freute. Irgendwie schien es ihr besonders wichtig zu sein.

Um ca. 19.15 Uhr verabschiedeten sich meine Gäste. Danach folgte ein Rückzug ins Schlafzimmer. Ich ließ mich von der HD-Glotze berieseln, ohne mich dabei mit Nachrichten zu foltern. Dabei aß ich genüsslich Hähnchenschenkel, die ich mir zuvor in den Ofen schob. Fazit? Ein zufriedenstellender Tag trotz meiner emotionalen Erschöpfung.

Passabel geschlafen. Allerdings wurde ich bereits um 5.50 Uhr wach. Weiterschlafen klappte nicht. Also stand ich auf und frühstückte im Wohnzimmer. Wie immer gab es Müsli mit Banane. Dazu trank ich ein Cappuccino und ein Glas Apfelsaft.

Meine augenblickliche Lage verleitete mich dazu, meine Gedanken und Sorgen textlich zu verarbeiten. Es hilft mir, besser mit meiner Situation klarzukommen. Ich betrachte es als therapeutisches Schreiben. Dies wurde mir während des heutigen Tages wieder bewusst. Verfügt „Zeitenwende" über ein ausreichendes literarisches Potenzial? Konnte ich noch nicht wirklich einschätzen. Ich fasste den Entschluss, es auf mich zukommen zu lassen. Blieb mir ohnehin nichts anderes übrig. In der Kunst ist eben nichts erzwingbar. Eine Lektion, die ich schon mehrfach in der Vergangenheit lernen musste.

Nochmals kam gedanklich das Thema Finanzen zum Vorschein. Was wäre, wenn ich die Leistungen von Alsterarbeit (Werkstattlohn, kostengünstiges Mittagessen in der Betriebskantine und kostenlose Fahrkarte) nicht hätte? „Ich müsste regelmäßig zur Hamburger Tafel gehen und vermutlich nahezu täglich Pfandflaschen sammeln gehen, weil die Sozialleistungen vom Staat mittlerweile nicht mehr vollständig das Existenzminimum abdeckt", rief ich mir wieder in Erinnerung. Eine erschreckende Wirklichkeit, der mich zunehmend stellen musste.

Vor einigen Tagen testete ich das Gefühl, wie es wäre, wenn ich dauerhaft Leergut sammeln müsste, weil ich schlichtweg keine andere Wahl mehr habe. Im Selbstversuch stöberte ich auf dem Arbeitsweg in Mülleimern nach *„Beute"*. Es kostete mich einiges an Überwindung, es tun zu müssen. Ein Schamgefühl kam unweigerlich zum Vorschein. Ich achtete darauf, dass mich keiner dabei beobachtete. Es nahm mir spürbar die menschliche Würde. Wenigstens wurde ich zweimal fündig (2 x Leergut a 25 Cent = 0,50 Euro). Trotzdem möchte ich es nicht dauerhaft tun müssen. Bei dieser Erfahrung bekam ich das Gefühl, mich erniedrigen zu müssen. Dabei heißt es im **Artikel 1 des Grundgesetzes**: *„Die Würde des Menschen ist unantastbar".* Damit ist wieder einmal bewiesen, dass Papier sehr geduldig ist. Für mich war es eine schmerzliche Erkenntnis, die mich wieder einmal das Leben gelehrt hatte.

Es ist erstaunlich, was wir zu tun bereit sind, nur um überleben zu können. Im Härtefall gibt man sogar seine menschliche Würde auf. Genauso zwingen uns die Lebensumstände dazu, im Sinne des Staates kriminell zu werden. Ich spreche in diesem Zusammenhang von Schwarzarbeit. Viele Menschen verurteilen es. Jedoch diese Moralisten wissen in der Regel nicht, was materielle Not tatsächlich bedeutet. Ich tue es hingegen schon. Denn ich weiß aus eigener Erfahrung, was eine toxische Geldknappheit bedeutet. Unser Inneres wird mit Sorgen vergiftet, die uns zunehmend krankmachen. Jahrelang machte ich bei Heike May Nachbarschaftshilfe. Finanziell war es zumindest für eine gewisse Zeit eine riesengroße Hilfe für mich. Vor allem in meiner Zeit als Student. Beendet habe ich es nur, weil meine Nachbarin mir gegenüber zunehmend respektlos wurde. Sonst hätte ich vermutlich weitergemacht. Ein Zusatzeinkommen in Krisenzeiten käme mir durchaus sehr gelegen. Nun muss ich einen anderen Weg finden. Wie dieser allerdings aussehen, wird mir hoffentlich die nahe Zukunft zeigen.

Viele Menschen werden gezwungen sein, zunehmend schwarz zu arbeiten. Es ist eine Form von Notwehr, um in schwierigen Zeiten überleben zu können. Wenn ich die Chance hätte, alternativ zu Heike May inoffiziell Geld nebenbei dazu zu verdienen, würde ich sie zweifelsfrei ergreifen. Jedoch in meinem Fall ist es schwierig, etwas zu finden, da ich bedauerlicherweise kein Handwerker bin, weil ich diesbezüglich nur über zwei linke Hände verfüge. Handwerker werden in der Regel immer gebraucht. Im Haus oder in einer Wohnung müssen erfahrungsgemäß in bestimmten zeitlichen Intervallen immer Renovierungsarbeiten oder Reparaturen durchgeführt werden. Und eine Firma ist für viele Bürger einfach zu teuer geworden. Also nimmt man meist jemanden der keine Rechnung schreibt, was normalerweise deutlich kostengünstiger ist. Dabei hat der Schwarzarbeiter ein Zusatzeinkommen, dass er nicht versteuern muss. Dadurch entsteht eine sogenannte Win-Win-Situation für die Beteiligten. Anders kann man heutzutage kaum noch überleben. Ehrlichkeit ist in diesem Zusammenhang kein wirklich guter Ratgeber, um in dieser leistungsbezogenen Gesellschaft dauerhaft bestehen zu können.

Unser ganzes Dasein besteht leider vielfach aus Betrug und Scheinwelten. Wer diese Realität nicht ausreichend in seinen Entscheidungen berücksichtigt, der stirbt meist früher als andere. Es geht ums Überleben durch eine gesellschaftliche Anpassung. Dies ist eine Wahrheit, der wir uns alle rechtzeitig stellen müssen. Alternativen dazu gibt es meines Erachtens nicht. Fazit? Die Ehrlichen erhalten erfahrungsgemäß vom staatlichen Schiedsrichter die Arschkarte und verlassen frühzeitig das Spielfeld. Gerechtigkeit sieht meines Erachtens anders aus.

Und mit meiner Kunst nebenbei Geld zu verdienen, ist um einiges schwieriger. Dies hat unterschiedliche Gründe. Im Gegensatz zu anderen Ländern in Europa wird in Deutschland mit aller Staatsgewalt in Bezug auf die Corona-Maßnahmen an der *„German Angst"* festgehalten. Diese Realität macht es mir zurzeit kaum möglich meine private Kunst zu vermarkten. Denn unter sogenannten Schutzmaßnahmen kulturelle Veranstaltungen abzuhalten, empfinde ich als absolute Zumutung für alle Beteiligten. Aus diesem Grund wird es mir unmöglich gemacht, beispielsweise Lesungen zu organisieren. Fazit? Der Bücherverkauf stagniert kontinuierlich. Und auch beim Bilderverkauf tut sich zurzeit nichts, da aufgrund der hohen Inflation vielen Menschen kein ausreichendes Kapital mehr für Luxusgüter zur Verfügung steht. Sie erhalten quasi kauftechnisch die Wahl zwischen einer neuen Waschmaschine oder einen schönen Gemälde. Die Entscheidung in aktuell schwierigen Zeiten ist aus meiner Sicht in diesem Fall eindeutig. Es wird in die Dinge Geld investiert, die für das praktische Leben notwendig sind. Die Konsequenz? Die menschliche Seele verarmt, weil wir uns kaum noch Schönes leisten können, was unsere

Herzen erfreuen würde. Und am Ende kann der Künstler nicht mehr von seiner Arbeit leben und nagt nicht nur sprichwörtlich am Hungertuch.

Insgesamt ist alles schwieriger geworden. Momentan erkenne ich keine reale Perspektive. Dabei gehe ich davon aus, dass es vielen anderen genauso oder zumindest ähnlich ergeht. Im Prinzip geht es nur darum irgendwie zu überleben. Daher kam mir die Lebensfreude spürbar abhanden. Fast habe ich das Gefühl, dass ich dahinvegetiere. Das ist mit Verlaub gesagt zum Kotzen. Zum Glück gibt meine Wohnung noch ausreichend Halt, um irgendwie weitermachen zu können. Selbst die Arbeit im Atelier macht nur bedingt Spaß, was aber nicht unbedingt mit den Leuten vor Ort zu tun hat. Es ist einfach der Krisensituation geschuldet, die wir alle zwangsläufig bewältigen müssen.

Schreiben hilft mir das Geschehene besser zu verarbeiten. Es ist für mich eine ähnliche Stütze wie meine Wohnung. Ohne die Schriftstellerei hätte ich bereits das Gefühl, aufgeben zu müssen. Mein Lebenswille wäre endgültig gebrochen. Vermutlich ist es aktuell das Hauptmotiv für meine literarische Tätigkeit. Denn Geldverdienen kann ich zurzeit, wie bereits erwähnt, damit ohnehin nicht. Gegenwärtig arbeite ich an drei Buchprojekten fast gleichzeitig.

1.) „Dulsberg, Mode & weitere Corona-Enthüllungen"
2.) „Der Teufel in mir"
3.) „Zeitenwende"

Ich werde diese Werke als Jan Kern bei Books on Demand veröffentlichen, auch wenn es einiges an Zeit dauern wird bis ich es umgesetzt habe. Es gibt einen entscheidenden emotionalen Auftrieb, nicht vorzeitig das Handtuch zu werfen. Augenblicklich ist das Schreiben sogar wichtiger als die Malerei im Atelier.

Nach der ersten Tagesmahlzeit arbeitete ich weiter an „Dulsberg, Mode & weitere Corona-Enthüllungen". Dabei kam ich immerhin bis Seite 14. Damit konnte ich voll zufrieden sein. Zum näheren Verständnis für den Leser sei an dieser Stelle erwähnt, dass der Text nahezu fertig ist. Es geht nur noch darum, die Feinabstimmung des Textes vorzunehmen und möglichst viele Tippfehler zu korrigieren. Wie viele Korrekturdurchläufe noch nötig sind, kann ich zum jetzigen Zeitpunkt nicht wirklich einschätzen. Dies entscheide ich intuitiv. Dieses Werk werde ich wahrscheinlich Mitte/Ende November veröffentlichen können. Eventuell entsteht für mich dadurch eine Perspektive. Zumindest hoffe ich es.

Um ca. 12.30 Uhr gab es Gemüseravioli (vegetarisch) von Alnatura. Schmeckte gut. Anschließend aß ich Apfelkuchen mit Sahne als Nachtisch. Nach der Nahrungsannahme stellte ich den Geschirrspüler an. Irgendwie wusste ich nichts mit mir anzufangen. Ein Gefühl der Langeweile keimte bei mir auf. In der HD-Glotze lief nur der übliche Müll. Und zum Weiterschreiben fehlte mir die Konzentration. Fast ein Gefühl der emotionalen Ratlosigkeit entstand. Nahezu teilnahmslos saß ich im Wohnzimmer.

Um ca. 15.30 Uhr fiel mir endgültig die Decke auf dem Kopf. Mein Schädel drohte zu explodieren. Mit der U-Bahn fuhr ich daher in die Innenstadt. Wieder sonniges Wetter, das mich aus meiner Wohnung lockte. Somit war Sex keine ausschlaggebende Antriebskraft für diese „Exkursion" auf dem Kiez von St. Georg. Ich brauchte einfach nur einen temporären Tapetenwechsel. Wie gewohnt drehte ich meine üblichen Runden auf dem zwielichtigen Territorium. Im Prinzip wurde mir wie jedes Mal das gleiche Motiv mit nur leichten Modifizierungen geboten. Erstaunlicherweise wurde es mir aber meistens nie langweilig. Eine gewisse Spannung blieb mir beim Anblick dieses Motives stets erhalten.

Wenn ich die verkorksten Typen im Szenario beobachte, gewinne ich den Eindruck, dass es anderen noch schlechter ergeht als mir. Ist diese Tatsache ein Trost für mich? Eher nicht. Es änderte nichts an meiner augenblicklichen Lage. Und das Leid von anderen kann für mich nicht tröstlich sein.

Vielmehr führte es mir vor Augen, dass wir in schwierigen Zeiten leben. Daran wird sich in absehbarer Zeit vermutlich auch nichts ändern.

Aus der Ferne beobachtete ich die Prostituierten, die vor der Kneipe „White Eagle" stehen. In diesem Abschnitt von St. Georg trifft man in der Regel die größte Ansammlung von Frauen des horizontalen Gewerbes an. Die meisten von ihnen tragen eine dunkle Hautfarbe. Eine davon heißt Rosa. Äußerlich ein ähnlicher Typ wie Jessica. Sie stammt aus der Karibik (Dominikanische Republik). Somit passt sie durchaus in mein übliches Beuteschema. Einmal Ende vorigen Jahres war ich mit ihr aufs Zimmer gegangen, um mich mit ihr zu vergnügen. Einige Leser werden sich an dieser Stelle vermutlich fragen: „Warum wechselte André plötzlich das Pferd"? Weil ich Jessica länger nicht mehr gesehen habe und aufgrund von Sexentzug dringend einen brauchbaren Ersatz benötigte. Ich ging davon aus, dass die sogenannten Corona-Schutzmaßnahmen Jessica das Geschäft auf dem Kiez zunichte gemacht hat. Lange Zeit war auch die Kneipe „Zar und Zimmermann", in der sie meist auf Kundschaft wartete, wegen der Pandemielage geschlossen.

Im kalten Winter von Dezember 2021 ging ich am späten Nachmittag auf dem Kiez von St. Georg spazieren. Draußen lag überall Schnee und teilweise waren einige Wegabschnitte vereist. Und dunkle Wolken nahmen den Himmel das langersehnte Licht. Eine eher ungemütliche Atmosphäre machte sich daher im Szenario bemerkbar. Fast wollte ich schon die Heimreise antreten, da bemerkte ich Rosa, die zwischen „White Eagle" und dem Hotel „Alt St. Georg" stand. Sie wirkte etwas verloren, desorientiert. Kennen tun wir uns von sehen her, ohne dass ich zuvor mit ihr auf Zimmer war. Es folgte meist nur ein kurzer und oberflächlicher Smalltalk, der zu nichts führte.

Diesmal standen die Zeichen irgendwie anders. Ich ging auf sie zu und fragte: „Wie geht es dir"? Sie antwortete kurz: „Nicht so gut". Zunächst ging ich weiter, weil ich nicht wusste, wie ich reagieren sollte. An diesem besagten Tag ging es mir ebenfalls nicht besonders gut. Ich fragte mich in diesem Zusammenhang: „Warum blieb ich nicht einfach zuhause"? Keine Antwort war auf meine Frage zu hören. Nur eine beängstigende Stille wurde spürbar. Ein emotionaler Lähmungszustand kam bei mir zum Vorschein. Dagegen konnte ich nichts machen. Fast gewann ich den Eindruck, dass ich eine Gefahr für mich selbst darstellte.

Plötzlich blieb ich unerwartet stehen. Interessiert blickte ich zu Rosa herüber. Sie bemerkte es und kam auf mich zu. Ich bewegte mich zu meiner eigenen Überraschung nicht fort. „Was mache ich jetzt", fragte ich mich. Vor mir blieb die Frau stehen. „Hast du Lust mit mir im Blauen Engel, Spaß zu haben", fragte sie mich leicht verunsichert. „Bist du gegen Corona geimpft", antwortete ich mit einer Gegenfrage. Sie nickte. „Was kostet es", wollte ich darauf wissen. „Fünfzig Euro", kam prompt als Antwort. Ich signalisierte meine Zustimmung. Zusammen gingen wir zum „Blauen Engel" auf dem Steindamm. Nur wenige weibliche Arbeitskollegen von Rosa sichtbar. Vor der Pandemie standen deutlich mehr Frauen dieses zwielichtigen Berufsstandes an dieser sonst so belebten Straße, um ihre Dienstleistungen anzubieten. Diese Realität stach mir an diesem besagten Tag besonders ins Auge. Für mich ein Beleg dafür, dass sich die Zeiten änderten. Allerdings zerbrach ich mir nicht weiter den Kopf darüber. Gedanklich konzentrierte ich mich nun auf eine andere Sache, wie sich der Leser dieser Zeilen sicher vorstellen kann.

Rosa klingelte an der Tür, damit wir Einlass ins Stundenhotel bekamen. Der Summer wurde betätigt, sodass wir tatsächlich das Etablissement betreten konnten. Natürlich mit ekliger Maske vor der Fresse. (Eine lästige Vorschrift des Staates wegen der Pandemie.) Am Empfang wurden wir von einer jüngeren weiblichen Angestellten ins Visier genommen. „Für wie lange wollt ihr das Zimmer nutzen", wollte sie von uns wissen. „Dreißig Minuten", antwortete ich. Darauf führte sie uns ins entsprechende Zimmer. „Seid ihr geimpft", kam gleich als nächste Frage von ihr. Wir bejahten es. „Ich muss eure Impfpässe kontrollieren. Das ist Vorschrift", meinte darauf die Frau vom Hotel in einen bestimmenden, aber freundlich bleibenden Ton. Wir zeigten unsere Impfpässe. Mich nervte die Prozedur. Fast bereute ich es, dass ich mit Rosa aufs Zimmer ging. Es ist die totale Überwachung des Staates. **(<u>Anmerkung:</u> George Orwell lässt übrigens sehr herzlich an dieser Stelle aus dem Jenseits grüßen. Der große Bruder wacht über uns. Natürlich zu unseren eigenen Schutz.)** „Du musst wohl demnächst deine Impfung auffrischen", kommentierte die Hotelangestellte, als sie einen Blick auf meinem Impfpass warf. Der Leser dieser Zeilen kann sich inzwischen vorstellen, wie ich solche diktatorischen Statements liebe. Gedanklich fasste ich den Entschluss nach diesem Besuch in dieser Absteige vorerst keine weiteren Abenteuer dieser Art zu praktizieren. Nun versuchte ich das Beste aus der Situation zu machen. Dies wurde zunehmend mein Lebensmotto, wie der Leser dieser Zeilen sicher schon festgestellt hat. „Ihr müsst noch diese Zettel ausfüllen. Auch dies ist Vorschrift", gab uns die Beschäftigte des „Blauen Engels" zu verstehen, als sie uns Zettel und Stift überreichte. Notgedrungen füllten wir nacheinander die Zettel aus. „Geht es an die Polizei", fragte Rosa leicht ängstlich und verunsichert. „Nein, die Zettel gehen nur an die Gesundheitsbehörde", versuchte ich sie zu beruhigen. „Stimmt", bestätigte die Hotelangestellte meine Aussage. Rosa atmete erleichtert auf. Ihre Gesichtszüge entspannten sich unübersehbar. „Hatte sie negative Erfahrungen mit der Polizei", fragte ich mich zwischenzeitlich. Es interessierte mich aber nicht wirklich. Ich wollte einfach nur mein Vergnügen.

Ich bezahlte die 13 Euro für die knapp 30-minütige Bettbelegung des Zimmers. Danach hatten Rosa und ich das Zimmer für uns allein. Zunächst nahmen wir unsere widerliche Maskerade vom Gesicht. Danach bezahlte ich die vereinbarten 50 Euro. Es folgte der übliche Sex. Ins Detail gehe ich hier nicht in meinen Aufzeichnungen. Sorry, ein Gentleman genießt und schweigt. Nur so viel: „Eine solide Nummer, aber den Sex mit Jessica würde ich allerdings bevorzugen". Eine gewisse Distanz blieb spürbar. Keine Vertrautheit wie zuvor mit Jessica. Jedoch dauerte es auch einige Zeit, bis es sich mit Jessica auf diese Weise eingespielt hatte. Also ließ ich es auf mich zukommen. In dieser Gewissheit verabschiedete ich mich nach diesem *„kleinen Abenteuer mit Hindernissen"* von meinen neuen *„Sexspielzeug"*.

Zurück zur Gegenwart. Rosa kam auf mich zu, als sie mich wahrnahm. Ein leichtes Lächeln konnte ich in ihrem Gesicht erkennen. Vermutlich hoffte sie, dass ich mit ihr aufs Zimmer gehe. Jedoch war mir im Vorwege klar, dass ich es diesmal nicht tun werde. Die Inflation fraß mein Geld gnadenlos und unbarmherzig auf. Und seelisch ging es mir auch nicht besonders gut. Noch schlechter als bei meiner vorigen Begegnung mit ihr. Daher keine guten Rahmenbedingungen für ein neues erotisches Abenteuer mit ihr.

„Wie geht es dir", fragte sie mich, als sie vor mir stehenblieb.

„Geht so", antwortete ich kurz und knapp. „Hast du Lust? Ich habe lange nicht mehr gefickt", kam sie schnell und zügig zum Thema. „Nein, ich habe leider kein Geld, um dich bezahlen zu können", versuchte ich ihr klarzumachen. „Kannst du mir trotzdem 50 Euro leihen", kam als nächste Frage.

„Ich brauche mein Geld selbst für den Einkauf", gab ich ihr Nachdruck zu verstehen. Sie zeigte mir den Inhalt ihres Portemonnaies. Ich sah das 9-Euro-Ticket, das zurzeit für drei Monate für die Bürger angeboten wird, aber keine Geldscheine. In ihrem Gesichtsausdruck blieb die pure Verzweiflung erkennbar. „Ich gebe dir das Geld zurück. Du kannst meine EC-Karte als Sicherheit behalten", hakte meine Gesprächspartnerin nach. „Ich kann dir nichts geben. Wenn ich 50 Euro übrig hätte, würde ich mit dir aufs Zimmer gehen", untermauerte ich meinen Standpunkt.

Eine schwierige Situation, die sich mir vor meinen Augen abzeichnete. „Ist die Frau wirklich in einer Notlage oder ist es nur ihre Masche, um an mein Geld zu kommen", fragte ich mich im Stillen. Wenn sie etwas vorspielte, war diese schauspielerische Leistung zweifelsfrei *„oscarreif"*. Daher tendierte ich zu der Überzeugung, dass sich diese Frau tatsächlich in einer Notlage befand. Trotzdem gab ich ihr kein Geld. Überfallartig verließ ich den Schauplatz und machte mich auf dem Heimweg. Rosa blickte mir traurig und enttäuscht hinterher. Die Verzweiflung verschwand nicht aus ihrem Gesicht. Dies bemerkte ich, als ich mich für einen kurzen Augenblick umdrehte und zu ihr herüberschaute. Es tat mir beinahe leid, dass ich ihr nichts gab, aber ich hatte keine andere Wahl. Denn ich benötigte das Geld tatsächlich für mich selbst. Daher kam bei mir kein schlechtes Gewissen auf.

Es wurde mir durch diese pikante Begegnung bewusst, dass uns ein harter, wenn nicht sogar brutaler Verteilungskampf bevorsteht. Vermutlich stecken wir schon mittendrinnen. Manchen ist diese einschneidende Realität noch nicht wirklich bewusst. Sie lauert aber bereits verborgen im Hintergrund, sodass wir ihr letztlich nicht entkommen können. Verdrängen diese Menschen die raue Wirklichkeit? Ich gewinne bei dieser Betrachtung zumindest den Eindruck, dass viele so weitermachen als gäbe es keine Krisensituation. Kommt für sie demnächst das bitterböse Erwachen?

Schrittweise versuche ich mich auf die neue Situation einzustellen. Nicht ohne Grund erstellte ich eine Liste von harten Sparmaßnahmen. Jedoch ein Vergnügen ist es aber für mich nicht, weil ich weiß, dass mir viele Schritte, die ich notgedrungen gehen muss, mir zweifelsfrei sehr wehtun werden. Fakt ist: „Die Umstände zwingen mich zunehmend dazu“. Bei dieser Feststellung bleibe ich standhaft wie ein Fels in der Brandung. Zwischenzeitlich hat sich nichts daran geändert. Ich versuchte mich damit zu trösten, dass ich am Ende nicht soviel Energiekosten nachzahlen muss wie andere. Natürlich bin ich mir der Tatsache bewusst, dass es sehr viel Disziplin erfordert, das private Maßnahmenpaket umzusetzen, was ich vor kurzem geschnürt habe.

Wegen Rosa kann ich mir finanziell kein schlechtes Gewissen leisten. Letztlich ist sie nur eine Fremde für mich, auch wenn ich zugegebenermaßen einmal Sex mit ihr hatte. Jedoch sind wir kein Liebespaar. Unterm Strich bezahlte ich eine „*Dienstleisterin*" im erotischen Bereich einen vereinbarten Preis. Es ist daher nüchtern betrachtet nur eine reine Geschäftsbeziehung, mehr nicht. Mit dieser „*Arbeitsbeschaffungsmaßnahme*" habe ich sie Ende letzten Jahres finanziell tatkräftig unterstützt. Außerdem steckte ich ihr zwischendurch immer wieder einmal ein paar Euros zu, damit sie sich tagesaktuell eine Kleinigkeit zu Essen kaufen konnte. Jedoch 50 Euro für eine flüchtige Bekanntschaft zur Verfügung zu stellen, sind für mich einfach zu viel des Guten. Dies sah ich nicht ein, denn ich gehöre nicht, wie bereits bekannt, zu den oberen 10.000 der Gesellschaft **(High Society)**. Irgendwo musste ich eine klare und sichtbare Grenze ziehen, um mich zu schützen. Es geht hierbei auch um mein eigenes Überleben in schwierigen Zeiten. Das ist bedauerlicherweise eine realexistierende Tatsache. Daher ist ein gesunder Egoismus in Anbetracht der aktuellen Lage durchaus angemessen. Ich wollte mich in der Gutmütigkeit nicht schamlos ausnutzen lassen. Diesen fatalen Fehler habe ich in der Vergangenheit leider zu häufig gemacht. Nun gehe ich davon aus, dass ich anfange, meine Lektion zu lernen und zwar in rasantem Eiltempo. Anders kann man in schwierigen Zeiten, wie wir sie zurzeit vorfinden, nicht über die Runden kommen. Es wäre sonst mein eigener Untergang.

Nach einer fast 90-minütigen „Exkursion" auf dem Kiez fuhr ich mit der Bahn wieder nach Hause. Während der Bahnfahrt überlegte ich, dass ich bezüglich des Vögelns über ein großes finanzielles Einsparungspotenzials verfüge. Schaffe ich es zumindest längerfristig bei den Frauen des horizontalen Gewerbes nein zu sagen? Schwer einzuschätzen, aber ich werde versuchen, es hinzubekommen. Selbstverständlich im eigenen finanziellen Interesse. Ich muss mich auf Dauer für einen längeren Zeitraum auf ein bescheidenes Leben einstellen. Dieser Gedanke drang mir wieder augenblicklich ins Bewusstsein.

Zuhause angekommen, zog ich mich ins Schlafzimmer zurück. Ich ließ mich wie gewohnt von der HD-Glotze berieseln. Wieder bewusst keine Nachrichten geschaut. Denn eine Lebenshilfe stellen sie für mich ohnehin nicht dar. Eher im Gegenteil. Emotional sind sie zu belastend und machen uns nachweislich krank. Die „Horrornews" ziehen mich gefühlstechnisch in den verhängnisvollen Abgrund. Es entsteht bei mir der Eindruck, dass wir von den Medien auf eine bevorstehende Apokalypse konditioniert werden. Einfach nur furchtbar und niederdrückend, vielleicht sogar unverantwortlich, weil durch die Angstmache die Menschen in einen unkontrollierten Panikzustand versetzt werden. Chaos kann dadurch entstehen, das möglicherweise zu Anarchie führt.

Leider kann ich als einfacher Bürger das politische Tagesgeschehen wenig bis gar nicht beeinflussen. Mit meiner Schriftstellerei kann ich zumindest auf gesellschaftliche Missstände aufmerksam machen, auch wenn zugegebenermaßen nur wenige meine Bücher zurzeit lesen. Eventuell ändert es sich irgendwann. Zumindest hoffte ich es.

Nora hat momentan kein Fernseher. Fluch oder Segen? Schwer zu sagen. Sie merkte in meinen Beisein an: „Ich ärgere mich zutiefst, dass ich beim Entrümpeln meinen kleinen Fernseher verschenkt habe. Wenn ich es nicht getan hätte, dann hätte ich mehr Ablenkung auf meinem Zimmer. Denn die Wohnsituation im Frauenhaus zieht mich nervlich runter. Andererseits komme ich nicht in die Versuchung, Nachrichten zu schauen. Diese tun mir ebenfalls nicht gut. Ich befinde mich in ein emotionalen Dilemma". Damit hat sie ihre momentane Gefühlslage sehr gut beschrieben.

Für mich traf ich die bewusste Entscheidung, Nachrichten mir nur sehr begrenzt zuzumuten. Bei Überdosierung hat man garantiert eine riesengroße Nervenbelastung in Dauerschleife, die zwangsläufig zur Überlastung führt. Man foltert sich quasi in masochistischer Manier selbst. Es nimmt wohlmöglich monströse Züge an, die bei mir zu einer inneren Selbstzerstörung führen können. Meinen Geschmack trifft es in jedem Fall nicht. Aus meiner Sicht stufe ich diese extreme Form des Zeitvertreibs als absolut abartig und selbstzerstörerisch ein. Menschen, die es regelmäßig in voller

Härte praktizieren, sind vermutlich psychisch kränker als ich. Und dies soll schon einiges heißen.

Nun betrachte ich den heutigen Tag als abgeschlossen. Meine Medikamente habe ich bereits eingenommen. Ich hoffte, dass ich gleich zur Ruhe komme und schlafen kann. Denn ich brauchte genügend Energie für den morgigen Tag.

4. Kapitel

Hamburg, den 18.07.2022

Trotz meiner enormen Sorgenlast habe ich einigermaßen passabel geschlafen. Um ca. 6.50 Uhr wurde ich allerdings schon wach, ohne dass der Wecker klingelte. Ärgerlich, aber ließ sich nicht ändern. Weiterschlafen blieb für mich unmöglich, so sehr ich es auch versuchte. Also quälte ich mich aus dem Bett und frühstückte im Wohnzimmer. Meine aktuelle Lebenssituation entzog mir die Energie, was ich im vollen Umfang zu spüren bekam. Ich fühlte mich wie ein seelenloser Zombie, der desorientiert durch die Wohnung geisterte. Nicht wirklich lebend, aber auch nicht wirklich tot. Dieser Zustand ist einfach unerträglich, eine fürchterliche Qual. Fast möchte ich mir eine Kugel durch den Kopf jagen, um mich endlich von diesem Elend zu erlösen. Denn im Falle eines Ablebens wäre ich völlig raus aus der Nummer. Ich müsste diese realsatirische *„Freakshow"* in den Medien nicht mehr ertragen, sodass ich quasi sorgenfrei wäre. Das wäre doch ein Träumchen.

Spaß beiseite! Alles wird schlimmer statt besser. Mein Lebenswille nimmt rapide ab, weil die Sorgen erdrückend sind. Die Last, die ich bewältigen muss, kann ich auf Dauer nicht tragen, soviel steht bereits jetzt schon fest. Ich stand kurz vor dem endgültigen Zusammenbruch. Starke Ermüdungserscheinungen machten sich bei mir bemerkbar, obwohl ich eigentlich über ausreichend Schlaf verfügte. Ich hoffte, dass der Kaffee mir genügend Energie verschafft, um meinen Alltag bewältigen zu können. Nach meiner bisherigen Erfahrung ist die Wirkung des koffeinhaltigen Heißgetränkes allerdings eher von wechselhafter Natur. Es blieb also abzuwarten, welche Natur sich am heutigen Tag mir offenbart.

Was mich persönlich ärgert, ist die Tatsache, dass wir Bürger die Fehler und die Versäumnisse der Politik ausbaden müssen. Wir dürfen beziehungsweise müssen am Ende dafür die Rechnung bezahlen und zwar nicht nur sprichwörtlich. Diese Realität spüren wir beispielsweise täglich beim Einkauf. Alles wird merklich und spürbar teurer. Mein Einkommen wird zunehmend von der Inflation systematisch aufgefressen. Und wenn in diesem Zusammenhang auch noch an die starksteigenden Energiekosten denke, die bereits im Hintergrund gefährlich auf uns Bürger lauern, nimmt es krankhafte Züge an, die mich enorm ängstigen. Politikverdrossenheit ist daher die logische Konsequenz. Fakt ist: „Zurzeit ist keine Partei für mich als Bürger wählbar". Trotzdem wird von mir erwartet, dass ich das Kreuz über einen längeren Zeitraum mittrage. Aus meiner Sicht ist es eine absolute Zumutung, weil die Last, die wir in diesem Zusammenhang alle schultern müssen, dazu führt, dass die Gesellschaft zusammenbricht.

Parteianalysen:

1.) Die AfD: Es ist eine rechtsradikale Protestpartei, die unfähig ist, zu gestalten. Vielmehr ist sie ein übel riechendes Abfallprodukt der politisch hochgelobten Globalisierung. Sie vergiftet mit ihren geradezu menschenverachtenden Äußerungen das gesellschaftliche Klima und sind in ihren Ansichten rückwärtsgewandt statt zukunftsorientiert. Ein gewisser Brechreiz, der damit in Zusammenhang steht, ist wohl oder übel unvermeidlich geworden. Es stößt in meinen tiefsten Inneren bereits ziemlich sauer auf.

Eine Alternative für Deutschland ist diese Partei in keinem Fall, da sie unbestreitbar das *„kulturelle Erbe"* der **NSDAP** nahtlos übernommen hat. Spätestens seit der Flüchtlingskrise wurde die Partei von ehemaligen NPD-Mitgliedern systematisch unterlaufen, was brandgefährlich für Deutschland und Europa ist. Zunehmend entsteht ein Chaos, das sich bald wohlmöglich nicht mehr kontrollieren lässt, was letztlich das Ziel dieser politischen Bewegung ist.

Die Radikalen haben die Macht innerhalb der Partei ergriffen. „Die Gemäßigten" der Partei wurden strategisch rausgeekelt. Darüber hinaus wird diese Partei als verfassungsfeindlicher Verdachtsfall eingestuft und steht zu recht unter Beobachtung der Justiz. Warum sind die Wähler diesbezüglich so blind? Ich gehe davon aus, dass sie einen so großen inneren Zorn auf die etablierte Politik verspüren, sodass sie eine Scheißegal-Haltung einnehmen. Nur der Protest steht gedanklich im Vordergrund, nicht so sehr das Programm der AfD. Gleichzeitig geht die Mehrheit der Wähler davon aus, dass die AfD ohnehin nicht an die Macht kommt, sodass nichts Schlimmes passieren kann. Jedoch genau diese Einschätzung kann durchaus verhängnisvoll sein. Denn die Nazizeit *(1933 bis 1945)* führt uns diese Tatsache gnadenlos und schmerzlich vor Augen.

Es ist zwar nachvollziehbar, dass man von der etablierten Politik enttäuscht ist und seinen Unmut als Bürger zum Ausdruck bringen möchte. Jedoch eine Partei zu wählen, die alles noch sehr viel schlimmer machen würde, ist keine echte Alternative für Deutschland. Darüber sollte man sich in Vorwege in Klaren sein. Die Kernkompetenz der Partei beschränkt sich nur darauf, den Finger auf die Wunde der Gesellschaft zu legen. Dabei verfügt sie allerdings nicht über die Fähigkeit zu heilen. Eher im Gegenteil. Die Schmerzen der Bürger werden immer unerträglicher, weil die AfD sich nicht vorher die verunreinigten Hände desinfiziert. Somit wird das Leid der Bevölkerung mit absoluter Rücksichtslosigkeit vergrößert, weil sich der Schmutz dieser dubiosen Partei in die Lebensadern unserer Gesellschaft bedrohlich ausbreitet. Dies bedeutet zweifelsfrei den Suizid unserer Wertegemeinschaft, da das politische Klima durch die Herangehensweise dieser radikalen Gruppierung konsequent vergiftet wird. Bezüglich einer pragmatischen Politik schießt die AfD ziellos mit Platzpatronen, da sie geistig inhaltslos und leer sind.

Die AfD ist von Natur aus fremdenfeindlich, ohne dabei zu differenzieren. Pauschale Werturteile gehören zur gängigen Praxis dieser politischen Bewegung. Fazit? Nichts aus dem Nationalsozialismus im sogenannten III. Reich gelernt. Der Holocaust wird sogar von ihnen energisch geleugnet. (Das Zitat von Gauland lautet in diesem Kontext: „Der Holocaust ist nur ein Vogelschiss in der deutschen Geschichte".) Rassismus ist leider wieder „salonfähig" geworden. In Zusammenhang mit einer türkischstämmigen SPD-Politikerin äußerte Gauland vor laufenden Kameras, dass man diese Frau ordnungsgemäß in Anatolien entsorgen sollte. Aus meiner Sicht repräsentiert es eine klassische Nazi-Rhetorik, die ich moralisch ablehne und zutiefst verabscheue.

Diese widerlichen und monströsen Fratzen, wie beispielsweise die von der *„Giftschlange"* Alice Weidel, den verschlagenen *„Geschichtsfälscher"* Björn Höcke, den ideologisch verbohrten Greis Alexander Gauland, der eigentlich längst ins Altersheim gehört oder den geistig zurückgebliebenen Parteivorsitzenden Tino Crupalla , sind schlichtweg als ekelhaft und abstoßend zu bezeichnen. Diese *„Geisterbahn des Schreckens"* muss dringend aus der politischen Landschaft verschwinden, da sie ein Schandfleck in unserer Gesellschaft darstellt, dass dem Ansehen unseres Landes zweifelsohne einen großen Schaden zufügt, der nur schwer wieder zu reparieren ist.

Darüber hinaus sollte bei einer Wahlentscheidung auch bedacht werden, dass die AfD keine Partei der kleinen Leute ist. Vielmehr ist es eine Wirtschaftspartei ähnlich wie die FDP. Allerdings verfügt sie über einen hässlichen braunen Anstrich, der penetrant nach Scheiße riecht. Beispielsweise steht diese Partei für eine weitgehende Abschaffung des Sozialstaates und ist prinzipiell gegen den Mindestlohn. Sind sich die Wähler dieser Partei dieser Realität tatsächlich bewusst? Ich bezweifle es. Denn die Wählerschaft der AfD ist blind vor Wut und erkennt nicht die verhängnisvolle Falle, in der sie unweigerlich hineintappen wird.

Bezüglich kritischer Äußerungen zur Corona-Politik ist diese Partei ebenfalls mit großer Vorsicht zu genießen, da ich nicht glaube, dass es ihre wirkliche Überzeugung ist, sondern eher ein eiskaltes Machtkalkül beinhaltet, um sich besser als Antipartei vermarkten zu können. Es ist quasi nur purer Opportunismus, um mehr Zustimmung in der Bevölkerung zu erlangen. Denn zu Beginn der Pandemie verlangte die Partei deutlich höhere Schutzmaßnahmen als die etablierte

Politik. Diese Tatsache verschwand zügig aus dem Bewusstsein viele Bürger, was ich ebenfalls als sehr gefährlich einstufe.

2.) Die FDP: Es ist eine neoliberale Wirtschaftspartei mit einen raubtierkapitalistischen Charakter. Ihr Wählerklientel sind zweifelsfrei die Besserdiener wie beispielsweise Millionäre oder Milliardäre und nicht so sehr die kleinen Leute. Meistens stehen nicht die Menschen im Vordergrund ihrer Politik, sondern nur das Kapital der Unternehmen. Vermutlich würden sie am liebsten den Sozialstaat, der ohnehin nur noch aus wenigen Fragmenten besteht, schnellstmöglich von heute auf morgen abschaffen. Alles läuft nach der Devise: „Jeder ist sich selbst seines Glückes Schmied". Nach den Vorstellungen dieser Partei soll im Idealfall alles durch den Markt geregelt und Staatseigentum möglichst privatisiert werden. Die Wirtschaft würde ein noch gefährlicheres Machtpotenzial erreichen, dass für breite Schichten der Gesellschaft durchaus negative Konsequenzen hätten. Die Schwachen unter uns verfügten unter solchen schlechten Bedingungen endgültig über keine reale Überlebenschance in unserer hochgelobten Wertegemeinschaft. Ein gutes Beispiel ist unser Gesundheitssystem, dass weitgehend privatisiert ist. Die Ökonomie in Form einer hohen Rendite steht in Vordergrund und nicht mehr die Gesundheit der Menschen. Fazit? Die individuelle Versorgung der Patienten leidet massiv darunter. Die Corona-Pandemie hat uns diese bitterböse Realität schonungslos offenbart. **(<u>Anmerkung:</u> Es führte zum unübersehbaren *Abbau von Intensivbetten in den Krankenhäusern in den letzten zwei Jahren. Das Gesundheitssystem war daher zumindest temporär überlastet. Für das Erreichen eines hohen Profites geht man also nicht nur sprichwörtlich über Leichen.)* Übrigens wird in den Medien kaum über diesen offensichtlichen Missstand berichtet. Warum nicht? Keine Worte in Form einer Antwort folgen.

Für den versnobten und arroganten Finanzminister Christian Lindner steht selbst in einer politischen Ausnahmesituation, wie wir sie unbestreitbar zurzeit haben, die Schuldenbremse mehr im Blickpunkt als die Not der Bedürftigen. Ein *„Kaputtsparen"* des Staates in Krisenzeiten wird erfahrungsgemäß nicht zu mehr Wohlstand in der Gesellschaft führen, sondern führt eher zur systematischen Selbstzerstörung. Der Schaden, der durch *„unterlassene Hilfeleistung"* entsteht, wird am Ende höher sein als die notwendigen Investitionen, die möglicherweise nicht gemacht werden. Bei dieser Betrachtung gehe ich davon aus, dass sich der staatliche Kredit für eine bessere Zukunft zu einem späteren Zeitpunkt amortisieren wird. Daher halte ich den Weg dieser Partei nicht für zielführend. Gezielte Investitionen in den eigentlichen Schwachstellen der Gesellschaft sind daher aus meiner Sicht völlig alternativlos. Es droht sonst ein unkontrolliertes Chaos in Gestalt einer *„Investitionsbremse"*. Allerdings halte ich es für erforderlich, einen „professionellen Businessplan" vorab aufzustellen, um eine unkontrollierte Überschuldung des Staates zu vermeiden.

Zusätzlich nervt mich die hochgeltungssüchtige Frau Strack-Zimmermann, die ständig als fleischgewordene *„Kriegsdrohne"* durch alle Medien rumschwirrt und lautstark nach Waffen schreit. Das ohnehin angeschlagene Klima in unserer Gesellschaft kommt dadurch noch mehr ins Ungleichgewicht. Knallhart werden die Interessen der Waffenlobby (z. B. das gewissenlose Profitstreben des Konzerns *„Rheinmetall"*), vertreten und zwar völlig ungeniert. Tatsächliche Bürgerinteressen treten dafür vollständig in den Hintergrund.

Gerne verkauft sich die FDP als Fortschrittspartei und will die Digitalisierung in Eiltempo vorantreiben. Für mich stellt sich aber die Frage: „Wer profitiert tatsächlich von dieser Technik"? Letztlich werden die Bürger auf diesem Wege stärker vom Staat und Wirtschaft kontrolliert und manipuliert (der „gläserne Mensch"). Ein Leben ohne diese sogenannte Errungenschaft wird bald nicht mehr möglich sein, da es demnächst keine Wahlmöglichkeit mehr geben wird. Widerspricht dieser Tatbestand nicht dem eigentlichen

Freigeist dieser Partei? Die Glaubwürdigkeit dieser Politikphilosophie ist für mich daher komplett infrage gestellt.

3.) Die CDU/CSU: Die Union ist eine politische Gruppierung der gesellschaftlichen Stagnation, was die Ära Merkel klar und eindeutig schonungslos offengelegt hat. Die ehemalige Kanzlerin bremste innerhalb von 16 Jahren fast alle notwendigen gesellschaftlichen Reformen gnadenlos aus, was ich aus meiner Sicht unwiderruflich als Arbeitsverweigerung auf Staatskosten interpretieren muss. In der freien Wirtschaft wäre es durchaus ein Kündigungsgrund gewesen. Dazu gehört beispielsweise der Ausbau erneuerbaren Energien. Dieses politische Versäumnis ist einer der Hauptgründe für die aktuelle Energiekrise, die vielen Bürgern heutzutage arg zu schaffen macht. Die soziale Spaltung nimmt in Deutschland durch die Arbeitsfaulheit der ehemaligen Bundeskanzlerin bedrohlich zu. Auch sonst leistete die maßlos überschätzte Politikerin keinen entscheidenden Beitrag zur Armutsbekämpfung in unserer Gesellschaft, obwohl dies eigentlich ein „christliches Anliegen" sein sollte. Für mich überhaupt nicht zu verstehen, dass sich so etwas in der Politik jahrelang durchsetzt und von den Bürgern bei Wahlen nicht abgestraft wurde. Ihre beste Entscheidung war es, sich nicht für eine weitere Amtszeit zur Wahl zu stellen. Leider kam ihre Einsicht viel zu spät.

Uns einen Gesundheitsminister namens Jens Spahn während der Pandemie vor die Nase zu setzen, war eine absolute Zumutung für alle Bürger. Ständig bewies er mit vollem Eifer und Erfolg seine Inkompetenz für dieses Amt und tappte in seiner Unbeholfenheit von einem Fettnäpfchen ins nächste. Ohne Maske einen Fahrstuhl mit mehreren Personen vor laufenden Kameras zu betreten, aber von uns Bürgern verlangen, dass wir eine tragen müssen, ist nicht vermittelbar. Die angebliche Krisenbewältigung während der Pandemie wurde dadurch zu einer totalen Lachnummer, die zweifelsfrei unser Land gesellschaftspolitisch tief gespalten hat. Diesbezüglich wurde uns ein Scherbenhaufen hinterlassen, der

124

nur mühsam wie ein aufwendiges Puzzlespiel wieder zusammengesetzt werden kann, wenn überhaupt.

Das totale Versagen in der Flüchtlingspolitik hat die Nazis in Gestalt der AfD in Deutschland wieder wählbar gemacht. Merkel öffnete völlig planlos in einen Zustand der geistigen Verwirrung die Grenzen für Flüchtlinge, ohne über die Konsequenzen nachzudenken. Alles lief nach dem Motto: „Wir schaffen es". Jedoch in einen Akt der Verzweiflung machte die „Merkel-Regierung einen schmutzigen Deal mit der Türkei, da sie allein die Flüchtlingsproblematik nicht mehr in den Griff bekam. Daher sind wir erpressbar geworden, sodass der türkische Präsident Erdogan, auch „ERDOLF" genannt, uns ständig auf der Nase rumtanzen kann. Auch diese peinliche Aktion wäre durchaus ein Kündigungsgrund für diese hochgelobte Politikerin gewesen.

Außerdem möchte ich weder einen arroganten Friedrich Merz (CDU) noch einen überheblichen Markus Söder (CSU) als Bundeskanzler, weil diese Personen unerträgliche Selbstdarsteller sind und sich selbst maßlos überschätzen. Ist hier eine gewisse Tendenz zum Größenwahn zu erkennen? Kann ich zumindest nicht völlig ausschließen. Darüber hinaus neigen beide Politiker dazu, *„reaktionäre Schießbudenfiguren"* zu sein, da sie mehr die Wirtschaft als die Interessen der Bürger im Blick haben.

Außerdem bringt die Union ihre Unfähigkeit und Hilflosigkeit auch dadurch zum Ausdruck, indem sie sich im Wahlkampf als LIGHT-Variante der AfD präsentiert. Letztlich wird aber nur erreicht, dass die Nazi-Rhetorik wieder zum normalen Umgangston wird. Fazit? Die AfD bekommt mehr Zulauf, da die Wähler lieber das Original haben wollen.

4.) Die SPD: Die Partei begann zweifelsfrei mit der Agenda 2010 das größte Sozialverbrechen in der Nachkriegsgeschichte Deutschlands. Somit wurde der moderne Sklavenhandel in Form eines gigantischen Niedriglohnsektors in Deutschland etabliert. Alles läuft nach dem Motto: **„Friss oder stirb"!** Die geplante Einführung des *„Bürgergeldes"* für 2023 ist letztlich nur *„HARTZ IV LIGHT",* um von den

Gräueltaten der jüngsten Vergangenheit abzulenken. Es wird kaum Verbesserungen für die Betroffenen geben. Letztlich läuft es auf einen Edikettenschwindel heraus. Ein neuer Name eines Produktes führt eben nicht zwangsläufig zu einer innovativem Verbesserung.

Darüber hinaus stellt die SPD einen Bundeskanzler namens Olaf Scholz, der beispielsweise beim Thema Warburg Bank an einer besorgniserregenden Demenz leidet. Auch bei anderen politischen Themen sind solche Tendenzen bereits voll spürbar. Aus meiner Sicht ist dieser Sachverhalt auf Dauer nicht tragbar und gefährdet das Ansehen unseres Staates. Genauso kritisiere ich unseren Volksvertreter beim Thema G 20-Gipfel. Er hat als Hamburger Bürgermeister unbestreitbar das Chaos und die Verwüstung zu verantworten, was in meiner Heimatstadt in diesem Zusammenhang angerichtet wurde, aber er stahl sich feige aus der Verantwortung, indem er als *„politischer Flüchtling"* nach Berlin floh und gnädiger Weise bei Frau Merkel Asyl bekam. Die „Integration" erfolgte durch den Joberhalt als Finanzminister und Vizekanzler. Nun ist er sogar Regierungschef. Inwieweit ist es aber als eine Erfolgsgeschichte für Deutschland zu betrachten? Diese Frage beantwortet sich aktuell wohl von selbst.

Leider gibt es in der SPD keine nennenswerten Persönlichkeiten mehr wie Willi Brand oder Helmut Schmidt, die uns in der Vergangenheit entscheidend geprägt haben. Olaf Scholz steht stellvertretend für Fachkräftemangel innerhalb der SPD, wenn nicht sogar für die gesamte Politik in Deutschland.

Ein großes Problem stellt auch der Ex-Kanzler Gerhard Schröder dar, der nicht nur Hartz IV verbrochen hat, sondern sich von Aggressor Putin kaufen ließ, indem er seit mehreren Jahren einen lukrativen Posten in einen russischen Gaskonzern bekleidet. Spätestens beim Angriff auf die Ukraine hätte er eigentlich seine Konsequenzen ziehen müssen, was er aber nicht tat. Aus meiner moralischen Sicht ist dieser Politiker ein korruptes Schwein, das ekelerregende Töne bezüglich des Ukraine-Krieges grunzt. Für mich ist es nicht nachvollziehbar, dass er immer noch Mitglied der Partei ist.

Zusätzlich müssen wir die narzisstisch gestörte Brillenschlange Karl Lauterbach ertragen, der mit aller Staatsgewalt in Bezug auf die Pandemie die sprichwörtliche **„German Angst"** aufrecht erhalten will, nur um seine extrem stark ausgeprägte Geltungssucht in vollem Umfang befriedigen zu können. Ständig spricht er in Zusammenhang mit Corona von „Killervirus", nur um in den Medien regelmäßig präsent sein zu können. Dabei wird billigend in Kauf genommen, dass massive soziale und psychische Schäden bei Kindern, Jugendlichen und Menschen mit emotionalem Handicap entstehen. Wie viele Bürger wurden durch diese rücksichtslose und gewissenlose Politik in den Selbstmord getrieben? Dieser Minister begeht zweifelsfrei pausenlos einen Amtsmissbrauch nach dem anderen und müsste meines Erachtens endlich von seinem Thron gestoßen werden. Er hat uns genug mit seinen Müll vollgeschissen.

Genauso eine Zumutung ist *„Dumpfbacke"* Saskia Esken, die als Co-Vorsitzende die SPD repräsentiert. Sie bezeichnet Kritiker der Corona-Maßnahmen als *„Covid-Idioten"*, ohne die Faktenlage zu prüfen. Durch diese erschreckende und menschenverachtende Äußerung entlarvt sich diese Partei als absolut rassistisch und ist völlig ignorant, was die Sorgen und Ängste der Bürger betrifft. Mit Staatsgewalt werden die Kritiker gnadenlos *„stigmatisiert"*, nur weil sie nicht ihrer Ideologie entsprechen. Diese Frau müsste dringend entmündigt werden, damit sie keinen weiteren Schaden anrichtet. Zumindest sollte man diese Unperson nicht allzu häufig an die Mikrofone lassen. Dies könnte die Wahlergebnisse der Partei auf Dauer verbessern. **(<u>Anmerkung:</u> Dieser Vorschlag ist durchaus ernst gemeint. Denn diese Partei erlebt meines Erachtens ihren endgültigen Absturz als Volkspartei, wenn diese Frau tatsächlich weiter verstärkt öffentlich auftritt.)**

5.) Bündnis 90/Die GRÜNEN: Diese Partei ist genau wie die SPD am größten Sozialverbrechen in der Geschichte der

Bundesrepublik beteiligt gewesen **(Stichwort Agenda 2010)**. Der ehemalige und mittlerweile völlig verkalkte Außenminister Joschka Fischer sieht die sogenannte Arbeitsmarktreform immer noch als richtige und vertretbare Maßnahme an. Fazit? Lernprozess: 0 %. Die GRÜNEN entwickelten sich zu einer *„FDP auf Fahrrädern"*.

Die Partei macht eine Umweltpolitik, die sich bald nur die Besserverdiener leisten können, was Politiker wie z.B. *„Laber-Backe"* Robert Habeck, der über keinerlei Fachkompetenz in Bereich Wirtschaft verfügt oder eine mit Englischdefiziten ausgestattete Außenministerin Annalena Baerbock immer noch nicht begriffen haben und es vermutlich auch nicht wirklich wollen. Wer kann sich beispielsweise künftig ein E-Auto überhaupt leisten? Und wie umweltfreundlich ist das E-Auto tatsächlich? Aus meiner Sicht ist es eine *„ökologische Sackgasse"* und repräsentiert einen großen Volksbetrug, der nur dazu dient, den Bürgern wieder einmal das Geld aus der Tasche zu ziehen. Jedoch die Umweltpolitik muss so gestaltet werden, dass es auch für alle Bürger zumutbar ist (eine ausreichende soziale Abfederung).

In Bezug auf die Pandemiebekämpfung haben sie noch härtere und unzumutbare Maßnahmen gefordert, wie die Vorgängerregierung sie letztlich umgesetzt hat. Sie traten diesbezüglich in einem *„Wettbewerb der seelischen Grausamkeiten"* mit ihren politischen Konkurrenten an. Für mich repräsentiert es eine grenzenlose Zumutung.

Schrittweise wirft diese Partei ihre ursprünglichen Ideale über Bord, nur um an der Macht beteiligt zu werden und präsentiert sich in stark heuchelnder Weise gerne als *„Wellness-Partei"*. Dabei schreit diese Partei in Widerspruch zu sich selbst am Lautesten nach Waffen für den Ukraine-Krieg, obwohl sie in der Vergangenheit als Friedenspartei gegolten hat. Genauso erklärte Frau Baerbock als Außenministerin Russland nebenbei den Krieg, was brandgefährlich war. Die Situation drohte zu eskalieren. **(Anmerkung: Heutzutage leugnet diese Partei, dass sich auch als Friedenspartei ursprünglich gegründet hat, nur in Anbetracht der Faktenlage ihr Gesicht gegenüber der Öffentlichkeit zu**

wahren. Fazit? Die Glaubwürdigkeit sinkt.) Ihr *„Gutmensch-Getue"* wird auf diesem Weg als grenzenlose und nahezu skrupellose Scheinheiligkeit entlarvt.

Die furchtbare Gender-Sprache und das gewaltsame Verändern unserer Sprachkultur trägt unbestreitbar ebenfalls die Handschrift dieser Partei. Uns soll quasi diktiert werden, was wir fortan sagen dürfen. Das Recht auf freie Meinungsäußerung nach Artikel 5 im Grundgesetz wird auf diese Weise völlig infrage gestellt und ist aus meiner Sicht betrachtet gesehen als faschistisch einzustufen. Alles wirkt in diesem Zusammenhang aufgesetzt und gekünstelt. Somit entwickelt sich diese Partei zum *„Bürgerschreck"* für viele Wähler in Deutschland. Ein Trend zum Überkorrekten kommt zum Vorschein, der unsere Gesellschaft immer mehr in die Absurdität führt. Welches Fazit resultiert daraus? Die AfD bekommt dadurch leider immer mehr Zulauf. Somit wird diese Partei ironischer Weise ein *„Wahlhelfer"* für die Nazis.

Die GRÜNEN werden zunehmend als Vorschrifts- und Verbotspartei wahrgenommen, die bald in die politische Bedeutungslosigkeit verschwinden wird, wenn sie ihren Kurs nicht schnellstmöglich ändert. Denn diese Partei will in Dauerschleife die Bürger bevormunden. Fazit? Die GRÜNEN verlieren daher an Zustimmung in der Bevölkerung.

6.) Die LINKE: Zurzeit ist diese Partei zu sehr mit sich selbst beschäftigt und ist kurz davor sich selbst zu zerstören statt sich verstärkt auf ihre Kernkompetenz (Sozialpolitik) zu konzentrieren, was aber in Anbetracht der aktuellen Krisensituation dringend notwendig wäre. Denn die *„sozialabhängten Bürger"* in unserem Land benötigen in diesen schwierigen Zeiten eine lautstarke Stimme, die sie inhaltlich vertritt, da die soziale Spaltung durch den Dauerkrisenmodus, geprägt durch den neuentstandenen Rüstungswahn, gefährlich an Tempo gewonnen hat. Denn viele Bürger, die nachweislich negativ betroffen von diesem politischen Irrweg sind, geht in sehr erschreckenderweise bereits die Puste aus, was eine Gefahr für den Zusammenhalt der Gesellschaft darstellt, die wir keineswegs wegdiskutieren dürfen.

In diesem Zustand kann die Partei aber zurzeit keine Regierungsverantwortung übernehmen, da sie bedauerlicherweise sehr geschwächt ist. Selbst als Opposition tut sie sich momentan sehr schwer, weil sie sich teilweise nicht klar genug positioniert. Kaum ein Bürger erkennt, welche Richtung die Partei künftig gehen will. Der politische Kompass ist zurzeit nicht wirklich sichtbar. Es gibt nur wenig sichtbare Konzepte dieser Partei, was im wahrsten Sinne des Wortes „Alarmstufe rot" bedeutet. Zumindest verfügt diese Partei über ein Kommunikationsproblem, um den Bürgern ihre Inhalte zu vermitteln. Ihr Management muss daher dringend verbessert werden. Sonst droht der Untergang der Partei.

Auch gutes Führungspersonal ist leider kaum in dieser Partei erkennbar. Der Bürger braucht Politiker, die stark genug in der Gesellschaft auftreten können. Nur so kann das Gefühl erzeugt werden, dass die Partei über einen Kompass verfügt, der ihnen eine lebenstaugliche Perspektive verschafft. Darüber sollte die Partei ernsthaft nachdenken, um ihre eigene Überlebenschance zu erhöhen.

Zuvor galt die LINKE als Kümmerer-Partei in Ostdeutschland. Diesbezüglich hat sich die Partei von der AfD bedauerlicherweise die Butter von Brot nehmen lassen. Und ich frage mich: „Warum wurden die neuen Bundesländer vernachlässigt"? Denn die ehemalige DDR ist der Erfolgsschlüssel der AfD. **(<u>Anmerkung:</u> Der Hauptgegner der LINKEN ist und bleibt wohl die AfD. Dieser Tatsache sollte sich die Partei schnellstmöglich stellen. In diesem Kontext muss sich die Partei selbstkritisch hinterfragen, warum die Wähler in Ostdeutschland verstärkt zur AfD abgewandert sind. Spiegeln sich die aktuellen Sorgen der Bürger tatsächlich noch im Wahlprogramm wieder? Die Antwort auf diese Frage könnte zukunftsentscheidend für Die LINKE sein.)**

Beim Thema Corona blieb diese Partei beispielsweise sehr still und fast unauffällig. Kaum kritische Töne zu den Corona-Maßnahmen, obwohl es genügend Dinge gibt, die man in diesem Kontext aus meiner Sicht anprangern müsste. Stattdessen war die Partei sogar weitgehend Mitläufer einer diktatorischen Pandemiepolitik. Verfügte sie diesbezüglich nicht über bessere Alternativen? Sind sie bei diesem Thema maßlos überfordert?

Darüber hinaus ist die Haltung von Sahra Wagenknecht in Bezug auf Putin und den Ukraine-Krieg nicht nachvollziehbar. Denn der sofortige Stopp der Waffenlieferung würde zweifelsfrei eine Niederlage für die Ukraine bedeuten, sodass dieses Land schrittweise seiner kulturellen und gesellschaftspolitischen Identität beraubt würde. Dies hätte die dauerhafte Unterdrückung der Ukraine durch das russische Regime zu Folge. Wäre dies tatsächlich ein erstrebenswerter Frieden für das ohnehin schon sehr gebeutelte Land? Meines Erachtens beantwortet sich diese Frage von selbst. Zweifelsfrei schadet Sahra Wagenknecht mit ihrer verbohrten Haltung dem Ansehen der Partei und repräsentiert mittlerweile deren „Achillesferse“. Die LINKE kann nicht mehr so wirklich mit ihr, aber auch nicht ohne sie, da sie in der Vergangenheit das „Zugpferd“ der Partei war. Wie positioniert sie sich daher in Anbetracht der Lage künftig zu dieser Frau? Droht der Partei bald sogar eine Abspaltung? Denn Frau Wagenknecht liebäugelt seit einiger Zeit mit der Gründung einer eigenen Partei. Ein Dilemma für die LINKE. Sie gerät in einen Zustand des Schocks, der sie weitgehend bewegungsunfähig macht. Die schlechten Umfragewerte bringen diese Tatsache klar zum Ausdruck. **(<u>Anmerkung:</u> Umfragetechnisch schwankt die Partei aktuell zwischen 4 und 5 %. Diese Stimmungslage ist auf Dauer existenzgefährdend für die LINKE.)**Hat die LINKE noch eine langjährige Überlebenschance. Folgt bald der Parteiaustritt von Frau Wagenknecht? Fakt ist: „Politisch entwickeln sich Partei und Frau Wagenknecht in unterschiedliche Richtungen“.

Genauso kritisiere ich die Gender-Sprache dieser Partei. Ähnlich wie DIE GRÜNEN liegt es wohl in ihrer DNA („Gendefekt“). Eine Distanzierung von dieser Sprachdiktatur könnte der Partei durchaus helfen, in der Wählergunst wieder zu steigen, da die Mehrheit in der Bevölkerung nachweislich die neue „Sprachkultur“ kategorisch ablehnt.

Nach dieser Kurzanalyse stelle ich fest: „Für mich als Wähler gibt es aktuell keine rosigen Zeiten". Eine verheißungsvolle Zukunft sieht meines Erachtens anders aus. Zum Glück stehen vorerst keine Wahlen an. Momentan würde ich zu den Nichtwählern gehören, was aber gefährlich wäre, weil es die AfD unnötig stark machen würde, wenn zu wenig Menschen zur Wahlurne gehen. Es könnte für mich ein Dilemma entstehen, was ich eigentlich nicht wirklich will. Bei meinem Kollegen Johannes Thiel sieht es zurzeit ähnlich aus. Mir gegenüber im Atelier äußerte er: „Zurzeit hätte ich Schwierigkeiten, eine Wahlentscheidung zu treffen. Jedoch nicht wählen zu gehen, wäre quasi eine Stimme für die beschissene AfD". Ich entgegnete darauf: „Notfalls müssen wir eben eine Partei wählen, die unter Sonstiges fällt". Johannes nickte zustimmend, ohne es weiter zu kommentieren.

Unterm Strich müssen wir abwarten, wie sich die Dinge weiterentwickeln. Ich gebe den Parteien eine Gnadenfrist bis zu den nächsten Wahlen. Nutzen sie ihre Chance nicht, ziehe bei künftigen Wahlen meine Konsequenzen. Ich muss einfach das Gefühl haben, dass meine Interessen im ausreichenden Maße vertreten werden. Momentan kann ich es aber nicht erkennen. Ein nüchternes und erschreckendes Zwischenfazit, was ich hier bedauernswerterweise ziehen muss.

Tatsache ist: „Die aktuellen Krisen sind aufgrund einer fehlerhaften Politik entstanden".

Ich fasse wie folgt kurz zusammen:

1.) Der Ausbau erneuerbarer Energien wurde von der Vorgängerregierung jahrelang sträflich verschlafen. Fazit? Die Energiekrise.
2.) Die Politik hat eine zu große, fast sorglose Abhängigkeit von Putins Gas zu verantworten. Fazit? Starksteigende Gas- und Strompreise.
3.) Nach der Annexion der Krim 2014 hätte sich Brüssel verstärkt für eine Mitgliedschaft der Ukraine in der EU einsetzen müssen. Fazit? Der russische Angriffskrieg.

4.) Die EZB hätte schon deutlich früher die Leitzinsen anheben müssen, um eine hohe Inflation rechtzeitig in den Griff zu kriegen. Fazit? Eine anhaltende hohe Inflation und möglicherweise eine bevorstehende wirtschaftliche Rezession. (Zumindest ein starker Rückgang des Wirtschaftswachstums ist aus meiner Sicht in jedem Fall zu befürchten).

Nun müssen wir alle dafür eine extremhohe Rechnung bezahlen. Mehr und mehr gewinne ich den Eindruck, dass die Welt am Abgrund steht. Und die etablierte Politik bleibt weitgehend handlungsunfähig. Es ist mehr ein Reagieren, aber kein vorsorgliches Agieren. Ist diese Tatsache Ausdruck politischer Hilflosigkeit und Inkompetenz? Bricht bald alles zusammen? Ich schließe es zumindest nicht mehr aus. Mein Vertrauen schwindet.

Um ca. 9.10 Uhr verließ ich das Haus in Richtung Hamburger Meile. Draußen schien wie gewohnt die Sonne. Keine dunkle Wolke im Himmel erkennbar. Die Regenwahrscheinlichkeit lag daher bei fast null Prozent. Einerseits freut man sich dazu, aber andererseits benötigt die Natur dringend den Regen. Wochenlang kam nichts mehr von oben herunter. Alles eine Folge des Klimawandels? Davon gehe ich mittlerweile aus. Die Krankheitssymptome unseres leidgeprüften Planeten werden immer spürbarer. In Norddeutschland ist man kurz davor, die 40^0-Grad-Marke zu knacken (Rekordwert). Verstärkt gibt es Waldbrände in Südeuropa. Flussläufe trocknen in Deutschland und in übrigem Europa aus. Flüchtlinge kommen verstärkt zu uns, weil in ihrer Heimat der Klimawandel noch spürbarer ist als bei uns. Wohin wird es uns führen? Keine Antwort zu hören. Einfach nur eine beängstigende Stille, die den Raum betritt. Ist es die trügerische Ruhe vor dem Sturm, der zum Untergang führt?

Auf dem Weg zum Einkaufen wurde mir eine nahezu bilderbuchhafte Idylle geboten. Zunächst entstand bei mir der äußerliche Eindruck, dass wir uns doch nicht in einen Dauerkrisenmodus befinden, da alles seinen gewohnten Ablauf und Rhythmus ging. Oberflächlich betrachtet war alles wie vor dem Krisenmodus. Schaut man aber etwas genauer hin, erkennt jeder, dass sich die Zeiten doch geändert haben. Denn in der Grünanlage vor dem Einkaufzentrum sah ich einige verwahrlosten Personen, die in Mülleimern nach Pfandflaschen suchten. Dies beobachtete ich auch schon mehrfach verstärkt in St. Georg. Zukünftig werden wir in der Gesellschaft vermehrt mit solchen Bildern konfrontiert werden. Die Armut breitet sich immer flächendeckender aus wie eine Seuche, die wir immer weniger in den Griff bekommen. Mittlerweile ist sie bereits in der sogenannten Mittelschicht, die eigentlich die Säule unserer Gesellschaft repräsentiert, angekommen.

Vor einigen Wochen sah ich am selben Schauplatz wie eine ältere Frau mit einem gepflegten Äußeren und gutgekleidet nach Leergut suchte. Nie würde jemand vermuten, dass diese Frau den sozialen Abstieg erlebt. Daher ist es nur noch eine Frage der Zeit, wann ich doch Pfandflaschen sammeln muss, um wenigstens einigermaßen über die Runden zu kommen. Diese Tatsache wurde mir beim Anblick der zwei Männer, die ich kurz beim Flaschensammeln beobachtete, schmerzlich ins Bewusstsein gerufen. Für mich offenbarte sich ein bedrohliches und gefährliches Schreckensszenario, was ich lieber aus meinem Bewusstsein verdrängen möchte. „Rasen wir endgültig auf einen gefährlichen Abgrund zu", fragte ich mich erneut. Schwer einzuschätzen. Zumindest erscheint mir das Leben immer perspektivloser. Das Leben wird zunehmend zum faulen Kompromiss, der bestialisch nach Verdorbenes stinkt.

Ich setzte meinen Marsch in Richtung Hamburger Meile fort. Zunächst zur Hamburger Sparkasse (kurz Haspa genannt). Dort reihte ich mich in eine Warteschlange ein, um an den Schalter zu kommen. Meine Geduld wurde gefordert, denn es ging nur sehr langsam voran. In dieser Situation musste ich daran denken, dass wir demnächst wieder Maske in den Räumlichkeiten tragen müssen, damit ein gewisser Karl Lauterbach (SPD) seine hohe Geltungssucht in vollen Zügen befriedigen kann. Vermutlich ist es für ihn in seinem Alter die einzige Möglichkeit, doch noch einen Orgasmus zu bekommen. Aus meiner Sicht ist er eine Zumutung für uns leidtragende Bürger. Mir fällt das Tragen einer Maske sehr schwer. Deswegen wurde mir auf der Arbeit schon mehrfach schwindlig. Ich drohte oftmals umzukippen. Darüber hinaus bekam ich vielfach starke Kopfschmerzen, fast unkontrollierbare Panikattacken und schwerwiegende körperliche Schwächeanfälle. An heißen Sommertagen lag ich oftmals ein ganzes Wochenende flach und konnte faktisch nichts machen. Bestenfalls schaffte ich es die Waschmaschine anzustellen und mir ein Fertiggericht in die Mikrowelle zu werfen. Daher macht es mich wütend, wenn Soziopaten wie dieser selbsternannte Gesundheitsexperte den Tonfall in der Gesellschaft bestimmt und großes Unheil stiftet. Dabei erhebt er sich zu einer Gottheit, was ich als absolut anmaßend einstufe. Zeitweilig gab es kaum noch eine Markus Lanz Sendung ohne Karl Lauterbach, der wie ein Filmstar hofiert wurde. Daher blieb mir oftmals nur die Flucht auf einen anderen Sender.

Wenn ich medienwirksam in Szene gesetzt den Spruch höre, *„Eine Maske zu tragen, tut nicht weh"*, dann macht es mich zugegebenermaßen aggressiv, weil mir offensichtlich der Finger auf die Wunde gelegt wurde. Es verursacht Schmerzen, die ich nicht ertragen kann und will. Für mich ist es die Hölle auf Erden. Außerdem entlarven sich diese Auftritte als politisch gewollte Lüge, die auf einen vorauseilenden Gehorsam der Medien aufbauen. Diese Realität unterstreicht meine kritische Haltung zu diesem Thema. Ein Ohnmachtsgefühl entsteht, dass leider nicht zu verschwinden scheint.

Die anderen Länder in Europa kehren bereits zur Normalität zurück. Nur seltsamerweise Deutschland nicht. Bei uns wird mit aller Staatsgewalt die **„German Angst"** aufrecht erhalten. Ich kann es überhaupt nicht nachvollziehen. Wir haben eine völlig andere Situation wie vor ca. zwei Jahren. Ca. 80 % sind mindestens doppelt geimpft. Mehr als 60 % sind sogar *„geboostert"*. Die *„Omikron-Variante"* ist für die meisten von uns deutlich weniger gefährlich als seine Vorgänger. Und es gibt zusätzlich sogar Medikamente gegen Corona. Daher halte die meisten geplanten Maßnahmen nicht mehr für verhältnismäßig und angemessen. Sinnvoll ist es letztlich nur, die Pflegeeinrichtungen, die Krankenhäuser und Arztpraxen weiterhin zu schützen, weil es hochsensible Bereiche sind. Und der Einsatz von Medikamenten gegen Corona muss in jedem Fall gewährleistet sein. Ansonsten weg mit der *„staatlich verordneten Lebensvermeidung"* und dem *„Regime nach Zahlen"*. Das Tragen von Masken oder das Impfen bestimmter Personengruppen sollte bestenfalls als Empfehlung gelten. Alles andere ist aus meiner Sicht als Diktatur einzustufen, die in erschreckendem Maße Menschenversuche anordnet. Außerdem wird es immer noch eine bestimmte Anzahl von Menschen geben, die dies weiterhin tun werden, weil sie Dank der Medien ohnehin darauf „konditioniert" sind.

Nach ca. zehn Minuten kam ich endlich an den Schalter. „Was kann ich für Sie tun", fragte mich die junge Bankangestellte freundlich. „Ich will den Dauerauftrag für meine Miete ändern", antwortete ich. „In Ihrem Fall mache nochmals eine Ausnahme. Seit ca. ein Jahr machen wir es nicht mehr hier an den Schaltern. Daher müssen Sie zukünftig eine Servicenummer anrufen", machte mir die Frau am Schalter klar. Ich gab ihr kurz meine EC-Karte und nannte ihr die neue Miethöhe. Die Frau am Schalter gab alles Nötige in PC ein. Es wurde mir schmerzlich ins Bewusstsein gerufen, dass mir die Digitalisierung bedrohlich immer näher kommt. Die Banken werden daher zunehmend kundenfeindlicher. Die Fialen werden unübersehbar weniger. Dadurch muss ich deutlich längere Wege gehen, um meine Bankangelegenheiten regeln zu können. Der Service am Schalter wird gleichzeitig qualitativ schlechter. Auf diese Weise werden die Kunden dazu „gegängelt", wenn nicht sogar genötigt, Online-Banking zu machen. Für mich stellt es ein absolutes Horrorszenario dar. Eine Weltuntergangsstimmung kam aus meinen Inneren an die Oberfläche. Wenn ich tatsächlich dazu gezwungen werde, es zu tun, wird es mich zweifelsfrei überfordern. „Ich bin ein totaler Technik-Idiot", muss ich selbstkritisch feststellen. Daher würde ich mir eher freiwillig die

Pulsadern aufschneiden als widerstandslos auf Online-Banking umzusteigen. Offen gesagt habe ich keine Böcke darauf, mir ein Internetvirus einzufangen oder dass jemand mein Konto hackt. Zwischenzeitlich ist mein Vertrauen in diese dubiose Technik nicht unbedingt gestiegen, um es mal zurückhaltend zu formulieren. Mein Kumpel Michael macht hingegen schon jahrelang Online-Banking und ist davon sehr angetan. Für ihn ist es schon eine Form der Normalität geworden. Ich empfinde es als erschreckend und kann es keineswegs nachvollziehen. Für meinen Geschmack ist er bei diesem Thema viel zu sorglos. Wo bleibt hier der gesellschaftskritische Blick? Ist es ein blindes Vertrauen in die Zukunft?

Computer ist nicht wirklich meine Welt. Wenn ich kein Schriftsteller wäre, hätte ich faktisch gesehen keinen. Bei meinem Arbeitskollegen Johannes Thiel sieht es ähnlich aus. Er kann keinen Bezug dazu herstellen und verfügt nicht einmal über einen DSL-Anschluss zuhause. Seine Ängste vor der digitalen Welt sind enorm hoch, vielleicht sogar höher als bei mir. So gesehen, ist er genau das absolute Gegenteil von Michael.

Irgendwann müssen sogar damit rechnen, dass es kein Bargeld mehr gibt. Das ist noch beängstigender als das Online-Banking. Der Staat und die Wirtschaft übernehmen die Kontrolle über unsere Finanzen während wir sie mehr und mehr verlieren werden. Es wird zunehmend der gläserne Mensch geschaffen. George Orwells Befürchtungen nach dem Ende des zweiten Weltkriegs werden von der heutigen Realität in Bezug auf Überwachung jetzt schon weit übertroffen. Wir werden quasi zu Marionetten in einem gefährlichen Spiel, dass wir nicht mehr durchschauen können. Und wenn der Zahlungsverkehr quasi nur noch digital verläuft, geht uns der Bezug zum Geld verloren. Auch dies ist wirtschaftlich und politisch durchaus gewollt. Die Menschen sollen auf diesem Wege dazu gebracht werden, mehr zu konsumieren, damit einige Unternehmen größere Profite machen können als vorher, und der Staat erhält gleichzeitig mehr Steuereinnahmen. Angeblich dient die Digitalisierung dem Allgemeinwohl. Ich sehe es zweifelsfrei anders.

Bargeld ist etwas Greifbares zum Anfassen. Daher entwickelt sich nach meiner bisherigen Erfahrung mit Bargeld ein anderes psychologisches Bewusstsein beim Einkauf. Ich gebe deutlich weniger Geld aus, wenn ich möglichst nicht mit EC-Karte bezahle. Gerade in schwierigen Zeiten ist es wichtig die Kontrolle über seine Finanzen zu behalten. Darum werde ich meinen Weg unbeirrt weitergehen, auch wenn es nicht unbedingt den aktuellen Trend entspricht.

Johannes hat mich vor ein paar Jahren auf die Idee gebracht, möglichst nicht die EC-Karte als Zahlungsmittel zu nutzen. Er sagte zu diesem Thema: „Ich zahle nur mit Bargeld. Auf diese Weise komme ich finanziell besser klar. Außerdem muss auch nicht jeder wissen, wofür ich mein Geld ausgebe. Es geht niemanden etwas an". Seitdem bezahle ich fast ausschließlich mit Bargeld. Meine Finanzen habe ich dadurch tatsächlich besser in Griff, weil es quasi keine unkontrollierten Einkäufe mehr gibt. Daher benötige ich zurzeit kein Dispo, um meine Rechnungen bezahlt zu bekommen. Mein Konto ist daher spürbar deutlich im Plus.

Schwarzarbeit wird durch die bargeldlose Bezahlung erheblich erschwert, weil der Staat dank der Technik die Zahlungsabläufe überwachen und kontrollieren kann. Oberflächlich betrachtet gesehen ist diese Entwicklung aus staatlicher Sicht erfreulich, aber die Realität wird eine andere sein. Denn für mich als Rentner wird es künftig eine absolute Katastrophe sein, da das Altersruhegeld später nicht für meinen Lebensunterhalt ausreichen wird. In diesem Punkt repräsentiere ich keine gesellschaftliche Ausnahme, weil die Altersarmut bereits jetzt schon ein deutlich sichtbares Krankheitssymptom unserer Zeit geworden ist. Es sind mittlerweile mehr Menschen von dieser Entwicklung betroffen, als manchen Politiker bewusst ist. Daher werde ich in der nahen Zukunft auf Schwarzgeldeinnahmen angewiesen sein, um überhaupt finanziell überleben zu können, ohne Sozialhilfe beziehen zu müssen.

Außerdem stellt sich mir auch die Frage, ob es später überhaupt noch genügend Nebenjobs geben wird, da alles zunehmend automatisiert und digitalisiert wird. Auch die Künstliche Intelligenz (kurz KI genannt) ist dabei bedrohlich in Vormarsch. Die Technik ersetzt quasi schrittweise den Menschen. In welche Bereiche dringt die KI ein? Auch im kreativen Bereich? Ich kann es leider nicht völlig ausschließen. Ist es eine neue Form der Evolution? Müssen wir befürchten, dass die Spezies Homo sapiens überflüssig wird? Für mich ist es eine beängstigende Entwicklung. Sorgenfrei blicke ich ehrlich gesagt nicht in die Zukunft. Was bisher als Science Fiction galt, könnte bald Science Fact sein.

Zum Thema Digitalisierung verfasste ich später zwei lyrische Aphorismen:

Die digitale Währung

Banken erheben Online-Banking zu einem bedrohlichen Modetrend, den wir uns wohlmöglich bald nicht mehr entziehen können, da wir nahezu pausenlos dazu gegängelt werden, ihren Vorstellungen Gehorsam zu leisten, indem uns liebgewonnene Gewohnheiten in einer Salamitaktik gewaltsam entzogen werden.

Damit noch nicht genug, da uns in einen weiteren Schritt vorgegaukelt wird, eine neue Freiheit zu erlangen, indem wir auf das zuvor hochgeschätzte Bargeld verzichten.

Der gnadenlose Feldzug der Digitalisierung wurde überfallartig in Bewegung gesetzt, wobei alles nach der Devise läuft: „Es gibt in der Werbung keine Lügen, sondern nur zweckmäßige Übertreibungen".

Die Wirtschaft gewinnt dabei die Oberhand, sodass die Menschlichkeit zwangsläufig einen großen Verlust erleidet und die Moral in die Bedeutungslosigkeit verschwindet.

Denn der Bezug zu unseren verdienten Lohn geht uns unweigerlich verloren und die Selbstkontrolle gehört daher künftig der Vergangenheit an.

Die Existenz eines jeden Einzelnen wird daher massiv gefährdet und die fortschreitende Digitalisierung für alternativlos erklärt, wobei wir unverkennbar in einen Teufelskreislauf katapultiert werden, aus dem wir uns vermutlich nicht selbständig befreien können, sodass die Frage im Raum steht: „Was nun"?

Die digitale Kontrolle

George Orwells Vision von „1984" ist längst ein Relikt der Vergangenheit und verstaubt bereits in unseren Erinnerungen.

Die Digitalisierung modernisiert den Wegweiser für unsere Gesellschaft, wobei sich in einem rasanten Tempo alles dynamisiert und zwar angeblich zum Wohl der Allgemeinheit.

Nichts bleibt mehr wirklich unbeobachtet, wobei jeder einzelne Schritt oder jeder denkbare Atemzug digital erfasst wird, sodass unsere Intimsphäre unweigerlich abhandenkommt.

Kaum jemand setzt sich dagegen zur Wehr, sodass wir zu willenlosen Geschöpfen unserer Zeit werden.

Daraus resultiert eine Diktatur des Wissens, die zwangsläufig zu Manipulation unseres Geistes führt.

Daher entsteht ein Schreckensszenario der totalen Überwachung, wobei frei denken fortan nicht mehr möglich sein wird.

Zurück zum ursprünglichen Gedanken. Momentan ist es für mich entwürdigend, regelmäßig bezüglich meiner Finanzen die Hosen vor den ständig wechselnden Sachbearbeitern der Sozialbehörde runterlassen zu müssen. Ich empfinde es als eine menschliche Erniedrigung, die ich nicht für den Rest meines ertragen möchte. Aus diesem Grund ist im Alter meine Kreativität und Flexibilität bis zum Äußersten gefordert. Bringe ich dafür die nötige Energie auf? Kann ich nicht wirklich einschätzen. Diese Ungewissheit macht mir riesengroße Angst.

Der Staat wird vermutlich nichts unternehmen, um die negative Entwicklung aufzuhalten. Vielmehr gehe ich davon aus, dass sie sogar gewollt ist, ohne wirklich über die Konsequenzen nachgedacht zu haben. Realität ist: *„Das sogenannte Gemeinwesen will die totale Kontrolle über die Bürger".* Allerdings wird dadurch erreicht, dass unsere Gesellschaft an der zunehmenden sozialen Spaltung zerbricht. Es ist bereits ein Selbstzerstörungsknopf betätig worden, wobei die hochexplosive Sprengkraft, die damit in Zusammenhang steht, uns bald unkontrolliert um die Ohren fliegen wird. Und die Wirtschaft wird sehr wahrscheinlich bald zusammenbrechen, wenn die Politik die Alarmsignale nicht rechtzeitig wahrnimmt und keine Korrekturen vorgenommen werden. Lassen sich die Schäden, die im Ernstfall eintreten würden, hinterher tatsächlich wieder reparieren? Ich bezweifle es.

Traurig ist die Tatsache, dass viele Bürger durch die Lebensumstände dazu gezwungen werden, Schwarzarbeit machen zu müssen. Es zeigt uns sehr deutlich, dass unser gesellschaftspolitisches System fehlerhaft ist. Ich kann nur hoffen, dass die Möglichkeiten des Zuverdienstes eine deutliche und vor allem spürbare Verbesserung erfahren. Bedeutet aber auch keine Steuern oder sonstigen Abgaben auf das zusätzliche Einkommen erhoben werden, um so eine ausreichende soziale Abfederung zu erreichen. Auf diese Weise könnte einige Betroffene zumindest eine Katastrophe weitgehend vermieden werden. Schwierig einzuschätzen, ob die Politik klug genug ist, diesem Schritt tatsächlich zu gehen. Mein Vertrauen zum gesellschaftspolitischen System ist hierbei allerdings bis in die Grundmauern erschüttert.

Zwischenzeitlich kaufte ich bei Aldi für fast 27 Euro ein. Ärgerlich, dass ich meinen Pfand-Bon verlor, auch wenn es nur 75 Cent waren. Jedoch muss ich heutzutage mit jedem

Cent rechnen. Ich hoffe, dass jemand ihn findet, der die kleine Finanzspritze wirklich gut gebrauchen kann. Fast keine Bioprodukte im Einkaufswagen. Warum? Zu teuer geworden. Selbst beim Discounter wie Aldi oder Penny trifft es mittlerweile zu. Die Inflation frisst mein Geld gnadenlos auf. Zunehmend muss ich ernsthaft darüber nachdenken, Pfandflaschen zu sammeln. Eine erschreckende Erkenntnis, die sich mir zunehmend offenbart. Meine aktuelle Lebenssituation überfordert mich immens. Ich weiß nicht mehr, wie ich damit umgehen soll. Allmählich wird mir immer bewusster, dass es nicht darum geht, zu leben, sondern zu überleben. Die Perspektivlosigkeit steigt stetig an und zwar mit einer massiven Wucht, die man nicht mehr wirklich kontrollieren kann.

Um ca. 11.35 Uhr gab es Kokos-Curry mit Garnelen als Fertiggericht. Schmeckte lecker. Anschließend machte ich etwas Handabwasch. Allerdings nur mit lauwarmen Wasser. Heizwasser ist wegen der hohen Gaspreise einfach zu teuer geworden. Es kotzt mich an, auf solche Dinge verstärkt achten zu müssen. Ein gewisser Frust kam bei mir hoch, als mir dies wieder ins Bewusstsein drang. Am liebsten würde ich meine Wut voll rausschreien. Jedoch ändert sich dadurch leider nichts. Ein Ohnmachtsgefühl entstand unweigerlich in meinen Inneren. Immer weniger selbstbestimmt können wir unser Leben gestalten. Für mich ein entscheidendes Indiz, dass mich darauf hinweist, dass wir künftig mehr und mehr in einer Diktatur leben werden. Diese Einschätzung hat meines Erachtens nichts mit irgendwelchen absurden Verschwörungstheorien zu tun, sondern ist leider die baldige Zukunft und Lebensrealität.

Um ca. 14.10 Uhr traf ich mich mit Michael in Fuhlsbüttel. Montags ist meist unser gemeinsamer Tag, um uns zum Schreiben zu verabreden. Spätestens seit Beginn der Pandemie machen wir es mit einer gewissen Kontinuierlichkeit. Dafür setzen wir uns in ein Café, um dieses liebgewordene Ritual zu vollziehen. Während der Bahnfahrt dorthin, ging mir die Frage durch den Kopf: „Wie lange kann ich es mir noch leisten, dauerhaft ins Café zu gehen"? Gerade im Gastronomie-Bereich kann man notwendige Einsparungen vornehmen. Somit wurde mir erneut das Dilemma meines Lebens bewusst. Ich versuchte vorerst nicht vertiefend darüber nachzudenken, um mir das heutige Event nicht selbst zu vermiesen. Stattdessen nahm ich mir vor, mich zu freuen, dass ich es mir trotz der hohen Inflation momentan zumindest noch leisten kann.

Michael war diesmal vor mir am Treffpunkt, was eher ungewöhnlich war. Denn meistens bin ich vor ihm am Bahnhof. Er saß auf einer Parkbank und starrte auf sein Handy. Als er mich bemerkte steckte er sein Mobiltelefon zurück in seinen Rucksack, wo er auch seine Schreibutensilien aufbewahrte. Darauf erhob er sich vom Platz, kam auf mich zu und begrüßte mich grinsend per Handschlag.

„Sie sind aber spät dran Herr Dahlmann".

„Ich weiß, es tut mir auch aufrichtig leid Herr Wesermann".

„Ich lasse es gerade mal so durchgehen".

„Dann habe ich wohl noch einmal Glück gehabt".

„Gehen wir ins Bakery & Deli"?

„Können wir gerne machen".

„Dein Geburtstag ist doch gut gewesen"?

„Ich bin zufrieden".

„Gabriele war wieder einmal speziell".

„Stimmt".

„Ihr geht es wohl nicht besonders gut".

„Dies ist mir auch schon aufgefallen".

„Sie ist sehr kurzatmig. Jeder Schritt fällt ihr schwer".

„Das ist sehr besorgniserregend".

„Ich habe sogar das Gefühl, dass sie von ihrer Rente nicht mehr viel haben wird".

„Mit deiner Einschätzung könntest du durchaus rechthaben".

„Hast du schon die Abrechnung von deinen Vermieter"?

„Nein".

„Willst du es nicht doch mit der Heizkostenvorauszahlung an die Behörde weitergeben"?

„Nein, ich möchte mich nicht von diesem Bürokratie-Monster namens Sozialbehörde abschlachten lassen“.
„Hartes Werturteil“.
„Ich habe eben sehr viele negative Erfahrungen mit zahlreichen Behörden gesammelt, die fälschlicherweise als Sozialinstitutionen gelten. Ich bin nicht grundlos behördentraumatisiert“

Nach ca. zehn Minuten erreichten wir das Bakery & Deli. „Wer bestellt zuerst“, fragte mich Michael. „Geh du zuerst am Tresen! Ich sichere uns zwischenzeitlich die Plätze“, antwortete ich. Das Gesagte wurde in die Tat umgesetzt. Michael aß wie gewohnt ein Croque und ich ein Stück Käsekuchen. Um Geld zu sparen, fasste ich für mich diesen Entschluss, dort vorerst kein Mittagessen mehr zu bestellen. Genauso bestellte ich einen normalen Filterkaffee statt einen Milchkaffee, weil es kostengünstiger ist. Außerdem halbierte ich das Trinkgeld. Nur ungern traf ich diese Entscheidungen, aber die aktuelle Lebenssituation zwang regelrecht mich dazu.

Während des kulinarischen Genusses setzten Michael und ich unsere Unterhaltung fort. „Im November bin ich soweit, dass ich Dulsberg, Mode & weitere Corona-Enthüllungen veröffentlichen kann“, berichtete ich. „Dann sind wieder meine Fähigkeiten gefordert, um den Text für BOD fertig zu machen“, erkannte Michael folgerichtig. „Korrekt“, bestätigte ich kurz und knapp. „Ich mache gerade die Überarbeitung von *Der Bus* und komme gut voran“, wechselte mein Kumpel das Thema. „Hört sich wirklich gut an“, kommentierte ich dazu. „Ich ändere den Buchtitel“, meinte mein Gegenüber. „Wie lautete der neue Titel“, hackte ich nach. „Vermutlich Endstation Barmbek“, gab mir mein Gesprächspartner zur Auskunft.

Nach ca. fünfzehn Minuten wechselten wir in den Schreibmodus. Mit meinen Text kam ich immerhin bis Seite 34. Ich konnte sehr zufrieden sein. Michael kam ebenfalls gut voran, wie er mir später berichtete. Somit wurde es ein erfolgreicher Tag für uns beide.

Um ca. 17.00 Uhr kam Rita. Vermutlich direkt von der Arbeit. Zurzeit arbeitete sie als Sachbearbeiterin in einer Baufirma. Sie wirkte etwas abgekämpft und müde. In der Hand hielt sie einen Becher mit Kräutertee. „Hallo ihr beiden", versuchte sie trotz Müdigkeit gutgelaunt zu bleiben, weil es ihrer Wesensart entsprach und stellte ihren Becher am Nachbarstisch ab. Michael stand kurz auf und umarmte seine Frau zur Begrüßung. Ich erwiderte nur kurz: „Hallo". Darauf setzte sich Rita zu ihrem Becher an den Nebentisch und las die „Bild" während Michael und ich weiterschrieben.

Um ca. 17.50 Uhr traten wir die Heimreise an. Zuhause fand ich keine Post im Briefkasten. „Gottseidank", atmete ich erleichtert als Atheist auf. Hiobs-Botschaften konnte ich jetzt wahrlich nicht gebrauchen. Natürlich wusste ich aber auch, dass die Ungewissheit, was die Übernahme der Heizkostenvorauszahlungen durch die Behörde angeht, zu einer unerträglichen Qual werden kann. Es könnte mir auf Dauer die Energie aus meinem Körper entziehen, was für mich durchaus gefährlich werden könnte. Dies durfte ich keineswegs unterschätzen. Ein gewisser Zwiespalt, schwankend zwischen Spannung und Entspannung, machte sich zunehmend bei mir bemerkbar. Wie lange kann ich diese Form der Folter noch aushalten?

Es folgte ein Rückzug ins Schlafzimmer. Abendbrot stand auf dem Programm. Nebenbei ließ ich mich von der HD-Glotze berieseln. Bewusst keine Nachrichten geschaut. Emotional zu belastend für meine Nerven. Und mein Motto für diesem Abend lautete: „Keine Manipulation durch die Öffentlich Rechtlichen Medien".

Hamburg, den 19.07.2022

Mittelmäßig geschlafen. Um ca. 4.35 Uhr wurde ich überfallartig wach. Weiterschlafen war nicht mehr möglich. Meine

Angst, die Wohnung zu verlieren, ist einfach zu groß. Kurz die HD-Glotze angestellt. Schnell nervte mich die blöde Flimmerkiste. Daher stellte ich sie nach weniger als zehn Minuten wieder ab. Somit vermied ich eine unnötige Stromverschwendung. (Mittlerweile muss ich in solchen finanziellen Kategorien denken). Die aktuellen Lebensumstände zwingen mich leider dazu. Momentan kotzte mich alles an. Eine gewisse Verbitterung kam bei mir zum Vorschein, die mir sauer aufstieß.

Vorerst blieb ich im Bett liegen. Keine Lust aufzustehen. Meine Gedanken umkreisten meinen Kopf und zwar gnadenlos. Ich besaß keine Möglichkeit, diesen Vorgang zu beenden. Es wurde schwierig, die Selbstkontrolle zu behalten. Eine innere Unruhe setzte sich daher bei mir immer stärker durch. Die Energiekrise überforderte mich in mehrfacher Hinsicht, nämlich emotional und finanziell. Ich musste mein Sparprogramm bestmöglich umsetzen, soviel ist gewiss. Anders bekam ich keine reale Überlebenschance. „Unter Umständen muss ich der Behörde anbieten, einen Teil der Heizkosten selbst zu tragen, damit ich meine Wohnung behalten darf", kam mir als Gedanke. Für mich stellte sich aber in diesem Zusammenhang die Frage, ob die Behörde sich überhaupt auf so einen Deal einlassen würde. Alles blieb vorerst ungewiss. Diese Tatsache machte mir gewaltige Angst. Nichts war mehr wirklich planbar. Am wenigsten die Zukunft. Zur Beruhigung nahm ich eine Promethazin, die nur bedingt half.

Um ca. 6.05 Uhr quälte ich mich doch aus dem Bett und duschte. Natürlich benutzte ich für den körperlichen Reinigungsvorgang nur lauwarmes Wasser. Zusätzlich trieb mich der Sparzwang auch dazu, den Duschvorgang auf maximal fünf Minuten zu begrenzen. „Wahrlich leben wir in beschissenen Zeiten", drang mir unweigerlich ins Bewusstsein. „Und vermutlich werden sie in absehbarer Zeit leider nicht besser", schoss mir als Nächstes durch den Kopf. Einfach nur gruselig. Zum Glück hatte ich keine Neun-Millimeter zur Hand, um einen endgültigen Schlussstrich unter meiner Vergangenheit zu setzen. Das Ergebnis wäre wohlmöglich unwiderruflich und endgültig, wenn ich tatsächlich eine hätte.

Zum Frühstück gab es Müsli mit Banane, wie fast immer. Nach der ersten Tagesmahlzeit setzte ich meine Aufzeichnungen handschriftlich fort. Mit „Zeitenwende" kam ich gut voran. Ich konnte durchaus zufrieden sein. Darüber hinaus hilft es mir, die aktuellen Ereignisse weiterhin zu verarbeiten.

Es wurde mir bewusst: „Heute beginnt wieder der Arbeitsalltag. Die Tretmühle des Alltags setzt sich allmählich wieder in Bewegung". „Vielleicht lenkt es mich von den Sorgen ab, obwohl der Krisenmodus auch im Atelier stets spürbar ist", setzte ich mein Gedankenspiel fort. Beispielsweise muss im Betrieb weiterhin Maske getragen werden, obwohl die Pandemielage sich innerhalb von ca. zwei Jahren aus meiner Sicht grundlegend geändert hat, aber dies von der Politik in Deutschland hartnäckig und verbissen ignoriert wird. Für mich ist es überhaupt nicht nachvollziehbar. Aus meiner Sicht repräsentiert es eine Zumutung für alle Beschäftigten, die in den Betrieben von Alsterarbeit tätig sind.

Auch die Inflation bleibt großes Gesprächsthema auf der Arbeit. Denn die Essensqualität in der Betriebskantine „Kesselhaus" lässt zunehmend spürbar nach. Außerdem werden uns oftmals nur vergleichsweise kleine Portionen zugeteilt. Natürlich bin ich dankbar, dass es in schwierigen Zeiten überhaupt Essensangebote dieser Art gibt. Wie bereits erwähnt, spare ich dadurch einiges an Geld ein. Trotzdem muss so gewirtschaftet werden, dass die Beschäftigten satt werden und auch eine gewisse Abwechslung in der Küche geboten wird. Dies geht auch mit wenig Geld. Ich spreche aus eigener Erfahrung.

Andere im Atelier haben deutlich mehr Probleme wie ich mit den veränderten Bedingungen klarzukommen. Einer davon ist Leonard Steger. Er ist 29 Jahre alt und gehört zu den sogenannten Tagesförderplätzen (kurz Tafö genannt). Kollegen mit diesem Status genießen in den Werkstätten von Alsterarbeit einen besonderen Schutz. Sie müssen beispielsweise nicht die Leistungen erbringen wie ein Werkstattbeschäftigter. Es geht im Wesentlichen nur darum, dass sie etwas Tagesstruktur mit ein paar leicht zu bewältigenden Aufgaben erhalten. Dafür bekommen sie allerdings keinen Lohn wie ich. Sie erhalten aber ein kleines Taschengeld und ein kostenloses Mittagessen. Außerdem wird gut für ihre Rente eingezahlt. Ansonsten haben sie Urlaubsanspruch wie ein Arbeitnehmer.

Leonards Handicap? Er ist Autist. Vermutlich Asberger. Beschreiben würde ich ihn als Frohnatur. Ich rechne ihn hoch an, dass er sich nicht auf seine Behinderung ausruht. Eher im Gegenteil. Stets eignet er sich Wissen an. Der gegenwärtige Dauerkrisenmodus macht ihn aber sehr zu schaffen. Häufig ist er frustriert und kehrt es sichtbar ungefiltert nach außen. Von ihm kommen Äußerungen wie beispielsweise „schon wieder Kartoffelsalat" oder „ich mag keine Pellkartoffeln mit Quark". Bezüglich des Essens ist er zugegebenermaßen sehr speziell, aber ich kann seinen Unmut trotzdem verstehen. Irgendwann mag man nicht immer das Gleiche essen. Daher geht er in der Mittagspause alternativ oftmals zum Asiaten. Diesbezüglich wird er teilweise von seinen Eltern „gesponsert", insbesondere von seinem Vater, der in den USA in Kalifornien lebt. (Seine Eltern sind geschieden.)

Bezüglich des Essens bin ich etwas entspannter als er, weil ich durchaus auch harte Zeiten kennengelernt habe. Ich lebte als Student der Kunstgeschichte teilweise unterhalb des Hartz IV-Niveaus. Diese Erfahrung hilft mir jetzt mit der aktuellen Situation besser klarzukommen. Leonard ist hingegen sehr behütet aufgewachsen und kennt keine finanzielle Not im Gegensatz zu mir oder anderen. Trotzdem kann ich verstehen, dass er kein Fan von „Kesselhaus" ist. Es geht nicht nur darum, dass die Essensqualität abgenommen hat, sondern dass auch der Tonfall uns Beschäftigten gegenüber vielfach sehr respektlos ist. Manche Kollegen fühlen sich dadurch wie Menschen zweiter Klasse. Aus diesem Grund nennt Leonard unsere Betriebskantine vielfach „Kesselgrausen".

Vor ca. zwei Wochen wurde er aggressiv angeschnauzt, weil er sich aus Sicht des Kantinenpersonals zu viele Kartoffeln auf dem Teller gefüllt hat. „Leonard, es reicht. Es ist mehr als genug auf dem Teller", kam es mit Nachdruck aus dem Mund des Küchenpersonals. Dieser barsche und respektlose Tonfall führte Leonard dazu, immer seltener in der Kantine zu essen. Denn wir arbeiten nicht in einer Militärkaserne, sondern in einer Einrichtung für Menschen mit Handicap. Daher steht dieser Vorfall in Widerspruch zur Philosophie der Alsterdorfer Stiftung. Darüber hinaus ist die Haltung des Kesselhauses „kleinkariert". Denn selbst bei einer hohen Inflation sind Kartoffeln noch einigermaßen kostengünstig. Bei uns wird massiv gespart. Fast gewinne ich den Eindruck, dass sie uns nur widerwillig verköstigen, weil sie an uns nicht viel verdienen. Der Koch im „Kesselhaus" brachte es mal vor einigen Wochen auf dem Punkt: „Wir bekommen pro Beschäftigten nur knapp vier Euro. Das ist nicht gerade viel". Diese Aussage spiegelt wohl die Einstellung der Lokalität wieder. In Prinzip müsste sich der Betrieb in „Erbsenzähler" unbenannt werden. Der Verteilungskampf der Gesellschaft nimmt immer mehr monströse Züge an. Ist dies ein Symptom der sogenannten „Zeitenwende"?

Außerdem kommentierte der Koch seine Arbeit wie folgt: „Ich führe nur Anweisungen aus". Leonard und ich mussten aufgrund dieser Äußerung lautstark lachen. Uns erinnerte die Äußerung an ein Zitat von Adolf Eichmann (Nazigröße), der für die Koordination in den KZs zuständig war, der einen ähnlichen Wortlaut benutzte, als für seine Gräueltaten in Israel vor Gericht stand, um die Verbrechen aus seiner Sicht moralisch zu rechtfertigen. Es ist schon schockierend, wie leichtfertig Worte in den Mund genommen werden. Für Leonard und mich wurde es zum „RUNNING-GAG", damit wir es besser ertragen können.

Ein weiteres Thema, was uns auf der Arbeit beschäftigt, ist der Ukraine-Krieg. Die Energiekrise, die damit im Zusammenhang steht, macht uns alle zu schaffen. Leonard kommentierte dazu: „Wir müssen uns ab sofort stinkend, frierend und hungernd zu Bett begeben, um die Ukraine zu unterstützen". Meist kommt mit einer gewissen Wut im Bauch noch der Zusatz: „Wenn wir uns darüber beklagen, heißt es, wir sind unsolidarisch". Außerdem ärgert er sich über Ministerpräsident Winfried Kretschmann (Bündnis 90/Die GRÜNEN) mit den Worten: „Er verlangt von uns ernsthaft, dass wir uns künftig mit dem Waschlappen reinigen und aufs Duschen verzichten. Einfach ekelhaft. So kommen wir wegen Hygienemangel in die nächste Pandemie".

In all diesen Worten steckt sehr viel Wahrheit. Wir können auch nicht vorhersagen wie lange uns der Krisenmodus noch erhalten bleibt. Zunehmend müssen wir uns auf harte Zeiten einstellen. Mein Statement zu dieser Realität: „Im Winter zittern wir uns alle zum Sieg gegen Putin, ohne direkt an der Kriegsfront zu sein. Diese Strategie ist durchaus sehr erfolgsversprechend. Denn Putin lacht sich jetzt schon tot über uns". Dieser Kommentar soll zum Ausdruck bringen, dass uns die Sanktionen vermutlich mittlerweile mehr schaden als Putin, was ich mir aber anders gewünscht hätte. Den russischen Präsidenten interessiert die wirtschaftliche Notlage seiner Bürger nicht. Er will in einen Anflug von Größenwahn um jeden Preis ein riesengroßes russisches Imperium errichten, ähnlich wie zuvor die Sowjetunion. Dieses stark-ambitionierte Ziel steht für ihn an erster Stelle. Seine Vorgehensweise ist absolut konsequent und rücksichtslos. Diese Tatsache haben viele Politiker im Westen noch nicht wirklich verinnerlicht. Darin liegt die Tragik des Geschehens.

Genug über Politik philosophiert. Ich musste los, um pünktlich auf der Arbeit zu sein. Es war bereits 7.50 Uhr. Schnell warf ich mich in die Klamotten und verließ die Wohnung. Zunächst zur Praxis meines langjährigen Psychiaters Peter Ehrmann in der Hamburger Straße 146. Im Freien erwartete mich ein sonniges Wetter. Immer noch kein Indiz für einen baldigen Regenguss, der aber für die Natur dringend erforderlich wäre. Stattdessen wurde mir ein blankgeputzter Himmel präsentiert. Warum lässt uns die Natur mit ihrem Donnergrollen warten?

150

Auf dem Weg zur Praxis zerbrach ich mir den Kopf darüber, was ich meinem Seelenklempner erzählen soll. Ca. zehn Minuten Redezeit steht mir dabei erfahrungsgemäß zur Verfügung. Ein knappes Zeitfenster für die Anliegen eines Patienten. Bisher klappte es meist gut bis sehr gut. Darauf versuchte ich zu vertrauen, obwohl ich nicht besonders stabil war. Der bedrohliche Dauerkrisenmodus machte mir arg zu schaffen. Insbesondere die bevorstehende *„Heizkostenexplosion"*. Kann ich unter diesen Voraussetzungen meine Wohnung überhaupt behalten? Diese Frage schoss mir immer wieder durch den Kopf. Dagegen konnte ich nichts machen. Denn die Gedanken in meinem Gehirn schienen sich irgendwie zu verselbständigen.

Nach knapp zehn Minuten erreichte ich die Praxis meines behandelnden Arztes. Vor dem Betreten der Räumlichkeiten musste ich wieder die fürchterliche Maske aufsetzen. Einfach widerlich. Wenigstens musste ich keine luftraubende FFP2-Maske tragen, weil eine eklige OP-Maske völlig ausreichte.

Ich ging zum Tresen zur Anmeldung. „Was kann ich für Sie tun", fragte mich die Arzthelferin freundlich. „Ich habe einen Termin bei Herrn Ehrmann", antwortete ich. „Brauchen Sie ein Rezept", hakte die Arzthelferin nach. „Ja, ich benötige Dominal, Promethazin und Trimipramin. Quasi das volle Programm", erwiderte ich darauf. Die Frau hinter dem Tresen gab meine Medikamente in PC ein und druckte für mich das Rezept aus. „Gehen Sie ins Wartezimmer Herr Dahlmann! Herr Ehrmann ruft Sie gleich auf", meinte mein weibliches Gegenüber.

Mit dem Rezept in der Hand ging ich ins Wartezimmer. „Guten Morgen", warf ich verbal in die kleine Runde. Nur zwei Patienten außer mir im Wartezimmer anwesend. Ein junger Mann und eine ältere Frau saßen nebeneinander mit einen Stuhl dazwischen mir direkt gegenüber. Beide trugen eine OP-Maske. Sie reagierten nicht auf meinen Gruß, was mich gedanklich nicht weiter beschäftigte. Ich setzte mich auf eines der freien Stühle. Irgendwie fühlte ich mich müde und erschöpft, weil mir der Dauerkrisenmodus ziemlich zu schaffen machte. In diesem Zusammenhang kam mir die Frage: „Wie soll ich all diese Dinge bewältigen"?

Ca. fünf Minuten später. „Herr Dahlmann", hörte ich auf einmal eine vertraute männliche Stimme. Es war mein Psychiater Herr Ehrmann, ein Mann mittleren Alters. Ich erhob mich vom Platz und folgte ihm ins Sprechzimmer. „Bitte nehmen Sie Platz Herr Dahlmann", forderte mich mein Arzt auf, als wir im Raum waren. Ich setzte mich ihm gegenüber an den Schreibtisch. Zwischen uns befand sich eine Plastikscheibe als Schutz vor einer Ansteckung. „Sie können die Maske jetzt abnehmen! Ich weiß ja, dass Sie geimpft sind", meinte Herr Ehrmann, als er ebenfalls Platz nahm. Wir nahmen beide unsere Maske ab. „Wo drückt heute der Schuh", begann er das Gespräch. „Mit meinen Vorgesetzten und den Fachdienst habe ich eine Stundenreduzierung vereinbart. Ich habe ab sofort nur noch eine Vier-Tage-Woche. So kann ich meinen Arbeitsalltag besser bewältigen. Eine Fünf-Tage-Woche würde mich zweifelsfrei überfordern. Und der Konflikt mit meiner Kollegin konnte zufriedenstellend gelöst werden", berichtete ich. Mein Arzt machte sich zwischenzeitlich Notizen am PC. „Vor kurzem wurde ich von meinem Vermieter bei den Heizkostenvorauszahlungen um fast 70 Euro hochgestuft. Vorläufig gebe ich es nicht weiter an die Behörde, um Ärger zu vermeiden", wechselte ich rasch das Thema. „Sie können nicht immer in die Vermeidung gehen Herr Dahlmann", unterbrach mich mein Gegenüber abrupt im Wortfluss.

In seinen Tonfall kam eine Autorität zum Vorschein, die mich überfallartig und unvorbereitet traf. „Wie gehe ich damit um", fragte ich mich in meinen Inneren. „Ich habe sehr viele negative Erfahrungen mit den Behörden gemacht, die bei mir nachwievor eine enorme Angst verursacht", versuchte ich mein Verhalten zu erklären. „Auf diese Weise lösen Sie das Problem nicht, sondern verschieben es nur. Sie sollten es daher lieber zeitnah mit der Behörde klären! Das ist aus meiner Sicht der bessere Weg", untermauerte mein Gesprächspartner seinen Standpunkt energisch. „Ich bin behördentraumatisiert“, erwiderte ich darauf. Fast ärgerte ich mich darüber, dass ich das Thema überhaupt angesprochen habe. Irgendwie fühlte ich mich nicht verstanden und wahrgenommen. Natürlich weiß ich, dass Herr Ehrmann es gutmeinte. Und in der Vergangenheit erreichte ich mit seiner Hilfe wichtige Erfolge. Dazu gehören beispielsweise der Erhalt meines jetzigen Arbeitsplatzes im Atelier **„Kunterbunt“** oder das Erlangen meines Schwerbehindertenstatus. Daher hakte ich es einfach als kleine Meinungsverschiedenheit ab und betrachtete die Angelegenheit als vorerst erledigt. „Es wird nicht so schlimm wie gedacht. Sprechen Sie es ruhig mit den Heizkosten bei der Behörde an! Wir haben eine Ausnahmesituation“, meinte mein Seelenklempner nun in einer etwas milderen Tonlage. „Ich werde es versuchen. Jetzt brauche ich allerdings noch ein Autogramm für das Rezept“, entgegnete ich darauf und übergab ihn das Rezept für die Unterschrift. „Dann sehen wir uns im nächsten Quartal wieder“, verabschiedete er mich, nachdem er die Unterschrift auf das Dokument geleistet hat. Danach verließ ich das Sprechzimmer mit Ekelmaske vor dem Gesicht. Am Tresen ließ ich mir einen neuen Quartalstermin geben und machte mich auf dem Weg zum Bahnhof Dehnhaide. Schlagartig fiel mir ein, dass ich in der Aufregung vergessen habe zu fragen, ob sich bereits das Versorgungsamt wegen des Gutachtens *(Thema: „Schwerbehindertenstatus“)* in der Praxis gemeldet hat. Es ärgerte mich, weil ich zu spät daran gedacht habe. Nun musste ich es notgedrungen als erledigt betrachten, da ich über keine Möglichkeit mehr verfügte, meinen Seelenklempner anzusprechen. Denn ich musste zur Arbeit. Schnell zog ich meine Maske wieder runter, um einmal richtig durchatmen zu können.

Ca. fünf Minuten später erreichte ich den Bahnsteig. Laut Anzeigetafel zwei Minuten Wartezeit. Dies stufte ich als akzeptabel ein. Nur ein Mann mit Anzug stand auf der Plattform. Vermutlich ebenfalls auf dem Weg zur Arbeit. Gedanklich schoss mir durch den Kopf, dass ich seit Juni dieses Jahres die Arbeitszeit wegen Überlastung reduzieren musste.

Für mich war es die einzige Chance, um im Atelier überhaupt weitermachen zu können.

Die U-Bahn traf ein. Gezwungenermaßen setzte ich mir eine FFP2-Maske auf und stieg ein. Der Zug war rappelvoll, sodass ich keinen Sitzplatz fand. „Zum Glück nur eine Station bis Barmbek", dachte ich im Stillen. Ich hasse das unangenehme Gedränge am Morgen in der Bahn. Es löst stets ein Gefühl der Beklemmung bei mir aus.

Ca. zwei Minuten später. Die U-Bahn hielt in Barmbek. Ich stieg aus und wechselte den Bahnsteig. Fünf Minuten Wartezeit musste ich mitbringen. Damit konnte ich einigermaßen leben. Zwischenzeitlich dachte ich über den Konflikt mit meiner Kollegin Christiane Vogel nach. Diese Frau ist von Natur aus eine geborene Unruhestifterin, die stets egoistisch ihr Ding durchzieht. Ständig benutzt sie uns als Aggressionstherapeuten, um ihren privaten Frust an uns Kollegen abzureagieren. Dabei muss immer selbstverständlich Rücksicht auf ihre Befindlichkeit genommen werden während sie völlig rücksichtslos gegenüber uns Kollegen sein darf. Es zerrt an meinen Nerven und entzieht mir systematisch die Energie. Ich bin über jeden Tag froh, wenn sie nicht zur Arbeit kommt, was zum Glück häufig der Fall ist, was seltsamerweise nicht von den Gruppenleitern geahndet wird.

Johannes Thiel hat diese Übeltäterin unangenehmerweise direkt im Rücken. Christiane drängt Johannes häufig mit ihrer Staffelei nach hinten, sodass er ziemlich eingeengt an seinen Tisch sitzen muss. Leider schafft er es nicht, sich gegen diese Frau zur Wehr zu setzen. Er traut sich nicht, etwas zu sagen und will möglichst nur seine Ruhe haben. Daher ist er genau wie ich immer froh, wenn sie nicht da ist. Mit Inka, eine Kollegin, die leider aus gesundheitlichen Gründen im Atelier aufhören musste, zog Christiane die gleiche Nummer wie mit Johannes ab. Ilka mochte ebenfalls nichts sagen. Beide ließen sich von ihr bedauerlicherweise einschüchtern.

In der Vergangenheit gab es auch Ärger mit dem Gebrauch der Künstlerfarben. Christiane hortete sämtliche

154

Farbflaschen an ihrem Platz, sodass zeitweilig viele Kollegen ohne die entsprechenden Farben nicht weitermalen konnten. Holten wir uns die Farben von ihr zurück, machte die *„ehrenwerte Dame"* Stress und Ärger. Offenbar vertrat sie die Auffassung, dass die Farben ihr Eigentum sind, obwohl Alsterarbeit sie bezahlt und nicht sie. Robert N., ein weiterer Kollege, der nicht mehr im Atelier arbeitet, meinte zutreffend: „Die Farben sind für alle da. Nicht nur für eine Person".

In Prinzip zieht sie immer noch die gleiche Nummer ab wie zuvor im großen Malraum. Hinter einer großen Pappe versteckt stehen die Malerutensilien in ihrem Regal. Ärgerlich ist in diesem Zusammenhang die Tatsache, dass diese *„spezielle Kollegin"* seit mehr als ein Jahr kaum noch malt. Somit bleiben *„ihre"* Farben quasi fast ungenutzt, obwohl die Kollegen sie zum Malen ihrer Bilder gut gebrauchen können. Auch dies lassen die Gruppenleiter ihr bisher durchgehen. Das ist absolut ungerecht und für mich als Gerechtigkeitsfanatiker schwer zu ertragen.

Und mich tyrannisierte sie wegen des Waschbeckens im kleinen Malraum. Angeblich habe ich es nicht sauber gemacht. Sie lauerte mich regelrecht im Pausenraum auf, um mich zur Rede zu stellen. Sie sagte in verbiesterten und aggressiven Ton zu mir: „Das sind deine Farbe. Also bist du auch der Täter". Ich versuchte ihr klarzumachen, dass ein anderer Kollege zuletzt das Waschbecken benutzt hat. Sie wich nicht von ihrem Kurs ab und bezichtigte mich der Lüge. Sie setzte mir psychisch massiv zu, sodass ich mich gezwungen sah, mich für zwei Wochen von meinem Psychiater krankschreiben zu lassen. Ich hätte sogar vier Woche Krankschreibung gebraucht, um mich von ihren Attacken zu erholen, aber mein behandelnder Arzt sah es anders. Damit war für mich klar, das diese Frau total gestört ist, da sie in ihrem *„Größenwahn"* denkt, sie hat die Befehlsgewalt im Atelier. Darüber hinaus stufte ich diese Frau fortan als asozial ein. Radikale Abgrenzung wurde leider überlebensnotwendig.

Der eigentliche Übeltäter bezüglich der Verunreinigung des Waschbeckens im kleinen Malraum heißt übrigens

Georg, der zu diesem Zeitpunkt ähnliche Farben benutzte wie ich. Er ist ungefähr Anfang zwanzig. Prinzipiell hält er sich meist nie an irgendwelche Regeln und ist oftmals respektlos. Beispielsweise lief er häufig während der Pandemie ohne Maske rum. Die Gruppenleiter ließen es ihm durchgehen während andere Kollegen mit der Maskenpflicht regelrecht gefoltert wurden. Dies empfand ich als schreiende Ungerechtigkeit, weil zweierlei Maß gemessen wurde. Ich fühlte mich nach allen Regeln der Kunst verarscht. Daher konnte ich die Maßnahmen nicht wirklich ernst nehmen. Deshalb mogelte ich irgendwann beim Maske-Tragen, ohne ein schlechtes Gewissen zu haben. Ich zog während des Malens die Maske ein kleines Stück runter, damit ich einigermaßen frei durch die Nase atmen konnte. Vor mir stellte ich die Staffelei mit Leinwand, um möglichst nicht ertappt zu werden. Für mich war es die einzige Möglichkeit, meine Arbeit überhaupt machen zu können. Die andere Option wäre eine längere Freistellung von Betrieb, die ich mir aber finanziell nicht leisten konnte. Deshalb stufte ich mein Verhalten als absolute Notwehr ein.

Mehrfach machte ich Georg darauf aufmerksam, dass er das Waschbecken im großen Malraum benutzen soll, weil er dort auch sein Arbeitsplatz hat. Ihm interessierte es aber nicht. Er nahm diesbezüglich eine Scheißegal-Haltung ein. Rücksichtslos machte er weiter wie bisher. Dieses Verhalten stufe ich als hochgradig asozial ein.

Genauso lässt er grundsätzlich die Tür laut zuknallen, sodass es die Kollegen im kleinen Malraum bei der Arbeit aus der Konzentration bringt. Auch hier spiegelt sich der negative Charakter des Übeltäters wieder. Oftmals grinste er mich vor dem Zuknallen der Tür provokativ an, sodass ich bei ihm sogar von einer vorsätzlichen Absicht ausgehen muss.

Beschreiben würde ich ihn als geistig Zurückgebliebenen, der aus einen wohlhabenden Elternhaus stammt, der vermutlich von seinen Erzeugern antiautoritär erzogen wurde. Er hat maximal die emotionale Reife eines Zehnjährigen. Ihn interessiert nur Fußball und anderer Sport. Daher sind geistreiche Gespräche mit ihm quasi unmöglich. Es überfordert schlichtweg sein Gehirn. Allerdings malt er gute Portraits von Tieren und Menschen. Dies muss man aus Gründen der Fairness anerkennen. Dadurch hat er trotz starker Defizite im Sozialverhalten eine gewisse Daseinsberechtigung.

Die S-Bahn kam. Ich stieg ein. Diesmal ergatterte ich einen Sitzplatz im Waggon, was ich als sehr angenehm empfand, denn die Müdigkeit blieb weiterhin für mich spürbar. Etwa dreiviertel der Fahrgäste waren mit ihren Handys beschäftigt und zwar unabhängig vom Alter. Wie hypnotisiert starren sie im Kollektiv auf ihre Mobiltelefone und scheinen offensichtlich nicht ihre nähere Umgebung bewusst wahrzunehmen. Sie wirkten wie seelenlose Zombies aus einem alten Horrorfilm der „Hammer Studios". Eine Zivilisationskrankheit des 21. Jahrhunderts? Aus meiner Sicht stellt es zumindest ein erschreckendes Phänomen unserer Zeit dar. Vielleicht sogar ein Stück Realsatire.

Nun wieder zurück zu Christiane. Zu Johannes sagte ich unter vier Augen: „Christiane leistet hier im Betrieb noch nicht einmal die geforderten 17,5 Stunden ab. Sie kommt und geht wie es ihr gefällt". „Auch heute ist wieder offen, ob sie kommt oder nicht. Ich werde wieder innerlich unruhig. Hoffentlich kommt sie nicht", entgegnete mir Johannes mit einer gewissen Verunsicherung, vielleicht sogar mit einem Angstgefühl. „Ich hoffe es auch. Ich werde es auch nicht offiziell mit ihren Fehlzeiten ansprechen. Damit schneide ich mir nur ins eigene Fleisch. Denn müssten wir sie häufiger als jetzt hier im Atelier ertragen. Dies wäre zweifellos nicht in unseren Interesse", machte ich nochmals meinen Standpunkt klar. Mein Kollege nickte zustimmend.

Es ist traurig, wenn man tatsächlich gezwungen ist, solche Überlegungen ernsthaft anzustellen. Die Gruppenleiter haben Christiane nicht wirklich im Griff. Sie sind ihr gegenüber einfach zu tolerant und nachsichtig. Für mich ist es nicht nachvollziehbar. Und Verständnis kann ich erst recht nicht dafür aufbringen. Denn das Betriebsklima leidet darunter erheblich. Und Christiane nutzt es schamlos aus, dass ihr quasi keine Grenzen gesetzt werden. Darüber hinaus nimmt sie möglicherweise jemandem den Platz weg, der mehr Lust auf das Atelier hat als sie. Dies ist eine schreiende Ungerechtigkeit, die für mich schwer zu ertragen ist. Meiner Schwester erzählte ich von Christianes ständigen Fehlverhalten im Atelier.

Claudia sagte nur kurz und knapp zu mir: „Frechheit siegt". Und bezüglich der Waschbeckensäuberung fügte sie hinzu: „Sie ist nicht die Chefin und somit nicht weisungsbefugt". Sie brachte es quasi auf diese Weise kurz und knackig präzise auf dem Punkt, ohne unnötige Füllwörter zu benutzen.

Die angespannte Lage im Betrieb zwang mich dazu während meiner Krankschreibung einen Brief an das Atelier zu verfassen. Per Einschreiben verschickte ich die Botschaft. Emotional stellte es eine absolute Herausforderung dar. Insgesamt machte ich fünf Entwürfe, bis ich das gewünschte Ergebnis erzielte.

Das Schreiben lautete wie folgt:

André Dahlmann
Sentastraße 16
22083 Hamburg

Einschreiben
Atelier Kunterbunt
z.H. Herrn Brahms
Alsterdorfer Markt 10

22297 Hamburg

„Gezieltes Mobbing am Arbeitsplatz"

Hamburg, d. 07.03.2022

Hallo Arnold!

Es geht mir weiterhin schlecht. Trotzdem muss ich bald wieder zur Arbeit, weil mich mein Arzt nicht länger krankschreibt. Daher erwarte ich Rücksichtnahme.

Ich empfinde es als absolute Zumutung, dass du quasi von mir verlangst, wieder in den großen Malraum zurückzukehren, obwohl du weißt, dass ich einen nicht zu unterschätzenden Konflikt mit Carsten wegen seines stark ausgeprägten Aggressionspotenzials habe, dass übrigens seit mehr als zehn Jahren wegen seines sogenannten Tafö-Status von euch toleriert wird. Und alles nur, damit du den bequemsten Weg gehen kannst. Traust du dich als Chef nicht, Christiane endlich ihre Grenzen aufzuzeigen? Wenn ja, dann zeugt es leider nicht von Führungsstärke. Von einem Vorgesetzten erwarte ich, dass er Klartext mit der Mobberin redet. Denn diese Frau bertreibt schon seit Jahren Psychoterror. Übrigens ich bin nicht das einzige Mobbingopfer dieser Frau.

Darüber hinaus stellt dein Lösungsansatz eindeutig einen Übergriff gegen meine Person dar. Dies ist eine totale Respektlosigkeit mir gegenüber, da du offensichtlich den Konflikt mit Carsten überhaupt nicht ernst nimmst. Das ist menschlich gesehen sehr enttäuschend für mich.

Von mir als psychisch kranker Mensch wird hier im Betrieb stets erwartet, „Mr. Perfect“ zu sein. Ursprünglich bin ich in meiner grenzenlosen Naivität davon ausgegangen, dass diese Einrichtung ein geschützter Arbeitsplatz für alle Beschäftigten ist und nicht für einige wenige. Momentan entsteht bei mir der Eindruck, dass bei Konfliktsituationen grundsätzlich zweierlei Maß gemessen wird. Hat dies tatsächlich noch etwas mit Inklusion zu tun?

159

Mit dem großen Malraum verbinde ich zahlreiche traumatische Erlebnisse mit Hartmut, auch wenn er jetzt in Rente ist. Er hat ständig verbal Kleinholz aus mir gemacht wegen des Konfliktes mit Carsten. Ich musste nach Hartmuts Vorstellungen trotz Handicap funktionieren wie auf dem ersten Arbeitsmarkt, nur weil ich geistig keine Einschränkungen habe. <u>Wichtiger Hinweis:</u> „Ich gelte als voll erwerbsgemindert".

Meist verließ ich „Hartmuts" Büro als geprügelter Hund während der Aggressor Carsten vergnügt an seinen Platz saß und „seine" heile Welt hatte. Ich fühlte mich ungerecht behandelt. Für mich eine Demütigung.

Jahrelang habe ich mich für das Atelier den Arsch aufgerissen und bin für euch über meine Grenzen gegangen. Ich zeigte ein überdurchschnittliches Engagement, was über das normale Maß hinausgeht. Stets war ich fleißig und zuverlässig. Ich erbrachte immer eine gute bis sehr gute Leistung. Ich bin universell einsetzbar für das Atelier. Traurig, dass ich es an dieser Stelle ins Bewusstsein rufen muss.

U.a. machte ich häufig den Aufbau von Ausstellungen, Verkaufsgespräche mit Kunden, organisierte oftmals das Laden des Transporters für die Ausstellungen, restaurierte Bilder, unterstützte andere Kollegen mit stärkeren Handicap beim Malen und machte sogar Öffentlichkeitsarbeit (TV-Auftritte für das Atelier). Und als Dank bin ich der Prügelknabe, der ständig verbal in die Fresse kriegt und es aushalten muss. Zumindest wurde es bisher von mir verlangt. Damit ist jetzt Schluss!!! Daher fordere ich von dir Respekt ein!!!

Beim Konflikt mit Christiane läuft ein ähnliches Muster ab wie bei Carsten. Die Verursacher des Konfliktes werden prinzipiell immer verschont, und ich als Opfer bin der Leidtragende.

Ich erwarte von dir als Chef, dass du das gezielte und systematische Mobbing von Christiane <u>sofort</u> unterbindest. Mache ihr klar, dass ich das Waschbecken im kleinen Malraum grundsätzlich nie wieder benutzen werde, um einen erneuten Konflikt zu vermeiden. Und teile ihr mit, dass ich zukünftig für die Reinigung des Waschbeckens im großen Malraum zuständig bin, da ich dieses fortan für die Säuberung meiner Pinsel benutzen werde. Daher hat es Christiane zu unterlassen, mich wegen des Waschbeckens mit ihrem „massiven" Zickenterror zu tyrannisieren. Ich hoffe, dass wir diese Angelegenheit auf diesem Wege geregelt bekommen, um die Situation zu entschärfen. Notfalls beschwere ich mich bei Ralf.

Sollte der Konflikt mit Christiane nicht zu meiner vollen Zufriedenheit gelöst werden, dann hat es zweifelsfrei Konsequenzen. Wie diese allerdings aussehen werden, bespreche ich mit meinem Arzt am 12.04.

Gruß

André Dahlmann

P.S. Ich habe einen Schwerbehindertenstatus (50 %). Nimmt es endlich ernst!!!

Im Gespräch mit meinem Vorgesetzten Arnold Brahms und den Fachdienst von Alsterarbeit kam es zu der Lösung, dass ich im kleinen Malraum bleiben kann, aber dort nicht mehr das Waschbecken benutzen werde, um einen Konflikt mit Christiane möglichst zu vermeiden. Im Prinzip setzte sich daher mein Vorschlag durch. Außerdem reduzierte ich meine Arbeitsstunden, was mir auch nachwievor guttut. (Fast ohne Einkommensverlust.)Eine Rückkehr in den großen Malraum wäre wegen eines anderen Kollegen, der ebenfalls ein unangenehmer Zeitgenosse ist (siehe Brief), unmöglich. Es bleibt abzuwarten wie es auf Dauer funktioniert.

Natürlich war Christiane nicht der einzige Grund für meine Überlastung, aber sie brachte das Fass endgültig zum Überlaufen. Der Dauerkrisenmodus macht uns allen eben sehr zu schaffen. Dies hielt ich aus Gründen der Fairness für wichtig, es an dieser Stelle zu erwähnen.

Die S-Bahn hielt in Ohlsdorf. Ich stieg aus und ging in Richtung Alsterdorfer Markt. Ca. fünfzehn Minuten sind nötig, um zur Arbeit zu kommen. Die Bewegung tat mir zweifelsfrei gut. In diesem Jahr traf ich für mich die Entscheidung, nicht mehr die eine Station mit der U1 bis Sengelmannstraße zu fahren, obwohl ich auf diesem Weg etwas schneller zur Arbeit komme. Die körperliche Fitness, die ich dadurch erlangte, wollte ich mir auf diesem Wege im wahrsten Sinne des Wortes erhalten. Darüber hinaus kann ich die fürchterliche Maske früher abnehmen. Für mich durchaus ein Stück Lebensqualität.

Während des Arbeitsweges musste ich daran denken, dass ich durch den Dauerkrisenmodus total überlastet bin. Dies drückte sich dadurch aus, dass ich in Bezug auf Christiane geäußert habe: „Sie soll sich mal anständig durchficken lassen, damit sie endlich mal halbwegs normal funktioniert". Solche Sprüche finde ich normalerweise selbst Scheiße, aber trotzdem ist es passiert. Dafür schämte ich mich. Ärgerlich ist hierbei die Tatsache, dass meine Kollegin Katharina, die überhaupt nichts damit zu tun hat, es versehentlich abbekam, weil sie sich zufällig in meiner Nähe aufhielt. „Darüber wird noch zu sprechen sein", meinte sie und verließ heulend das Atelier. Emotional war ich komplett außer Kontrolle. Ich konnte es nicht mehr steuern. Daher sah ich mich außer Stande, die Situation zu retten.

Katharina bezog es auf sich, obwohl sie nicht gemeint war. Dies tat mir doppelt leid, weil es versehentlich eine Unschuldige getroffen hat. „Was habe ich nur getan", fragte ich mich selbst. Es wurde mir klar, dass ich mich krankschreiben lassen musste, damit ich nicht noch mehr Unheil anrichte. Herr Ehrmann zog mich für zwei Wochen aus dem Verkehr. Diese Zeit half mir runterzukommen und zu überlegen, was ich mache. Mehrere Wochen ließ sich Katharina im Atelier nicht mehr sehen. In Absprache mit meinen Vorgesetzten Arnold Brahms schrieb ich eine Entschuldigungskarte.

Der Inhalt lautete wie folgt:

Liebe Katharina!

Es tut mir aufrichtig leid, dass mir dieser heftige Spruch rausgerutscht ist. Ich war emotional durch die Situation im Atelier komplett überlastet, aber es hätte trotzdem nicht passieren dürfen. Ich war über mein eigenes Handeln geschockt. Denn ich finde solche Sprüche selbst Scheiße.

Du bist eine nette und angenehme Kollegin. Zweifelsfrei hast du es nicht verdient, dass dir so etwas passiert.

Es wird nie wieder geschehen. Ich hoffe, du kannst mir dies verzeihen.

Gruß André

Katharina hat meine Entschuldigung akzeptiert. Sie sagte einige Wochen später zu mir: „Ich habe mich zu deiner Karte sehr gefreut".

Nun erreichte ich den Alsterdorfer Markt. Laut Standuhr war es 8.59 Uhr. Zunächst ging ich in die Apotheke und löste dort mein Rezept ein. Anschließend ging ich mit Horrormaske vor der Fresse die Stufen zum Atelier herauf. Ich klingelte. Arnold, mein Gruppenleiter öffnete mir die Tür. „Hereinspaziert junger Mann. Herzlichen Glückwunsch nachträglich zum Geburtstag", begrüßte er mich gutgelaunt. „Es ist nett, dass man mit 54 noch als junger Mann bezeichnet wird. Danke für die Glückwünsche", erwiderte ich darauf. „Eine frische Maske", fragte mich mein Vorgesetzter. Ich nickte zustimmend. Er gab mir eine neue Maske. Die Virenschleuder, die ich vor der Fresse hatte, tauschte ich gegen einen unbefleckten OP-Lappen aus. „Oh André. Du bist da", empfing mich Nora freudestrahlend, fast überschwänglich. Sie kam auf mich zu. Es folgte eine herzliche Umarmung. „Kommst du mit runter? Ich will eine rauchen", wollte Nora anschließend von mir wissen. „Ich hole mir nur ein Kaffee", erwiderte ich leicht müde.

Ich setzte meinen Rucksack ab und schenkte mir einen Kaffee mit Milch ein. Zusammen gingen wir auf dem Alsterdorfer Markt. Wir setzten uns auf die Sitzbank vor dem „Kesselhaus", die meist unser Stammplatz für unser fast tägliches Morgenritual war. Nora drehte sich eine Zigarette und zündete sie sich an. „Wie geht es dir", fragte sie mich darauf. „Immer noch beschissen. Denn ich habe einige Baustellen, die mir Sorgen bereiten", antwortete ich und trank ein Schluck Kaffee aus meinem Becher. „Du meinst wegen der Energiekosten", meinte meine Kumpel-Freundin und nahm einen Zug von ihrer Zigarette. „Und es wird überprüft, ob ich meinen Schwerbehindertenstatus behalten darf oder nicht", fügte ich hinzu. „Bei mir sieht es momentan auch nicht unbedingt gut aus", äußerte meine Gesprächspartnerin und nahm einen weiteren Zug von ihrer Zigarette. „Bei dir ist es wohl die aktuelle Wohnsituation", warf ich ein und trank einen weiteren Schluck vom koffeinhaltigen Heißgetränk. „Für mich ist die Situation im Frauenhaus einfach grauenhaft. Es zieht mich emotional runter. Ich muss da dringend raus", äußerte Nora, die ein paar hastige Züge von ihrer Zigarette nahm.

Im Hintergrund sahen wir Leonard, der das Szenario betrat. Heute wirkte er sehr zufrieden und entspannt, obwohl ihn die Situation im Betrieb normalerweise arg zu schaffen macht. Vermutlich machte er irgendetwas, was ihm Freude bereitete. Kurz winkte er uns zu. Wir erwiderten den Gruß. Anschließend ging er „maskiert" die Treppe zum Atelier herauf.

„Bisher hat sich nichts getan. Ich brauche unbedingt einen Dringlichkeitsschein. Mein gesetzlicher Betreuer hat diesbezüglich noch nichts gemacht. Auch die Maklerin, die meine Eltern beauftragt haben, war noch nicht erfolgreich. Es ist zum Verrücktwerden", berichtete meine Gesprächspartnerin und entsorgte den Zigarettenstummel im Mülleimer. „Siehe das Frauenhaus nur als Zwischenlösung bis du eine neue Wohnung gefunden hast", versuchte ich Nora zu beruhigen. Sie wirkte emotional sehr aufgewühlt. „Für mich ist das Frauenhaus ein Horrorladen. Es ist unerträglich. Ich werde wieder instabil. Zumindest ist es mein Gefühl", gab mir mein Gegenüber zu verstehen. „Du wirst eine andere Wohnung finden. Davon bin ich überzeugt. Es wird allerdings etwas dauern", sagte ich darauf und leerte meinem Kaffeebecher. „Ich habe Angst", gab Nora mir zu verstehen. Erneut erfolgte eine kurze, aber herzliche Umarmung. „Nach diesem Gespräch und der Umarmung geht es mir etwas besser", bekam ich anschließend von ihr als Auskunft. Ich konnte ein zartes Lächeln in ihrem Gesicht erkennen, was mich aufatmen ließ. Wir gingen zurück ins Atelier.

Nora ging an ihrem Arbeitsplatz im großen Malraum, und ich machte einen Corona-Test. Zweimal in der Woche müssen wir ihn notgedrungen machen. Die Behörde hat es so angeordnet. Findet der Kontrollirrsinn irgendwann mal ein wohlverdientes Ende? Ich fürchte Dank des selbsternannten Besserwissers Karl Lauterbach eher nicht. Mein Test fiel übrigens negativ aus. Somit bekam ich leider keinen *Sonderurlaub*".

Ca. 9.30 Uhr. Arnold kam an meinen Arbeitsplatz. „Ich habe ein neues Projekt für dich", meinte er weiterhin gutgelaunt. In der Hand hielt er ein paar Ausdrucke. „Was schlägst du mir vor", fragte ich ihm interessiert. „Es könnte ein Monet in deinem Stil werden", erwiderte er und zeigte mir die Vorschläge. „Darauf habe ich Bock", signalisierte ich meine Zustimmung.„Das freut mich. Ich habe auch schon die passende Leinwand für dich", gab mir mein Vorgesetzter zu verstehen und überreichte mir die Zettel.

Ein paar Minuten später kam Arnold mit einer Leinwand erneut an meinem Platz. Format des Malgrundes? 100 cm x 70 cm. Ich begann mit den Grundierungsarbeiten. Mehrere

Schichten mussten aufgetragen werden, bis ich das gewünschte Ergebnis erzielte. Ich machte vergleichsweise viele Pausen. Die Hitzewelle zwang mich zu dieser Maßnahme. Nora erging es ähnlich, wie ich später von ihr erfuhr.

Später wurde mein Geburtstag mit Eiscreme nachgefeiert. Die kalte Süßspeise hielt ich in Anbetracht der Hitze für angebrachter als Kuchen. Die Mehrheit der Kollegen sah es genauso. Christiane fehlte wieder, wie sooft. Fazit? Kein Stress am Stress am Arbeitsplatz.

Um ca. 15.33 Uhr machte ich Schluss. Von Alsterdorfer Markt marschierte ich zu Fuß nach Ohlsdorf. Für mich war es weiterhin ein gutes Fitnessprogramm. Auf diesem Wege bin ich im Laufe der Pandemie einiges an Kilos losgeworden. Irgendwie fühle ich mich seitdem weniger schwer und bewege mich auch entsprechend leichtfüßiger.

Auf dem Heimweg machte ich einen Abstecher zu Penny. Einkauf für fast 25 Euro und kaum etwas im Einkaufswagen drinnen. Besorgniserregend. Immerhin schaffte ich es den Wocheneinkauf unter 70 Euro zu halten. Fazit? Ziel erreicht. Ich konnte zufrieden sein.

Im Briefkasten fand ich reichlich Post.
1.) O_2-Rechnung
2.) Erinnerungsschreiben vom Versorgungsamt wegen Fehlen des Gutachtens von Herrn Ehrmann
3.) Rentenerhöhung
4.) Grundsicherungsamt: Sie wollen die Juli-Abrechnung sehen.
<u>Vermerk:</u> Teilweise wieder Stress angesagt. Alles schien mich zu überfordern.

Hamburg, d. 20.07.2022

Etwas besser geschlafen. Um ca. 6.45 Uhr klingelte wie gewohnt der Wecker. Mühsam kam ich aus dem Bett. Kurzes und lauwarmes Duschen im Badezimmer. Darauf folgte das übliche Frühstück mit Müsli und Banane. Dazu gab es ein Cappuccino und ein Glas Apfelsaft. Handschriftlich arbeitete ich weiter an „Zeitenwende“. Es geht erstaunlich gut voran. Besser als gedacht. Denn die Erschöpfung, ausgelöst durch die Hitzewelle und den Behördenstress, machte mir sehr zu schaffen. Der Schaffenserfolg ließ mich zum Glück emotional etwas aufblühen.

Um ca. 7.47 Uhr verließ ich das Haus in Richtung Arbeit. Rekordhitze wurde für den heutigen Tag von den „Wetterpropheten“ angekündigt. Dies war bereits morgens voll spürbar. Schnell entwickelte ich mich zu einem „Auslaufmodell“. Unangenehmerweise lief mir die Schweißsoße vom Körper runter. Dagegen konnte ich nichts ausrichten. Einfach ekelhaft.

Wir müssen uns in Zukunft häufiger mit extremen Wetterlagen auseinandersetzen, ob es uns gefällt oder nicht. Der Klimawandel ist schon voll im Gange. Er kann nicht mehr verhindert werden. Vermutlich können wir bestenfalls jetzt nur noch Schadenbegrenzung vornehmen. Auch dieser bitterbösen Realität müssen uns zunehmend stellen. Das Leugnen des Klimawandels, wie es beispielsweise die AfD gerne betreibt, ist in diesem Kontext nicht besonders hilfreich. Für mich ist dies durchaus ein weiterer Grund, diese dubiose Partei nicht zu wählen. Sie verbreitet nur giftige Lügen und verpestet somit vorsätzlich das gesellschaftspolitische Klima in Deutschland.

Allmählich erreichte ich den Barmbeker Bahnhof. Ich musste mir wieder einmal die widerliche FFP2-Maske aufsetzen. Diese Tatsache verdarb mir die gute Laune. Zwar ist die AfD offiziell auch gegen diese „atemlose“ Mund-Nasen-Bedeckung, aber ich gehe nachwievor davon aus, dass dies nur purer Opportunismus ist, um auch für die gesellschaftliche Mitte „salonfähig“ zu sein. Daher heißt das Motto: **„Achtung! Vorsicht Falle“!** Es geht der Partei nur darum, mehr „Stimmvieh“ zu erhalten, um eine größere Daseinsberechtigung in der politischen Landschaft zu haben. Das ist ein eiskaltes Machtkalkül, ohne wirklich das Wohl der Bürger im Blick zu haben.

Ich versuchte mich damit zu trösten, dass es nur drei Stationen bis zum Ziel sind. Mit dieser Gewissheit betrat ich den Bahnsteig. Vier Minuten Wartezeit musste ich aufbringen, bis die Bahn eintrifft. Plötzlich ertönte eine Durchsage: „Liebe Fahrgäste. Das Tragen einer FFP2-Maske in Bussen und Bahnen ist weiterhin Pflicht. Danke für die Aufmerksamkeit". Kurz darauf erfolgte die inhaltlich gleiche Botschaft in englischer Sprache, damit auch ausländische Fahrgäste diese staatliche Anweisung verstehen. Mich nerven diese penetranten Durchsagen des HVV, die ca. alle zwanzig Minuten unüberhörbar ertönen. Es erinnert mich an den militärischen Drill in einer drittklassigen Diktatur. Mein Kumpel Michael ist in diesem Punkt sogar radikaler als ich. Er sagte zu mir: „Solange der Maskenirrsinn vorherrschend ist, vermeide ich es, die öffentlichen Verkehrsmittel zu benutzen".

Ich kann diese Haltung durchaus nachvollziehen. Denn ich fahre auch nur relativ kurze Strecken mit der Bahn, da ich die schreckliche Maske nur sehr zeitbegrenzt tragen kann. Ansonsten drohen mir die üblichen negativen Nebenwirkungen dieser widerlichen Mund-Nasen-Bedeckung. Für mich ist sie eine moderne Variante der vorsätzlichen Körperverletzung.

Deshalb schrie ich während der Pandemie oftmals wegen der nervigen Durchsagen am Bahnhof: „Das ist Faschismus. Ihr seid Nazis und tyrannisiert die Bevölkerung. Euch müsste man endlich das vorlaute Maul stopfen. Ich will meine Demokratie zurück".

Zweifelsfrei setzte mir diese extreme Form der staatlichen Bevormundung psychisch massiv zu. Ein Ohnmachtsgefühl machte sich häufig bei mir bemerkbar, weil die Mehrheit sich nicht gegen dieses „Unrechtsregime" wehrt. Viele befürworten diese politische Herangehensweise sogar, was ich ehrlich gesagt noch sehr viel weniger nachvollziehen kann. „Nichts aus der jüngsten Vergangenheit gelernt", tauchte in diesem

Kontext als Frage in meine Gedankenwelt auf. Von Glück muss in diesem Zusammenhang gesprochen werden, weil niemand die Polizei rief, um mich abführen zu lassen. Durch die Pandemie verloren wir weitgehend unsere bürgerlichen Rechte. Dazu gehört leider auch das Recht der freien Meinungsäußerung. Stets zahlt man den Preis, *„stigmatisiert"* zu werden.

Allerdings ein positives Erlebnis hatte ich vor einigen Wochen in dieser Angelegenheit auf der Rolltreppe zur Linie U 1 in Ohlsdorf. Nachdem ich emotional wegen dieser fürchterlichen Durchsage des HHV einen verbalen Wutausbruch hatte, sagte ich zu einer jungen Frau, die mir auf der Rolltreppe entgegenkam: „Sorry, aber dieser Drill auf diese Maßnahmen geht mir an meine Substanz. Es ist unerträglich". „Ich verstehe es. Ich sehe es genauso", erwiderte die Frau und lächelte mich an. (Ihr Lächeln konnte ich erkennen, da ihre Maske runtergezogen war.) Es gab mir ein gutes Gefühl, weil ich wusste, dass ich nicht völlig allein mit meiner Meinung war. Somit startete ich positiver in den Tag.

Die S-Bahn traf ein. Im Waggon fand ich einen Sitzplatz und konnte meine Gedanken schweifen lassen. Dabei dachte ich an Carsten Lohmeyer, kurz CL genannt. Er ist genau wie Christiane mit äußerster Vorsicht zu genießen und verfügt ebenfalls über einen *„Freifahrtsschein"*. Er gehört zu den sogenannten Tafö-Leuten und kann aus diesem Grund einen besonderen Artenschutz zelebrieren. Mehrfach hat er körperliche und verbale Gewalt in der Vergangenheit angewandt. Es gab nur einmal eine Ermahnung, ohne spürbare Konsequenzen für ihn. (Beispielsweise zog CL einer ehemaligen Kollegin an den Haaren und schleifte sie durch das halbe Atelier.) Dies ist nur eines von vielen Vorfällen, die ich mit dieser Unperson verbinde. Alles wird grundsätzlich mit seiner geistigen Behinderung entschuldigt. Selbstverständlich wird von uns Kollegen erwartet, dass es zumindest hingenommen wird. „Offensichtlich gehört Gewalt zu Inklusion dazu. Zumindest aus Hartmuts Sicht", zog ich frustriert Fazit.

Von meinen ehemaligenVorgesetzten Hartmut Holzmann musste ich mir ständig seinen Standardspruch ertragen: „Wir müssen bedenken, er ist Tafö". Dieser Satz unterstreicht das zuvor Gesagte. CL darf nach Auffassung der Vorgesetzten quasi machen, was er will. Und es ging Hartmut hierbei insbesondere um das Geld, was CL als Tafö-Platz der Stiftung einbringt. Hartmut sagte oftmals sehr offen in Bezug auf CL zu mir: „Wir müssen auch an die Finanzierung unseres Betriebes denken. Daher erwarten wir von dir, dass voll auf unserer Linie bist". Von mir als psychisch kranker Mensch wurde quasi jahrelang erwartet, dass ich Gewalt ertrage, damit man für CL weiterhin die dicke fette Kohle vom Staat kassieren kann. Fast hätte ich deswegen gekündigt oder zumindest den Betrieb gewechselt. Nur weil ich in den kleinen Malraum wechseln konnte, bin ich letztlich doch geblieben. Hartmut war als Chef aus meiner Sicht ein herrschsüchtiges und geldgieriges Monster, der gerne den Taktstock einsetzte und damit den Ton angab. Ich bin froh, dass er endlich in Rente ist. Vermissen tue ich ihn in jedem Fall nicht.

Die S-Bahn traf in Ohlsdorf ein. Ich stieg aus und bewegte mich in Richtung Alsterdorfer Markt. Schnell riss ich mir die Maske vom Gesicht, um meinen Körper wieder Sauerstoff zufügen zu können. Für mich wieder einmal ein Gefühl der Erleichterung. Viel länger hätte ich es bei dieser drückenden Wärme nicht mit der Maske durchgehalten, soviel war gewiss. Nach einer kurzen Atempause konnte ich meinen Arbeitsweg fortsetzen.

Nun wieder zurück zu CL. Er ist in nahezu jeder Hinsicht zu beneiden. Leonard formulierte es sehr zutreffend: „Er hat die Krisen, die wir zurzeit durchleben, überhaupt nicht auf dem Schirm". Mit dieser Aussage hat der Kollege absolut recht. Denn für CL existieren keine Corona-Pandemie, kein Klimawandel, kein Ukraine-Krieg und keine Energiekrise. Er lebt ausschließlich in seinen kindlichen Universum und macht sich keine Sorgen, was vermutlich alles auf uns zukommen wird. Und wenn er aus seiner Sicht nicht genügend Aufmerksamkeit erhält, macht er sich lautstark und aggressiv bemerkbar, sodass er meist seinen Willen durchgesetzt bekommt. Somit verfügt er über ein *„Rundum-Sorglos-Paket".*

Zwischenzeitlich erreichte ich den Alsterdorfer Markt. Aus der Ferne konnte ich sehen wie Johannes das Gebäude mit der Hausnummer 10 betrat. Er ging maskenkonform die Stufen zum Atelier herauf. Im Vertrauen sagte er zu mir, dass er etwas früher kommt, um eher Schluss machen zu können. Auf diese Weise will er eine Konfrontation mit Christiane in jedem Fall vermeiden, weil ihm eine Auseinandersetzung mit ihr wohlmöglich überfordern würde.

Einige Minuten später erreichte ich ebenfalls das entsprechende Gebäude und ging die Stufen zum Atelier herauf. Natürlich mit Maske vor der Fresse, wenn auch nur sehr widerwillig. Ich klingelte. Arnold öffnete mir gutgelaunt die Tür. „Guten Morgen André", begrüßte er mich freundlich. „Guten Morgen Arnold", erwiderte ich beim Betreten des Ateliers. „Eine frische Maske", fragte mich mein Vorgesetzter, wie mittlerweile gewohnt. „Ja, bitte", entgegnete ich leicht genervt. Er holte mir neue Maske aus dem kleinen Büro und überreichte sie mir. Ich bedankte mich förmlich für dieses abscheuliche Folterinstrument.

„Hallo André", begrüßte mich Nora fast überschwänglich. Sie kam auf mich zu. In ihrem Gesicht konnte ich eine gewisse Erschöpfung und Müdigkeit feststellen. „Hallo Nora", erwiderte ich ihren Gruß.Es folgte eine kurze Umarmung. „Kommst du mit nach unten", fragte mich Nora nach der herzlichen Begrüßung. „Ich hole mir nur ein Kaffee", antwortete ich wie gewohnt und setzte das Gesagte in die Tat um. Zusammen gingen wir auf dem Alsterdorfer Markt. Wir setzten uns ohne Masken wieder auf die Sitzbank vor dem „Kesselhaus". Nora drehte sich eine Zigarette und zündete sie sich an. „Ich fühle mich schlapp", sagte sie darauf. „Das sehe ich", entgegnete ich ihr und trank ein Schluck Kaffee aus meinem Becher. „Ich bin quasi frisch geimpft", erklärte mir meine Gesprächspartnerin und zog an ihrer Zigarette. „Dann mach doch etwas früher Schluss", riet ich ihr und trank einen weiteren Schluck aus meinem Becher. „Ich werde versuchen bis 14.00 Uhr durchzuhalten. Ich will nicht vorzeitig ins Geisterhaus zurück", meinte mein Gegenüber.

Aus der Ferne sahen wir wieder Leonard. Diesmal nicht auf dem Weg zur Arbeit, sondern zum Einkaufen bei Aldi. Er hat heute seinen freien Tag in der Woche. Wegen der Krisensituation reduzierte er seine Arbeitsstunden und hat genau wie ich nur noch eine Vier-Tage-Woche. Er meinte in diesem Zusammenhang: „Es hilft mir den Wahnsinn zu ertragen".

„Ich fühle mich auch schlapp, obwohl ich nicht frisch geimpft bin. Bei mir ist es die fürchterliche Wärme", sagte ich, als Leonard mit einen Einkaufswagen bei Aldi reinging. „Mir macht auch die extreme Wärme zu schaffen", äußerte Nora, nachdem sie ein Zug von ihrer Zigarette nahm. „Hat sich dein Betreuer wegen des Dringlichkeitsscheins gemeldet", wollte ich von ihr wissen. „Nein, leider noch nicht. Ich bin ehrlich gesagt auch deshalb ziemlich genervt ", entgegnete mir meine Kumpel-Freundin, als sie ihren Zigarettenstummel ordnungsgemäß entsorgte.

Zwischenzeitlich leerte ich meinen Kaffeebecher. „Ich hasse mich dafür, dass ich wegen meiner Psychosen meine schöne Wohnung verloren habe", gab mir Nora zu verstehen. „Das solltest du nicht. Es ist eben passiert", versuchte ich sie zu beruhigen. Es folgte eine kurze Umarmung. Danach gingen wir zurück ins Atelier.

An meinem Platz setzte ich ein kleines Schreiben an das Grundsicherungsamt, kurz „Grusi" genannt, auf. Es ging um die Juli-Abrechnung und die Mitteilung, dass ich die aktuelle Betriebskostenabrechnung noch nicht erhalten habe. Arnold bat ich das Schreiben für mich zu kopieren, was er auch netterweise tat. Mich nervte es wieder, dass ich bei der Behörde bezüglich der Finanzen wieder die Hosen runterlassen musste. Es ekelte mich regelrecht an. Ein leichter Brechreiz machte sich bei mir unweigerlich bemerkbar. Kotzen musste ich zum Glück aber nicht. Ich hoffe, dass ich im Alter nicht mehr abhängig vom Amt sein werde. Es nimmt mir einen entscheidenden Teil meiner menschlichen Würde und beraubt mich meiner Lebensqualität. Darüber hinaus fühle mich wie ein Verbrecher auf Freigang, der sich nur unter Einhaltung strenger Regeln in der Öffentlichkeit bewegen darf. Ansonsten droht mir der Verlust der Existenzgrundlage. Diese Realität löst bei mir regelmäßig Beklemmungen aus. Und ständig muss ich Angst haben, am Ende doch meine Wohnung zu verlieren. Die hohen Heizkosten riefen mir diese Furcht wieder ins tiefe Bewusstsein zurück. Innerlich erstarrte ich vor Ehrfurcht. Meine Seele wurde dadurch erheblich in Mitleidenschaft gezogen.

Nach dem Behördenkram konzentrierte ich mich auf die Malerei. Mit dem Bild kam ich gut voran. Besser als gedacht. Denn ich machte auffällig viele Pausen. Und Nora hielt tatsächlich bis ca. 14.00 Uhr durch, obwohl sie sich durch die Impfung schlapp fühlte. Sie blieb solange, weil sie keineswegs so früh wegen der niederdrückenden Atmosphäre zurück ins Frauenhaus wollte. Schnellstmöglich will sie eine andere Wohnsituation.

Um ca. 15.32 Uhr machte ich Schluss. Auf dem Heimweg machte ich einen Abstecher zum Postshop in der Nähe des Dehnhaide-Bahnhofes. Dort gab ich das Schreiben an die Behörde ab. Versand erfolgte aus Sicherheitsgründen als Einschreiben. Ansonsten muss ich damit rechnen, dass die Staatsdiener behaupten, dass ich angeblich kein Schreiben abgeschickt habe. Ich spreche aus langjähriger Erfahrung.

Als ich die Lohkoppelstraße erreichte, sah ich Heike May, die ihren Hausmüll im Container entsorgte. Sie wirkte niedergedrückt in der Stimmung, was aber nichts an meiner Entscheidung änderte. Ihre leicht gebückte Körperhaltung unterstrich meine Einschätzung, dass es ihr nicht gutging.

Für einige Wochen würde es vermutlich mit der Nachbarschaftshilfe einigermaßen passabel funktionieren. Danach kehren bei ihr mit großer Wahrscheinlichkeit die altbekannten negativen Verhaltensmuster mit voller Wucht zurück. Darauf verspürte ich verständlicherweise keine Lust mehr. Ich musste mir aber in jedem Fall etwas anderes einfallen lassen, um meine finanzielle Situation auf einen anderen Weg zu verbessern.

Heike ging wieder ins Haus zurück, ohne dass sie mich bemerkte, was mir sehr entgegenkam. Somit ersparte ich mir eine unnötige Diskussion mit ihr, was mir möglicherweise nur weiteren Energieverlust gebracht hätte. Jedoch blieb in dieser Lage Fortuna auf meiner Seite. In dieser Gewissheit bog ich in die Sentastraße ein.

Keine Post im Briefkasten vorgefunden. Somit auch noch keine Betriebskostenabrechnung von der SAGA. Es blieb also weiterhin spannend.

Vor meinem Abendbrot arbeitete ich handschriftlich weiter an meinen Aufzeichnungen von „Zeitenwende". Schritt für Schritt kam ich voran. Es wird wohl kein Roman, sondern ein biografisches Zeitdokument entstehen.

Hamburg, d. 21.07.2022

Akzeptabel geschlafen, obwohl es mir nur mittelprächtig ging. Vor dem Wecker-Klingeln war ich bereits um ca. 6.30 Uhr wach. Da sich ein Weiterschlafen nicht mehr lohnte, stand ich unweigerlich auf. Nach der lauwarmen Kurzdusche frühstückte ich. Handschriftlich arbeite ich ein kleines Stück weiter an „Zeitenwende". Selbst die wenigen Sätze brachten mich ein Stück voran.

Um ca. 7.40 Uhr warf ich mich in die Klamotten und verließ fast überfallartig die Wohnung. Eine drückende Wärme begleitete mich auf dem Arbeitsweg. Später kam noch ein leichter Nieselregen hinzu. Auf dem Weg zum Bahnhof gingen mir einige Gedanken durch den Kopf. Die harten Zeiten, die wir jetzt durchmachen, verdeutlichen mir, dass Inklusion immer wichtiger wird. Denn der gesellschaftliche

Zusammenhalt ist bald nicht mehr anders möglich. Allerdings ist die Umsetzung eine absolute Herausforderung für unsere Wertegemeinschaft. Es geht zunehmend darum, die Interessen von unterschiedlichen Gesellschaftsschichten möglichst alle unter einen Hut zu bringen, was nicht einfach sein wird. In diesem Zusammenhang spreche ich insbesondere von Menschen von unterschiedlicher Herkunft, Kultur, Religion, sozialen Status oder Behinderung. Dabei sollten die Verantwortlichen bemüht sein, nicht zweierlei Maß zu messen. Niemand sollte benachteiligt werden. Egoismen müssen zurückgestellt werden, um einen brutalen Verteilungskampf halbwegs unter Kontrolle zu bringen. Ansonsten droht uns das totale Chaos oder sogar die Anarchie, weil sich viele Bürger in so einen Fall ungerecht behandelt fühlen würden.

Hierbei weiß ich wovon ich rede. So eine Entwicklung erlebe ich leider häufig im Atelier, obwohl Inklusion bei uns im Betrieb ganz großgeschrieben ist. Die Beispiele CL und Christiane verdeutlichen mir die hochbrisante Problematik, wenn die Verantwortlichen nicht über das erforderliche Fingerspitzengefühl verfügen, damit das soziale Miteinander zumindest einigermaßen reibungslos funktioniert. Mehrfach war ich kurz davor, meine Tätigkeit im Atelier zu beenden. Für mich war es zumindest phasenweise unerträglich, diese Form der Aggressivität ertragen zu müssen, um irgendwie weitermachen zu können.

Im letzten Moment bekam mein ehemaliger Vorgesetzter Hartmut Holzmann bei mir doch noch die Kurve, indem er sagte: „Du bekommst einen anderen Malplatz im Atelier, damit zwischen Carsten und dir eine räumliche Distanz ist". Fast sechs Jahre hat er allerdings dazu benötigt, um zu dieser glorreichen Erkenntnis zu kommen. Beinahe hätte ich notgedrungen eine für mich schmerzliche Entscheidung treffen müssen, weil ich keinen anderen Ausweg mehr gesehen habe. Ich drohte sonst unter die Räder zu geraten. Diesem hohen Preis wollte ich verständlicherweise nicht bezahlen. Daher braucht man für die gesellschaftliche Inklusion ein kompetentes Führungspersonal, das den Laden ausreichend in Griff bekommt. Darüber hinaus brauchen wir feste Regeln zur Orientierung. Allerdings sollten sie verhältnismäßig und angemessen sein. Ansonsten werden sie nicht von der Bürgern auf Dauer angenommen und akzeptiert. **(Siehe teilweise die sogenannten Corona-Schutzmaßnahmen!)** Wir können nur als eine Solidargemeinschaft längerfristig bestehen und überleben.

Rücksichtslos und brutal die Ellenbogen einzusetzen, weil die persönlichen Interessen in den Vordergrund stehen, wird es zwangsläufig irgendwann zur Selbstzerstörung der Menschheit führen. Es gibt eine Vielzahl globaler Herausforderungen, wie beispielsweise Klimawandel, Flüchtlingsströme, Ukraine-Krieg, Energiekrise und die hohe Inflation, die man als Gemeinschaft besser lösen kann, als jeder nur für sich allein. Dabei ist es auch erforderlich, dass ein gegenseitiges Verständnis füreinander aufgebracht wird. Nur so finden wir einen Konsens, der zu brauchbaren Lösungen führt. Die EU ist aus diesem Grund alternativlos, auch wenn die AfD es naturgemäß anders sieht. Für mich ein Grund mehr, diese schreckliche „Anti-Partei" nicht zu wählen.

Zwischenzeitlich erreichte ich den Bahnsteig des Barmbeker Bahnhofes. Ca. fünf Minuten Wartezeit musste ich einplanen. Für diesen kurzen Augenblick versuchte ich zur Abwechslung mal an gar nichts zu denken. Denn der Kopf war mit all seinen Sorgen total überlastet. Er musste sich wieder entladen. Ansonsten drohte mein Schädel zu explodieren. Daher wäre eine geistige Meditation in dieser Situation die richtige Maßnahme, um innerlich zur Ruhe zu kommen. Leider bin ich auf diesem Gebiet nicht besonders geübt. Die buddhistischen Mönche beneide ich um diese besondere Gabe. Es ist ein hartes Stück Arbeit, diese Fähigkeit nutzen zu können. Vielleicht sollte ich einen Meditationskurs machen, wer weiß. Allerdings könnte mich dieses Vorhaben überfordern. Vermutlich hätte ich große Probleme, mir dies zeitlich zu organisieren. Und Zeit ist in diesem Zusammenhang besonders wichtig. Es geht darum Stress abzubauen, nicht ihn noch künstlich zusätzlich zu erzeugen, indem ich versuche, die Entspannung zu erzwingen. Es wäre absolut kontraproduktiv und bewirkt wohlmöglich eher das Gegenteil. Somit befand ich mich in einem Teufelskreislauf, den ich zurzeit nicht durchbrechen konnte.

Genug philosophiert, da die Bahn kam. Mit der lästigen Maske vor der Fresse stieg ich ein. Während der Bahnfahrt ließ ich meine Gedanken schweifen. Vom Sitzplatz aus genoss ich den schönen Ausblick. Für ein paar Minuten erreichte ich tatsächlich eine gewisse Leere in meinem Kopf. Es war Entspannung pur trotz der luftraubenden Mund-Nasen-Bedeckung. „Vielleicht sollte ich so etwas häufiger machen", dachte ich im Stillen, als die S-Bahn in Ohlsdorf eintraf. Ich stieg aus und bewegte mich in Richtung Alsterdorfer Markt. Die ekelhafte Maske konnte ich zumindest vorerst wieder abnehmen. Für mich war es eine Erleichterung, dies tun zu dürfen. Es entstand das Gefühl, endlich wieder frei atmen zu können. Wie lange will der politische *„Scharfmacher"* Lauterbach uns diese Tortur noch zumuten, um seine hohe und krankhafte Geltungssucht zu befriedigen? Aus meiner Sicht ist dieser Mann total geistesgestört und stellt eine Gefahr für die Allgemeinheit dar. Erstaunlicherweise finden ihn viele gut, was ich aber nicht wirklich nachvollziehen kann. Besteht Deutschland mehrheitlich aus einem Volk von Geistesgestörten oder Bekloppten? Fast muss ich davon ausgehen, dass es so ist. Meine Heimat ist nicht mehr die Nation der Dichter und Denker, sondern wird zunehmend zu einer **„internationalen Lachnummer".** Nichts worauf ich wirklich stolz sein kann.

Irgendwie fühle ich mich spätestens seit Beginn der Pandemie als Fremder im eigenen Land. Emotional zieht mich diese Realität runter in den Abgrund. Ein kleiner Trost für mich ist die Tatsache, dass zumindest ein Teil meines inneren Kreises wie beispielsweise Michael oder Claudia beim Thema Corona ähnlich denkt wie ich. Sonst würde ich ernsthaft darüber nachdenken, von der Lebensbühne abzutreten. Die Lebensqualität verlor, ähnlich wie zurzeit der Euro, zuletzt dramatisch an Wert, weil ich zurzeit kein selbstbestimmtes Dasein führen kann. Für mich ist es daher eine gefühlte Diktatur. Einfach unerträglich, dies erdulden zu müssen. Diese Realität wurde mir verstärkt bewusst, als ich im Hintergrund wieder einmal die penetrante Durchsage des HVV hörte, dass wir verpflichtet sind, eine Maske in Bus und Bahn zu tragen. Ich musste mich zusammenreißen, emotional nicht zu explodieren. Die Abneigung gegenüber unseren Bürgermeister Peter Tschentscher vertiefte sich im Laufe der Zeit enorm, der sich diese Form der Folter speziell für uns ausgedacht hat.

Ich möchte zu gern wissen, wie viele Menschen durch die knallharte Corona-Politik systematisch in den Selbstmord getrieben wurden. Diese Statistik wird aus gutem Grund der Öffentlichkeit verschwiegen. Immer stärker stelle ich mir die Frage: „Warum habe ich mich eigentlich impfen lassen"? Der Regelirrsinn geht trotzdem weiter. Alles läuft nach dem Motto: „Und ewig grüßt das Murmeltier". Politische Inkompetenz gepaart mit diktatorischen Mitteln, wie wir sie zurzeit erleben, können auf längere Zeit nichts Gutes bedeuten. Es wird uns wohlmöglich ins heillose Verderben führen. Diese erschreckende Gewissheit ist beängstigender als das Virus selbst.

Zum Thema „Corona-Diktatur" verfasste ich später folgenden lyrischen Text:

Die gefühlte Diktatur

Alles wird fortan mit unzumutbarer Härte der Angst untergeordnet.

Der Freigeist der Demokratie gerät dadurch zweifelsfrei in kollektiver Gefangenschaft.

Das Parlament der Volksvertretung unterliegt ab sofort nicht mehr der oppositionellen Kontrolle.

Medial wird uns im Sinne der Staatsgewalt die Meinung vordiktiert, sodass die Zensur zur schockierenden Realität wird.

*Und bei Widerstand droht den Betroffenen unwiderruflich die gesell-
schaftliche Ausgrenzung.*

*Am Ende bleibt eine volkstreue Mehrheit, die unsere Welt in Schwei-
gen hüllt, sodass Düsternis künftig das Geschehen bestimmt.*

Wieder zurück zur Handlung. Zwischenzeitlich erreichte ich
den Alsterdorfer Markt. Erneut mit Ekelmaske vorm Gesicht ging ich die Stufen zum Atelier herauf und klingelte.
Arnold öffnete mir die Tür. „Guten Morgen André. Hereinspaziert", begrüßte er mich freundlich. „Guten Morgen Arnold", erwiderte ich die Begrüßung und betrat das Atelier.
„Eine frische Maske", fragte mich mein Vorgesetzter. „Ja,
bitte", entgegnete ich kurz und knapp, vielleicht auch leicht
genervt von der sich ständig wiederholenden Frage. Arnold
gab mir ein frisches Folterinstrument. Zum Glück muss ich
nicht auch noch dafür bezahlen, dass ich täglich von „Lauterbach & Co." gequält werde. Mit dieser Tatsache versuchte
ich mich irgendwie zu trösten. „Wo ist Nora", wollte ich
wissen, da ich sie nicht im Pausenraum sah. „Sie liegt im
Ruheraum. Ihr geht es wohl nicht so gut", meinte mein
Boss.
Darauf holte ich mir ein Kaffee und setzte mich in den Pausenraum, um innerlich anzukommen. Für mich auch die
perfekte Gelegenheit, die Virenschleuder vom Gesicht abnehmen zu können. Ansonsten hätte ich auch Probleme,
mein koffeinhaltiges Heißgetränk zu inhalieren. „Fast hätte
ich es vergessen", fiel Arnold ein, als er aus dem Büro kam,
„es gibt dieses Jahr kein Weihnachtsgeld, weil in der Stiftung
nicht genug erwirtschaftet wurde. Dafür gibt es eine Energiepreispauschale in Höhe von 300 Euro. Sie wird nicht auf
die Grundsicherung angerechnet". „Wissen die anderen Kollegen auch schon Bescheid", hakte ich nach und trank ein
Schluck Kaffee aus meinem Becher. „Ein Teil ist schon in-
formiert. Und ein anderer Teil noch nicht", antwortete mein
Gesprächspartner und ging nach hinten in den Verkaufs-
raum.

Ich grübelte über das Gesagte nach. Es wunderte mich ohnehin, dass es in den beiden Jahren zuvor Weihnachtsgeld gab. Denn in diesem Zeitraum machten wir deutlich weniger Umsatz, da fast alle Ausstellungen wegen der Corona-Maßnahmen ausfielen. Daher kam die Aussage von Arnold jetzt nicht wirklich überraschend.

Aus meiner Sicht bringt mir die Energiepreispauschale netto mehr Geld aufs Konto als das Weihnachtsgeld. Von der Weihnachtsprämie in Höhe von knapp 500 Euro durfte ich im letzten Jahr nur knapp 150 Euro behalten. **(Anmerkung: Dies entspricht genau 30 % vom Extrageld. Bedeutet im Klartext: „70 % des Weihnachtsgeldes bringt die Behörde in Abzug von meinen staatlichen Leistungen. Aus meiner Sicht ist es ein modernes Raubrittertum, die ich als Geringschätzung meiner Tätigkeit im Betrieb ansehe. Der Arbeitswille sollte daher deutlich besser honoriert werden. Bedeutet im Klartext, dass arbeitende Bürger sollten mehr von ihrem Verdienst behalten dürfen als bisher, wenn sie Sozialleistungen notgedrungen aufstocken müssen. Die Bereitwilligkeit zu arbeiten, würde um ein Vielfaches steigen. Dies würde am Ende sogar die Sozialkassen auf Dauer stark entlasten. Eine Win-Win-Situation würde dadurch zweifellos entstehen.)** Hingegen bei der Energiepreispauschale darf ich alles behalten. Dies entspricht einem Gewinn von ca. 150 Euro im Vergleich zum vorigen Jahr. Somit bin ich zur Abwechslung mal ein Gewinner der Situation. Ich werde versuchen, das Geld auf dem Konto vorerst stehen zu lassen. Denn ich kann aktuell nicht einschätzen wie hoch die Nachzahlung bei Strom und Gas ausfallen wird.

Aus dem Ruheraum kam mein türkischstämmiger Kollege Tarek.

„Hallo André", begrüßte er mich mit gedrückter Stimmung. „Hallo Tarek", entgegnete ich ihm. „Kannst du mir zwei Euro für die Tafel leihen. Ich bin knapp bei Kasse", fragte er mich, als er mir entgegenkam. Ich gab ihm die zwei Euro, in der Gewissheit, dass ich sie nicht zurückerhalten werde. Irgendwie hat er mich damit überrumpelt, sodass ich nicht nein sagen konnte. Dieser Kollege ist in Prinzip ein armes Würstchen, das im Gegensatz zu CL zu wenig Aufmerksamkeit von den Gruppenleitern erhält. Daher kommt er ständig in bestimmten zeitlichen Intervallen bei uns Kollegen „*angedackelt*", um Smalltalk abzuhalten. Seine Lieblingsthemen sind Stephen King und seine geistige „*Selbstentwertung*". Er fragt uns Kollegen regelmäßig: „Bin ich blöd"? Johannes ist froh, dass er momentan in Ruhe gelassen wird. Aktuell bin ich sein „*Opfer*".

Tarek ist genau wie CL ein Tafö, obwohl er keine geistige Einschränkung hat. Dafür ist seine Psyche besonders stark beansprucht. Er liegt viel im Ruheraum und malt nur wenig. Die Gruppenleiter kümmern sich kaum um ihn. Der einzige, der sich in seiner aktiven Zeit im Betrieb um ihn gekümmert hat, war Hartmut Holzmann. Aus Gründen der Fairness muss ich ihn an dieser Stelle meiner Aufzeichnungen ausnahmsweise mal loben, obwohl ich unseren ehemaligen Vorgesetzten sonst eher sehr kritisch sehe. Nun entsteht bei mir der Eindruck, dass Tarek zunehmend verwahrlost. Und weder meine Kollegen noch ich können ihn betreuen, da wir alle unser Päckchen zu tragen haben. Es überfordert uns.

Genug über Tareks Situation nachgedacht. Es wurde mir bewusst, dass wir in schwierigen Zeiten leben. Kollegen müssen teilweise zur Tafel rennen, weil das Einkommen wegen der hohen Inflation nicht mehr zum Leben ausreicht. Die Qualität des Essens in der Kantine nimmt stetig ab. Gleichzeitig wird es streng rationiert. Weihnachtsgeld fällt für dieses Jahr aus, weil die Stiftung nicht genug erwirtschaftet hat. Nora hat Probleme mit der Wohnungssuche. Und ich muss ernsthaft darüber nachdenken, ob ich demnächst Leergut sammeln muss, um finanziell besser über die Runden zu kommen. Es ist frustrierend, weil zurzeit keine gesellschaftliche Perspektive erkennbar ist. Die Politik hat jämmerlich versagt.

Am Arbeitsplatz versuchte ich mich auf die Malerei zu konzentrieren. Nur mühsam kam ich mit dem Bild voran. Ich machte wieder viele Pausen. Irgendwie fühlte ich mich müde und abgekämpft. Ich hätte schon nach dem Mittagessen im „Kesselhaus" nach Hause fahren können. Jedoch ich hielt bis 15.25 Uhr durch. Und Nora blieb immerhin bis ca. 14.00 Uhr.

Im Briefkasten war erneut keine Post. Ich atmete erleichtert auf. Schneller Rückzug ins Schlafzimmer. Nebenbei lief die HD-Glotze. Die EZB wird die Leitzinsen um 0,50 % anheben. Etwas mehr als zuvor gedacht. Wie bereits erwähnt, hätte die Null-Zinspolitik schon sehr viel früher beendet werden müssen. Es bleibt daher abzuwarten, ob diese Maßnahme noch greifen wird. Geduld ist in jedem Fall gefordert, da die Zinsmechanismen der Geldpolitik Zeit brauchen, um spürbar zu wirken. Eventuell dauert es ca. zwei Jahre oder länger, bis die Inflation sich auf ein gesundes Maß wieder reduziert hat.

Das russische Gas fließt wieder, wenn auch nur auf Sparflamme. Zuvor wurde uns der Gashahn zugedreht. Es ist schwierig einzuschätzen, wie sich Putin zukünftig verhält. Momentan lässt er die Muskeln spielen. Erpresst er uns? Muss wohl eindeutig bejaht werden.

Hamburg, d. 22.07.2022

Passabel geschlafen. Um ca. 6.45 Uhr klingelte der Wecker. Mühsam kam ich aus dem Bett. Nach der lauwarmen Kurzdusche erfolgte das übliche Frühstück. Trotz guter Schlafqualität fühlte ich mich wie gerädert. Alles schien mich zu überfordern. Die Lebensqualität sinkt rapide wie im Sturzflug ins Ungewisse. Zunehmend entsteht der nackte Kampf ums Überleben. Und genau diese Realität entzog mir die Energie aus dem Körper und dem Geist. Ich konnte nicht einschätzen, ob ich heute den Arbeitsalltag überhaupt bewältigen kann. Aus diesem Grund spielte ich mit den Gedanken, mich krank zu melden, was ich aber letztlich nicht tat. Schwerfällig kam ich in die Gänge. Im Kopf spielte sich alles in Zeitlupentempo ab. Trotzdem schaffte ich es fast wie in einen Wunder um 7.47 Uhr das Haus zu verlassen. Draußen war es stark bewölkt, aber dafür zur Abwechslung mal angenehm temperiert, sodass mir die Hitze nicht so stark bemerkbar macht wie in den Tagen zuvor. Dadurch erhöhten sich die Chancen, dass ich meinen Arbeitsalltag trotz Erschöpfung meistern werde.

Mehr und mehr spielte ich mit den Gedanken, Leergut zu sammeln. Die Lebenssituation nötigte mich regelrecht dazu, es ernsthaft in Betracht zu ziehen. „Bald habe ich keine Wahl beziehungsweise keine Alternative mehr dazu", kam gedanklich in den Sinn. Finanziell wurde es immer enger, sodass es mich emotional zunehmend erdrückte. Darüber hinaus gab es für mich keine Möglichkeit, einen Nebenjob machen zu können.

Deutschland ist eines der reichsten Staaten der Erde, und eine Vielzahl von Bürgern muss ernsthaft darüber nachdenken, mitten in Dreck nach Pfandflaschen zu wühlen. Wir müssen uns quasi selbst erniedrigen, nur um zu überleben. Aus meiner Sicht ist es eine menschliche Zumutung, die viele Bürger hart treffen wird. Wo ist hierbei noch die gesellschaftliche Perspektive erkennbar? Momentan kann ich sie nicht sehen und spüren sowieso nicht.

Wenn wir nicht aufpassen, wird Deutschland zum Armenhaus in Europa. Mittlerweile lacht die ganze Welt über uns. Und leider muss ich feststellen, dass es durchaus auch seine Berechtigung hat. Innerhalb Europas wird nur in Deutschland die *„Corona-Diktatur"* aufrecht erhalten, wobei ich mich frage: „Mit welcher Begründung ist es noch gerechtfertigt"? Dafür wird das Volk weiterhin in Angst und Schrecken versetzt und zwar ohne Rücksicht auf Verluste. Für mich ein Indiz für die Errichtung einer neuen politischen Ordnung. Außerdem wird von uns Bürgern verlangt, dass wir unsere Hygiene vernachlässigen, weil Warmwasser schlichtweg zu teuer geworden ist. Und frieren sollen wir auch noch aus Solidarität zur Ukraine. Dadurch wird zwangsläufig der Schimmel in zahlreichen Wohnungen *„kultiviert".* Entstehen neue Krankheiten? Vielleicht sogar eine neue Pandemie? Wir entwickeln uns allmählich zurück ins Mittelalter, soviel steht für mich mittlerweile fest. Allerdings geschieht es diesmal mit einer aufgemotzten Technologie, die uns Bürger zunehmend kontrolliert und überwacht.

Zwischenzeitlich erreichte ich den Barmbeker Bahnhof. Zwei Minuten musste ich Wartezeit einplanen. Gleich wieder diese fürchterliche Maske aufsetzen. Die ständig wiederkehrende Durchsage des HVV erinnerte mich wieder schmerzlich daran. Wieder ein brutales Horrorszenario für mich, dass kein Happyend erkennen ließ. Innerlich zuckte ich zusammen. Nur mühsam konnte ich mich beherrschen, nicht die Fassung zu verlieren. „Zum Glück nur drei Stationen", kam mir wieder einmal als rettender Gedanke. Damit versuchte ich mich schon seit einiger Zeit zu trösten.

Die S-Bahn hielt am Bahnstieg. Ich stieg ein und sicherte mir einen Sitzplatz. Während der Bahnfahrt ließ ich wieder meine Gedanken schweifen. Dabei machte sich die Müdigkeit schlagartig bei mir bemerkbar. Dagegen konnte ich nichts machen. Es war ein gezieltes Attentat auf meine Energiereserven. Diese Form des Überfalls überforderte mich. Alles ging tierisch an meine Substanz. Die Spuren der Zeit wurden immer sichtbarer. Notgedrungen musste ich sie akzeptieren. Es blieb schwierig einzuschätzen, ob ich mich heute überhaupt auf die Malerei konzentrieren kann. „Vielleicht muss ich wie zuletzt viele Pausen machen", kam mir in den Sinn. „Funktionierte in den letzten Tagen auch", fiel mir plötzlich wieder ein. Somit fand ich die richtige Strategie für den heutigen Tag. Ansonsten ließ ich es auf mich zukommen. Was sollte ich sonst in Anbetracht der Lage tun?

Was erwartet mich auf der Arbeit? Ein Konflikt mit Christiane? Oder ein Konflikt mit CL? Nichts schien unmöglich. Unsere Vorgesetzten sind meines Erachtens gegenüber den beiden sehr großzügig, um es mal vorsichtig auszudrücken. Sie lassen zu viel, nahezu alles durchgehen. Ich hätte meine Kollegen in Funktion eines Chefs schon längst rausgeschmissen, da ich Gewaltausbrüche oder Aggressionen im Betrieb nicht auf Dauer durchgehen lassen würde, die letztlich nur dazu dienen, Egoismen rücksichtslos durchzusetzen. Die Situation im Betrieb könnte sonst unkontrolliert eskalieren. Außerdem droht eine Respektlosigkeit gegenüber den Vorgesetzten.

Zugegebenermaßen waren sie bei mir auch nachsichtig. Beim heftigen Spruch, den ich in Gegenwart von Katharina äußerte, drückten meine *„Gruppenschnullis"* ebenfalls ein Auge zu. Arnold sagte zu mir in Gegenwart des Fachdienstes: „Wir haben keine Lust eine Abmahnung zu schreiben. Wir wissen, dass es in einer emotionalen Ausnahmesituation passiert ist und es dir leid tut". Für diese fachliche und menschliche Einschätzung bin ich dankbar. Somit bekam ich zur Abwechslung auch eine gewisse Großzügigkeit zu spüren. Dies muss ich aus Gründen der Fairness auch sehen. Trotzdem bleibe ich bei meiner Haltung gegenüber den zwielichtigen Kollegen. Auf Dauer betrachtet geht es so nicht weiter, weil sich im Laufe der Jahre zu viel angesammelt hat. CL und Christiane tanzen zu häufig aus der Reihe. Für mich wird es nahezu täglich zu einem totalen Nervenkrieg. Ich hoffe, dass ich wegen dieser Kollegen früher oder später keine Konsequenzen ziehen muss. Es ist schwierig, woanders noch einmal beruflich neu zu starten. Daher bin ich mir auch nicht sicher, ob dies tatsächlich gelingen würde. Und ich muss auch an meine Altersrente denken. Es fehlen noch einige Jahre, um eine halbwegs vernünftige Rente zu erhalten. Somit hätte eine vorzeitige Kündigung auch schwerwiegende Folgen für mein künftiges Leben. Also ebenfalls eine unschöne Option. Es ist aber zu befürchten, dass ich mich häufiger krankschreiben lassen muss, um auf Dauer weitermachen zu können. Im Klartext bedeutet es: „Ich muss irgendwie durchhalten, weil ich die Kohle brauche".

Genug gegrübelt. Die S-Bahn hielt in Ohlsdorf. Ich stieg aus und bewegte mich in Richtung Alsterdorfer Markt. Fast schwerfällig kam ich voran. Meine Füße wurden quasi zu Blei. Die Müdigkeit blieb also weiterhin voll für mich spürbar. Am liebsten wäre ich zuhause im Bett liegengeblieben. Ich sehnte mich nach dem wohlverdienten Wochenende. Während meines Arbeitsweges hoffte ich, dass mir auf der

Arbeit ein Becher Kaffee helfen würde. Jedoch der Ausgang dieses Kaffeerituals schien vorerst noch ungewiss zu sein.

Die finanzielle Situation beschäftigte intensiv meine Gedankenwelt. Mehr und mehr kam ich zu der bitteren Erkenntnis, dass ich demnächst Leergut sammeln muss, um einigermaßen über die Runden zu kommen. Überall stehen Mülleimer, um nach „Beute" suchen zu können. Diese Gedankenspiele kotzten mich an. Darüber hinaus schämte ich mich auch dafür. Jedoch die Lebensumstände zwangen mich regelrecht dazu, ernsthaft über diese weniger schöne Option nachzudenken. Ich brauchte eine zusätzliche Einnahmequelle. Das ist leider eine unbestreitbare Tatsache. Sie ließ sich weder leugnen noch ignorieren. Eine erstrebenswerte Lebensperspektive rückte daher immer weiter in die Ferne. Sie war kaum noch zu erkennen.

Die politische Bühne wird zunehmend zu einer peinlichen *„Freakshow"* in Deutschland. Dabei sind die Lacher nicht unbedingt auf unserer Seite. Eher im Gegenteil. Es gibt kein fertiges Drehbuch. Es wird extrem viel improvisiert. Die Handlung ist nicht klar und deutlich strukturiert. Niemand erkennt das Konzept der Akteure, da es sehr lückenhaft ist. Und ein Happyend ist wohl auch nicht unbedingt zu erwarten. Irgendwie missfiel mir dieses Stück, da es sich als lächerliche Schmierenkomödie entlarvt. Die Protagonisten stehen kurz vor dem Scheitern ihres Auftritts. Auch mit dieser Realität müssen wir uns wohl bald auseinandersetzen, egal ob es uns gefällt oder nicht.

Mittlerweile erreichte ich den Alsterdorfer Markt. Aus der Ferne sah ich Tarek. Er stand zwischen der Drogerie Rossmann und dem „Kesselhaus". Ich beobachtete ihn, wie er sich eine Zigarette drehte und sie sich anzündete. Dabei gewann ich den Eindruck, dass er mich nicht wahrnahm. Daher ging ich direkt mit Maske vor der Fresse die Treppenstufen zum Atelier herauf. Ich klingelte. Arnold öffnete mir die Tür. „Guten Morgen André", begrüßte mich mein Vorgesetzter gutgelaunt. „Guten Morgen Arnold", erwiderte ich den Gruß, als ich das Atelier betrat. „Eine frische Maske", fragte mich mein Gruppenleiter. Von mir kam nur ein kurzes und leicht genervtes: „Ja, bitte“. Arnold holte mir ein OP-Lappen aus dem kleinen Büro, wofür ich mich formell bedankte. „Wie lange müssen wir diese ekligen Dinger noch tragen“, fragte ich mich gedanklich. Irgendwie gewann ich den Eindruck, dass ich in Bezug auf die sogenannten Schutzmaßnahmen eine zunehmende Abscheu entwickle. Beschreiben würde ich es als emotionale und körperliche Abwehrreaktion in meinem Geiste. Eine Allergie schien sich gegen das Tragen der Maske zu entwickeln. Darüber gab es keinerlei Zweifel. Denn Symptome in Form von negativen Gedanken kamen immer stärker zum Vorschein. Vielleicht sogar ein Hauch von Bösartigkeit.„Hallo André“, hörte ich auf einmal Noras Stimme im Hintergrund, die mich rasch aus meiner negativen Gedankenwelt riss. Sie kam mir freudig entgegen. „Kommst du mit runter“, fragte sie mich darauf.„Ich hole mir vorher nur ein Kaffee“, erwiderte ich leicht erschöpft. Schnell trug ich mich in die Anwesenheitsliste ein.

Es war 8.32 Uhr. Danach holte ich mir einen Kaffee und begleitete Nora nach draußen. Wie gewohnt setzten wir uns vor dem „Kesselhaus“ auf die Bank. Währenddessen ging Tarek wieder zurück ins Atelier. Nora drehte sich eine Zigarette während ich ein Schluck Kaffee aus meinem Becher trank. (<u>Wichtiger Hinweis:</u> Natürlich nahmen wir vorher unsere abscheulichen Masken ab.)„Wie geht es dir“, fragte ich, um das Gespräch zu eröffnen.„Immer noch schlecht. Die Wohnsituation ist weiterhin eine Katastrophe. Und bei der Wohnungssuche tut sich quasi nichts“, meinte Nora und zündete sich ihre Zigarette an. „Der Wohnungsmarkt ist ein großes Problem unserer Zeit. Der Wohnungsbau, der in den letzten Jahren vorangetrieben wurde, ändert nicht wirklich etwas an der Situation, weil der Anteil der Eigentumswohnungen, die hochgezogen werden, einfach zu hoch ist, und der Anteil an Sozialwohnungen ist leider zu niedrig“, analysierte ich die augenblickliche Lage und trank einen weiteren Schluck aus meinem Becher. „Ich weiß nicht, was ich sonst noch machen soll“, äußerte meine Gesprächspartnerin und zog an ihrer Zigarette. Dabei erkannte ich eine gewisse Verzweiflung in ihrer Stimme. „Habe einfach Geduld! Früher oder später wirst du Erfolg haben", versuchte ich sie zu beruhigen, obwohl das Gesagte nicht wirklich hilfreich war, da es sich letztlich nur um Floskeln handelte. „Ich glaube nicht daran", gab mir meine Kumpel-Freundin zu verstehen und zog erneut an ihrer Zigarette.

Aus der Ferne sahen wir unseren polnischen Kollegen Darek. Er wirkte müde und abgekämpft. Lange Zeit war er krankgeschrieben. Seit seiner Impfung in Dezember 2021 fühlt er sich als alter und gebrechlicher Mann, obwohl er fast zehn Jahre jünger ist als ich. Es blieb lange fraglich, ob er überhaupt ins Atelier zurückkehren kann. Bei ihm wurde eine Autoimmunkrankheit festgestellt. Um seinen Arbeitsalltag bewältigen zu können, reduzierte er die Stundenzahl erheblich. (Ich riet ihn dazu.) Er hat wie Leonard fortan mittwochs frei.

Ursprünglich wollte er sich nicht impfen lassen. Nur aufgrund des gesellschaftlichen Drucks gab er schließlich doch nach. Er fühlte sich durch die aggressive Außenwelt in die Enge getrieben und sah keinen Ausweg mehr. Mittlerweile nahm er eine Scheißegal-Haltung gegenüber der Gesellschaft ein, weil jede weitere Impfung für ihn möglicherweise sogar lebensgefährlich werden kann. Verständlicherweise hat er Angst, dass sich sein Gesundheitszustand durch eine weitere Impfdosis weiter verschlechtert. Daher ist bei ihm künftig die Impfung gegen Corona kein Thema mehr. Erschreckend, was für ein unbehagliches Klima in Deutschland entstanden ist. Fanatische Hetzer, wie beispielsweise Karl Lauterbach geben den Ton in Deutschland an und spalten unsere hochgelobte und weit überschätzte Wertegemeinschaft. Sie erzeugen eine enorme Angst bei den Bürgern, was letztlich zu Gewalt gegenüber seinen Mitmenschen führt. Wann wird dieser Wahnsinn endlich gestoppt? Wann erhalten die Verursacher endlich ihre wohlverdiente und gerechte Strafe?

Leider genießen Lauterbach & Co. Arten- beziehungsweise Denkmalschutz, obwohl sie lange Zeit sogar behauptet haben, dass es quasi keine Impfschäden gibt, was sich aber als fatale und vorsätzliche Lüge herauskristallisiert hat. Angeblich retten die *„Impfschäden-Leugner"* viele Menschenleben, und schlimme Nebenwirkungen bei der Impfung sind absolut selten. Teilweise wird sogar behauptet, dass keine Impfschäden vorliegen. **(<u>Anmerkung</u>: Das Wort „Impfschäden-Leugner" ist zugegebenermaßen eine Retourkutsche für das Wort „Corona-Leugner", was zuvor gezielt als Verunglimpfung der Maßnahmenkritiker eingesetzt wurde, um sie auf diese Weise mundtot zu machen. Denn dieser Begriff hörte sich bewusst ähnlich an wie „Holocaustleugner". Andersdenkende wurden auf diese Weise automatisch als Nazis beschimpft, ohne weiter zu differenzieren. Daher halte ich die Gegenoffensive an dieser Stelle für durchaus gerechtfertigt und dringend notwendig.)**

Auf diesem Wege werden die Gräueltaten der Verantwortlichen verharmlost, teilweise sogar weiterhin glorifiziert, was aus meiner Sicht eine weitere moralische Straftat ist. Die Opfer werden auf diese Weise zusätzlich regelrecht verhöhnt und gedemütigt. Das scheinheilige Getue, Menschen helfen zu wollen, entlarvt sich als fatales und gesellschaftliches Lügengerüst.

Darek winkte uns zu, als er uns wahrnahm. Sein Lächeln wirkte allerdings gequält, was wohl Ausdruck seiner Ermattung war. Wir erwiderten den Gruß. Mit der Maske vorm Gesicht ging er die Stufen zum Atelier herauf. Es war genau 9.00 Uhr.

„Du solltest dich nicht entmutigen lassen", setzte ich nach der gedanklichen Unterbrechung das Gespräch fort und leerte meinen Kaffeebecher. „Ich hasse mich dafür, dass meine Wohnung wegen meines psychotischen Zustandes gekündigt wurde", meinte Nora, die ihren Zigarettenstummel entsorgte. „Das solltest du nicht. Es ist eben passiert", entgegnete ich ihr. Es folgte eine kurze Umarmung. „Geht es wieder", fragte ich darauf besorgt.Nora nickte. Danach gingen wir zu unseren Arbeitsplatz. Das Malen klappte bei uns nur mittelprächtig. Ich machte erneut viele Pausen. Anders hätte ich heute nicht arbeiten können. Zum Glück dürfen wir auch mal einen Gang zurückschalten, ohne Ärger zu bekommen. Dies sehe ich nachwievor als ein großes Privileg an.

Nora musste sich zwischendurch in den Ruheraum legen, weil sie stark erschöpft war. Ihre Lebenssituation überforderte sie zweifellos. Dagegen konnte sie nur wenig ausrichten. Das Ausruhen blieb daher alternativlos. Auch diese Option wurde für uns Beschäftigten geschaffen. Darüber bin ich heilfroh. Mehrfach half es mir in der Vergangenheit, diese Möglichkeit zu haben und auch nutzen zu können.

Um ca. 10.00 Uhr machte ich meine erste Pause. Mit einem Becher Kaffee saß ich im Pausenraum. Mir schräg gegenüber saß Darek, der weiterhin erschöpft wirkte. „Hast du auch Post von deinen Stromanbieter bekommen“, fragte mich mein Kollege. „Nein, wieso“, antwortete ich mit einer Gegenfrage. „Ich muss jetzt fast doppelt so viel bezahlen wie vorher“, berichtete mir mein Gesprächspartner. „Bisher habe ich diesbezüglich noch nichts erhalten. Vielleicht bekomme ich demnächst auch solche Post“, kam mir in den Sinn und trank ein Schluck aus meinem Becher. Es wurde mir bewusst, dass die Krise nicht so schnell beendet sein wird wie erhofft. Ständig werden wir mit *„Horrornews“* konfrontiert. Die Bürger werden regelrecht darauf konditioniert. Ein Entkommen ist quasi weitgehend ausgeschlossen. Es geht nervlich an die Substanz. Kein Wunder also, dass ich mich fortlaufend erschöpft fühle. Nichts kann wirklich diesen zombieähnlichen Zustand momentan beenden. Zumindest entsprach dies meinen aktuellen Empfindungen. „Hast du einen Essensvorrat zuhause“, riss mich Darek wieder aus meiner Gedankenwelt. „Ja, habe ich“, antwortete ich kurz und knapp. „Wir wissen noch nicht, was auf uns zukommt. In Notfällen sollten wir was zuhause haben. Mittlerweile habe ich zehn Dosen als Vorrat. Und Konservendosen halten zum Glück sehr lange“, argumentierte mein Gegenüber.

„Ich habe einen ähnlich großen Vorrat an Konserven", gab
ich zur Auskunft und trank einen weiteren Schluck Kaffee
aus meinen Becher. „Ich werde zur Sicherheit meinen Vorrat
noch vergrößern", fügte mein Kollege hinzu. „Ich wohl
auch", ergänzte ich und leerte mein Kaffeebecher.

Nachdem Gespräch ging es wieder an die Arbeit. Eine gewisse Zukunftsangst konnte ich bei Darek erkennen. Überall
ist der Krisenmodus spürbar. Es entsteht das Gefühl, dass es
immer schlimmer wird. Eine Perspektive kann ich nachwievor nicht erkennen. Es kotzte mich an, mich ständig in meinen Aufzeichnungen wiederholen zu müssen. Immer häufiger bemerkte ich einen Brechreiz, was ich zunehmend als
Zumutung empfinde. Der Ekel, der dabei entsteht, ist unerträglich. Ein Entkommen war kaum noch möglich. Die Medien und der Alltag ließen diesbezüglich keine Gnade zu.
Eine pure Konfrontation mit unseren Ängsten war die folge-
richtige Konsequenz.

Um ca. 15.33 Uhr machte ich Schluss. Auf dem Heimweg
machte ich einen Abstecher in Fuhlsbüttler Straße, kurz
„Fuhle" genannt. Bei der Haspa wollte ich eine kleine Ein-
zahlung auf eines meiner Sparbücher vornehmen. Denn ich
will in Anbetracht der Krisensituation weitere Rücklagen für
den Notfall bilden. Jedoch ich stand vor verschlossenen
Türen, was mich sehr ärgerte. Die Öffnungszeiten haben
sich während der Pandemie zu Ungunsten der Kunden entwickelt. Der Service der Sparkasse verschlechterte sich immens, damit die Kunden zum Online Banking genötigt werden. Mir war wieder einmal nach kotzen zumute. Optimistisch schaute ich ehrlich gesagt nicht in die Zukunft. Der
Lebenswille sank.

E N D E ?

Autorenvita und Klappentext

Der Autor Jan Kern, Jahrgang 1968, lebt und arbeitet. Er ist Industriekaufmann, Dichter und Kunstmaler. Seit 1998 begann er seine Erfahrungen und Beobachtungen in Form von Gedichten aufzuschreiben. Mittlerweile widmet er sich auch der Prosa. U.a. veröffentlicht er den zweiteiligen Roman *„Wendepunkte des Lebens“*.

Sommer 2022. Zweifelsfrei hält der Dauerkrisenmodus die Welt in Atem. Für den Schriftsteller André Dahlmann entwickelt sich eine prekäre Lebensrealität, die ihn zunehmend überfordert. Denn er wird nicht nur mit der Corona-Pandemie konfrontiert, sondern auch mit dem fürchterlichen Ukraine-Krieg. Welche Konsequenzen hat es für ihn und andere? Dehnt sich möglicherweise der Kriegsschauplatz nach Westeuropa aus? Ungewissheit entsteht, die unbestreitbar Angst erzeugt. Schonungslos rechnet der Autor literarisch mit den Fehlern der Politik ab, in der Hoffnung, besser mit der neuen Wirklichkeit klarzukommen.